Knaur.

Knaur.

Im Knaur Taschenbuch Verlag sind bereits folgende Bücher der Autorin erschienen:
Die Wassergärtnerin
Seerosensommer

Über die Autorin:
Tania Krätschmar wurde 1960 in Berlin geboren. Nach ihrem Germanistikstudium in Berlin, Florida und New York arbeitete sie als Bookscout in Manhattan. Heute ist sie als Texterin, Übersetzerin und Autorin tätig. Sie lebt mit ihrem Sohn in Berlin. Weitere Informationen finden Sie unter www.taniakraetschmar.de.

Tania
Krätschmar

Winterherz

Roman

Knaur Taschenbuch Verlag

Wenn Ihnen dieser Roman gefallen hat, empfehlen wir Ihnen gerne ausgewählte Titel aus unserem Programm – schreiben Sie einfach eine E-Mail unter dem Stichwort »Winterherz« an:
guteunterhaltung@droemer-knaur.de

Wir danken dem Suhrkamp Verlag für die freundliche Genehmigung zum Abdruck des Auszugs aus Hermann Hesses »Der Steppenwolf«.

Besuchen Sie uns im Internet:
www.knaur.de

FSC
www.fsc.org
MIX
Papier aus verantwortungsvollen Quellen
FSC® C083411

Originalausgabe November 2010

Redaktion: Diethild Bansleben
Umschlaggestaltung: ZERO Werbeagentur, München
Umschlagabbildung: FinePic®, München / Jana Bischoff
Satz: Adobe InDesign im Verlag
Druck und Bindung: CPI – Clausen & Bosse, Leck
Printed in Germany
ISBN 978-3-426-50665-3

2 4 5 3 1

Und nun trab ich und träume von Rehen,
Trabe und träume von Hasen,
Höre den Wind in der Winternacht blasen,
Tränke mit Schnee meine brennende Kehle,
Trage dem Teufel zu meine arme Seele.

Hermann Hesse, Der Steppenwolf

Um den Wolf zu zähmen, musst du ihn heiraten.

Französisches Sprichwort

Vorwort

Ein Roman, in dem neben starken Gefühlen, Romantik und Humor ausgerechnet Wölfe eine Rolle spielen – warum denn das? Eine spannende Frage, auf die es ebenso spannende Antworten gibt.

Das Thema Wolf weckt Emotionen und polarisiert. In einer Zeitung habe ich neulich die Schlagzeile entdeckt: »Wölfe fünfzig Kilometer vor den Toren der Hauptstadt«. Was soll man da denken? Vielleicht das: Jetzt wird es aber höchste Zeit, etwas zu unternehmen! Wölfe so nahe den Menschen – das passt doch nicht. Da sind wir unseres Lebens nicht mehr sicher, wenn wir im Wald spazieren gehen. Denn Wölfe, das wissen wir schließlich alle, sind gefährlich!

Vielleicht denken wir aber auch, dass die Nähe von Wolf und Mensch in der Tat ein Problem ist, und zwar für den Wolf. Und wie schön es ist, dass einige dieser Tiere den Weg zurück nach Deutschland gefunden haben, wo sie hoffentlich fern von Straßen und Waffen friedlich leben können. Bis man sie ausrottete, gehörten sie schließlich hierher. Dass man sie verfolgte, geschah oft aus nicht realistischen Gründen: Am Anfang stand der Mythos. Noch immer wirft er seinen langen Schatten auf ein Tier, das sich zwar überwiegend von Wild ernährt, aber scheu ist und über die Jahrtausende gelernt hat, um den Menschen einen Bogen zu machen.

Passen Wölfe noch in unsere Zeit? Müssen wir tatsächlich Angst vor ihnen haben? Wo hört wildbiologisches Interesse über diesen Beutegreifer auf, wo fangen Fantastereien an? Ella und ich haben uns viele Gedanken über diese Fragen gemacht, und ich hoffe, dass wir einige davon beantworten können. Wenn es dazu führen sollte, dem Wolf eine fairere Chance einzuräumen, würde ich mich sehr glücklich schätzen.

Alle Personen in diesem Roman sind frei erfunden. Für einige von ihnen gibt es allerdings Vorbilder, engagierte Menschen, die sich dem Erhalt der Natur verschrieben haben und sich für die Rückkehr der Wölfe einsetzen.

Ich danke Jana Schellenberg vom Kontaktbüro »Wolfsregion Lausitz«.

Imke Heyter, die Leiterin des Wildparks Schorfheide, hat meine neugierigen Fragen bei einer traumhaften Wintervollmondwanderung beantwortet, während die Wölfe heulten. Einige Monate später gab es im Wildpark Wolfswelpen. Auch die junge Tierärztin Claudia Cloidt, die sich um sie gekümmert hat, durfte ich befragen. Und dabei sogar eine kleine Wölfin auf den Arm nehmen!

Wer noch mehr über Wölfe wissen möchte, dem empfehle ich die großartigen Bücher von Erik Zimen und die mit neueren Erkenntnissen von David Mech.

Meiner Cousine Tini danke ich dafür, dass sie über Monate jede TV-Sendung über Wölfe aufgenommen hat, meinem Sohn dafür, dass er seine gesamten Jagdzeitschriften nach Artikeln über Wölfe durchforstet und mich mit Anekdoten über Jäger bei Laune gehalten hat. Bei Claudia bedanke ich mich dafür, dass sie das *Winterherz* freigegeben hat. Und danke auch an meine Lektorin Kathrin Wolf, die sich sehr für diesen Roman eingesetzt hat.

Sie heißt wirklich so.

Tania Krätschmar

1. Kapitel

»Ein Wolf!«

Eine helle Kinderstimme drang durch das geöffnete Fenster und lenkte schlagartig Sander Engelbrechts Aufmerksamkeit auf sich.

Er war eben in sein Büro gegangen, um Infomaterial über die Ziegelherstellung zu holen, das er der Lehrerin mitgeben wollte. Später, nach der Fahrt mit der kleinen Museumsbahn, die sie mit ihrer Klasse gerade machte. Die Tour durch das Gelände dauerte genau einundzwanzig Minuten, gestern noch hatte Sander die Zeit gestoppt. Für neugierige Fragen der kleinen Passagiere, die heute die Bahn offiziell einweihen durften, war seine Assistentin Karin zuständig, die mitgefahren war. Schade nur, dass der Reporter nicht rechtzeitig aufgetaucht war, den sie extra für heute eingeladen hatte.

Auf Sanders Schreibtisch standen mehrere Pappkartons. Sie waren gefüllt mit Heften über die Geschichte von Lehm und Ton, Bau- und Menschheitsgeschichte zugleich. Vor einigen Tagen hatte DHL sie direkt von der Druckerei zur Roten Burg geliefert, und sie waren genauso geworden, wie Sander es sich vorgestellt hatte: informativ, aber dank zahlreicher Cartoons, in denen ein abenteuerlustiger Ziegelstein die Hauptrolle spielte, witzig und anregend.

In diesem Moment erklangen weitere Rufe von draußen. »Ein Wolf, ein Wolf! Guck mal, da! Da drüben ist er!«, riefen jetzt mehrere Kinder durcheinander.

Stirnrunzelnd legte Sander die Hefte, die er gerade aus einem Karton genommen hatte, zurück und ging zum Fenster. Was machte ein Hund hier? Er hatte auf dem Gelände nichts zu suchen. Vielleicht war er einem Spaziergänger ausgebüxt, der ihn nicht an die Leine genommen hatte. Oder er war aus dem Dorf ausgerissen, das einen Kilometer entfernt war. So oder so – das ging nicht. Karin oder er würden ihn einfangen und einsperren müssen.
Er trat ans Fenster und beugte sich vor, um herauszufinden, was da draußen vor sich ging. Die schräg einfallenden Sonnenstrahlen blendeten ihn, und er kniff die Augen zusammen, um besser sehen zu können. Das leise Schnurren der Elektrobahn, deren Gleise vor dem Hauptgebäude vorbeiführten, war verstummt – offenbar hatte sie angehalten. Dafür hörte er nun lautes Stimmengewirr. Es kam von links, und Sander wandte den Kopf in diese Richtung. Dort stand die blaue Bahn mit der Überdachung über den luftigen Waggons auf den Gleisen.
Er sah die Kinder, die aufgeregt von den Bänken aufgestanden waren und zu dem kleinen Hügel zeigten, der zu Zeiten der Ziegelproduktion der Wintervorrat an Ton gewesen war. Inzwischen war er längst von Gras, Wildkräutern und gelb blühenden Nachtkerzen überwuchert. Wenn man das Freiluftmuseum durch das Eingangstor betrat, war dieser Hügel das Erste, was man sah, und Sander hatte sich noch immer nicht entschieden, ob er ihn auf Dauer so lassen, abtragen oder in seinen ursprünglichen Zustand versetzen sollte.
Er erblickte die Lehrerin, die versuchte, die Kinder zu beschwichtigen und zur Ruhe zu bringen. Mit einer Handbewegung forderte sie sie auf, sich wieder zu setzen.
Er sah Karin in der Gruppe, unverkennbar mit ihrem wasserstoffblonden kurzen Haarschopf. Gerade holte sie ihr Handy hervor und tippte eine Nummer ein.

Und dann sah er ihn.

Einen sehr kurzen Moment lang glaubte Sander, dass er sich getäuscht haben musste, dachte an eine trügerische Luftspiegelung, die etwas zeigte, was es unmöglich geben konnte. Aber natürlich war das an einem mäßig kalten Novembertag, fern aller Wüsten, nördlich von Berlin unmöglich. Weshalb es keinen Zweifel gab und er das Bild, das sich ihm bot, als real akzeptieren musste:
Auf dem Hügel stand ein grauer Wolf. Der breite, dreieckige Kopf hatte die charakteristische helle Zeichnung um die Schnauze, die sich den kurzen Hals hinabzog. Die hohen Beine mit den breiten Pfoten waren von einem helleren Grau als der kompakte Körper. Mit gesträubtem Fell, das es noch größer aussehen ließ, als es ohnehin schon war, blickte das Tier in die Richtung der Gruppe, die Ohren angelegt. Am furchteinflößendsten aber war die wölfische Grimasse. Sogar aus dieser Entfernung sah Sander, wie der Wolf die Lefzen hochzog und das Gebiss mit den starken Reißzähnen entblößte.
Und dann duckte der Wolf sich und begann, langsam auf die Kinder zuzuschleichen. Es sah so aus, als wolle er jeden Augenblick losstürzen, in wenigen Sprüngen den Hügel hinter sich lassen, die Entfernung zur Gruppe überbrücken. Sie anfallen. Ein Kind zu Boden reißen. Es mit einem gezielten Biss in die zarte Kehle zur Strecke bringen, es wegschleppen und verschlingen. Er sah furchterregend aus.
Sander konnte es nicht hören, aber er war überzeugt, dass das Tier auch knurrte. Diejenigen, die dort unten standen, konnten es dagegen mit Sicherheit hören. Denn mittlerweile waren die Kinder verstummt. Es herrschte Totenstille.
Die Sekunden verstrichen. Mach was!, befahl Sander sich. Irgendetwas! Aber es ging nicht. Er konnte nur bewegungslos

dastehen und zuschauen. Er starrte auf den Wolf und spürte, wie ihm der Schweiß ausbrach, langsam den Rücken hinunterlief. Wie tief in ihm ein leises Zittern begann. Ein Wolf. Ausgerechnet. Wenn er jetzt eine Waffe gehabt hätte ... Ach, es hätte ihm nichts genutzt. Nie hätte er schießen können. Nie.
Doch endlich löste sich die verhängnisvolle Starre, die ihn im Griff gehabt hatte. Er riss sich von dem Anblick los, verließ das Büro, lief mit großen Schritten die Treppe hinunter. Unten angekommen, trat er vorsichtig aus der Eingangstür und blieb einen Moment stehen, um die Situation abzuschätzen. Die Bahn stand vielleicht fünfzig Meter entfernt, von dort waren es noch einmal schätzungsweise vierzig bis zu dem Hügel.
Langsam ging Sander im Schatten des Zuges auf die Waggons zu. Weder das Tier noch die Menschen schienen ihn zu bemerken, als er sie erreicht hatte. Zuerst sah Karin ihn. Sie kam vorsichtig näher. »Ist das nicht der Wahnsinn? Ein echter Wolf! Ich habe Werner angerufen. Er kommt, so schnell er kann«, flüsterte sie.
Jetzt konnte Sander auch das grollende Knurren des Tieres hören. »Wer ist Werner?«, fragte er leise.
»Werner Ossenski. Der Revierförster«, antwortete Karin.
Sander nickte. Karin vor einem halben Jahr einzustellen, als er beschlossen hatte, hier einen Neuanfang zu machen, erwies sich immer wieder als eine goldrichtige Entscheidung. Sie kannte nicht nur alle und jeden, sondern hatte offensichtlich auch deren Telefonnummern parat. »Ihr müsst alle schleunigst von hier weg«, sagte er.
»Ja, natürlich.« Karin tippte der Lehrerin auf die Schulter, die immer noch wie hypnotisiert den Wolf anstarrte. »Romy, wir gehen zurück in die Rote Burg, bevor was passiert. Komm, sag den Kindern Bescheid. Und sieh zu, dass sie ruhig sind! Nicht dass sie ihn noch erschrecken.«

Die Lehrerin drehte sich zu ihnen um. »Wo der wohl herkommt? Was für ein prachtvolles Tier«, sagte sie andächtig und sehr leise, aber Sander hörte es dennoch und verstand es nicht: Wie konnte sie diesen Wolf bewundern, der doch für ihre Schützlinge eindeutig eine Gefahr darstellte? Und wo sollte er schon herkommen – wahrscheinlich direkt aus der Hölle!
Vorsichtig ging Romy durch die Gruppe, deutete zu dem Gebäude, legte den Finger an die Lippen. Die Kinder schauten sie mit großen Augen an, manche ängstlich, andere so, als ob sie gerade den spannendsten Schulausflug ihres Lebens erlebten. Dann verließen sie gesammelt den Waggon, Romy vorn, die Schüler in der Mitte, Karin hinten.
Der Wolf löste sich aus der geduckten Haltung. Er drehte sich um, lief zurück zur höchsten Stelle des Hügels und legte sich dort hin, die Vorderpfoten weit von sich gestreckt, den Kopf wachsam gehoben. Die abziehende Gruppe ließ er nicht aus den Augen.
Und Sander ließ den Wolf nicht aus den Augen.
Als endlich alle wohlbehalten im Gebäude verschwunden waren, atmete Sander tief durch. Nichts sprach dagegen, dass auch er nun den Rückzug antrat. Aber er zögerte. Setzte sich stattdessen auf eine Holzbank in dem Abteil. Wie ein einsamer Passagier, der nicht aussteigen wollte, obwohl die Bahn schon längst ihr Ziel erreicht hatte.
Er wollte den Wolf weiter beobachten, um dem Förster Auskunft zu geben, wenn das Tier weglief. Am besten wäre es, wenn es dort blieb, bis dieser Werner kam.
Sander stützte einen Ellbogen aufs Knie, legte das Kinn in die Hand und wartete. Unwillkürlich musste er an die Stunden denken, die sie früher zu dritt auf dem Hochsitz verbracht hatten. Ewig hatten sie sich hingezogen. Im Sommer hatten

ihn in der Dämmerung Mückenschwärme geplagt, im Winter waren ihm von der Bewegungslosigkeit, die ihm sein Vater befohlen hatte, abwechselnd Hände und Füße eingeschlafen. Manchmal war er eingenickt, um erschrocken wach zu werden, weil etwas im Unterholz geknackt und geraschelt hatte. Hier, in der Schorfheide, gab es auch reichlich Wild. Aber deshalb war er schließlich nicht hierhergezogen. Nichts lag ihm ferner als zu jagen. Er hatte nach etwas anderem gesucht, und als er vor gut sechs Monaten das Gebäude zum ersten Mal betreten hatte, hatte er sofort gewusst: Das ist es! Zwar war die Decke in den Räumen niedrig, so dass Sander manchmal unwillkürlich den Kopf einzog, wenn er durch die Tür trat. Früher waren hier die Ziegel getrocknet worden. Und weil er groß war, hätte er sich nach oben hin gelegentlich mehr Luft gewünscht.

Aber sein Zimmer machte alles wett. Es befand sich in einem halbrunden Turm aus rotem Backstein, der in der Mitte des Gebäudes hochragte. Der Mann, der ihm die Anlage gezeigt hatte, hatte sie schon bei der ersten Besichtigung Rote Burg genannt. Diesen Namen hatte Sander sofort übernommen. Das Rot im Namen hätte die politische Gesinnung des Erbauers bedeuten können, ein alter Sozi, der vielleicht ein Vermögen mit der Ziegelherstellung gemacht hatte. Aber genau wie das Rathaus in Berlin bezog es sich auf die Farbe des Baumaterials, hatte man ihm erklärt. Vom Turm aus hatte man einen großartigen Blick über das gesamte Gelände: auf die Tonstiche, dort, wo der Boden tief und weit aufgerissen worden war, um an die Vorkommen zu gelangen, die man für die Unmengen von Ziegeln gebraucht hatte. Nicht mehr genutzt, hatten sich die Stiche allmählich mit Wasser gefüllt, so dass eine künstliche Seenlandschaft entstanden war, mit ausgedehnter Schilfbewachsung an den Ufern und hohen

Schwarzerlen. Davor breitete sich die alte Anlage mit den hohen Schornsteinen der Ringöfen aus, aus denen schon lange kein Rauch mehr quoll. Auf einem von ihnen hatten im Sommer Störche genistet. Sander hatte die ersten Flugversuche der Jungstörche beobachtet, die in ihrem Nest dank häufiger Froschfütterungen zunehmend kräftiger auf und nieder gesprungen waren, um Wind unter die Flügel zu bekommen. Bis sie sich schließlich eines Tages tollkühn vom Rand aus ins Leere gestürzt hatten. Als die vier Störche sich dann Ende August in den Himmel schwangen, hatte er ihnen nachgeschaut. Eine seltsame Melancholie hatte ihn erfasst …

Eine Bewegung riss ihn aus seinen Gedanken. Der Wolf sprang auf, als hätte ihn etwas erschreckt. Sander erwartete, dass er scheu weglaufen würde, die Schienen der Bahn überquerte. Vielleicht in Richtung Hafengelände, vielleicht zu den Stichen, vielleicht dorthin, wo die Bäume dichter standen. Aber stattdessen blieb er regungslos auf dem Hügel stehen, als wartete er auf etwas.

Die Minuten verstrichen – quälend langsam. Sander schaute kurz hinter sich zum Hauptgebäude. Die Kinder drückten sich die Nasen an den Fensterscheiben platt, ein kleines blondes Mädchen streckte ihm die Zunge raus. Gut, dass Karin die Fenster geschlossen hatte – der Lärmpegel da drinnen war inzwischen bestimmt beträchtlich angestiegen.

Er blickte auf seine Armbanduhr. Wo blieb der Förster? Über eine Viertelstunde war seit dem rätselhaften Erscheinen des Tieres bereits vergangen.

In diesem Moment fuhr ein dunkelgrüner Geländewagen auf dem Parkplatz vor und hielt. Er beobachtete, wie zwei grüngekleidete Männer ausstiegen und langsam das Gelände betraten, der Ältere so korpulent, dass seine Jacke gefährlich

stramm über seinem Bauch spannte, der Jüngere drahtig. Der Ältere winkte ihm kurz zu, und er erwiderte den Gruß, vorsichtig darauf bedacht, sich nicht zu heftig zu bewegen.
Der Wolf hatte bei dem Geräusch des nahenden Autos wieder die geduckte, aggressive Haltung eingenommen. Er spreizte die Vorderpfoten, sträubte die Nackenhaare. Aber das würde ihm nichts nutzen. Sander sah, wie der jüngere der beiden sein Gewehr von der Schulter nahm. Der Ältere machte beschwichtigende Handbewegungen – warte noch, schienen sie zu bedeuten. Der Jüngere nickte, entsicherte trotzdem, legte an und zielte. Waffe mit Kipplauf und Zielfernrohr, dachte Sander automatisch und schaute in eine andere Richtung. Unbewusst wartete er auf einen Schuss …
Der nicht fiel.
Stattdessen hörte er, wie sich ein zweiter Wagen mit hoher Geschwindigkeit näherte. Er kam in sein Blickfeld, und Sander bemerkte, dass die Tür auf der Beifahrerseite sperrangelweit offen stand, obwohl der Wagen in einem rasanten Tempo fuhr. Bei jeder Bewegung schwenkte sie heftig vor und zurück. Es war der älteste VW-Bus, den Sander je gesehen hatte. Wäre er bunt bemalt gewesen, hätte er wie eines dieser Hippie-Fahrzeuge ausgesehen, die in den 70er Jahren gen Indien gerollt waren. Aber ohne Bemalungen und ohne psychedelische Farbspiralen war es einfach nur eine erbarmungswürdige Rostlaube.
Mit laut quietschenden Bremsen hielt der Bus direkt vor dem Tor. Die Tür auf der Fahrerseite wurde aufgerissen, und er hörte einen Schrei: »Nein! Nicht schießen! Die Waffe weg!« Der jüngere der beiden Förster ließ das Gewehr verwundert sinken.
Sander beobachtete, wie eine schlanke Frau hinter dem Bus hervor und durch das Tor gesprintet kam. Ihre wilde dunkle

Lockenmähne wehte hinter ihr her, ihre offene Jacke flatterte im Wind, und selbst die schweren Wanderstiefel, die sie trug, minderten ihr Lauftempo nicht. Sie rannte zwischen den Förstern hindurch und schob sie dabei mit einer heftigen Bewegung zur Seite. Dann lief sie weiter auf den Hügel zu. Und während Sander sich noch wunderte, dass nicht wenigstens einer das Gewehr wieder hochnahm, um im Moment des Angriffs zu schießen, wenn der Wolf ganz sicher mit messerscharfen Zähnen nach der Frau schnappte, hörte er, wie sie laut rief: »Jack! Jack!«

Bei ihrem Ruf setzte sich der Wolf hin. Regungslos, die Ohren gespitzt, verharrte er in dieser Haltung, bis die Frau ihn erreicht hatte. Ungläubig sah Sander, wie sie vor dem Tier auf die Knie fiel. Dann umarmte sie das Raubtier, barg seinen schweren Kopf an ihrer Brust und küsste es behutsam zwischen seine Ohren, als sei es ein verloren geglaubter und in allerletzter Sekunde geretteter Freund.

2. Kapitel

Jack, was machst du denn? Wie kommst du hierher? Du kannst doch nicht einfach abhauen«, murmelte Ella und vergrub ihr Gesicht in dem weichen Fell. Das Tier, dem die enge Berührung unangenehm war, versuchte sich aus ihrer Umarmung herauszuwinden. »Oh, das magst du nicht«, sagte Ella, die sein Missfallen spürte. »Hierbleiben musst du trotzdem, Alter.« Sie löste sich von ihm, hielt ihn jedoch weiter am Nackenfell fest. Mit ihrer freien Hand griff sie in die Tasche ihrer Jacke und zog ein Halsband mit Leine hervor. Rasch streifte sie es ihm um, nahm die dünne Metallkette in die Hand und stand auf. Dann klopfte sie sich das trockene Gras von ihren Jeans ab und wandte sich zum Eingang. Langsam ging sie auf die zwei Männer zu, die ihr entgegenblickten: der eine väterlich besorgt, der andere eher reserviert. Und dann sah sie einen dritten Mann, der mit großen Schritten schnell näher kam. In seinem Gang lag etwas absolut Zielgerichtetes.

»Danke, Werner«, sagte sie erleichtert, als sie den Förster erreicht hatte. »Danke, dass du mich sofort angerufen hast. Hattest ja recht, hätte ja auch ein echter sein können, klar. Super, dass du an mich gedacht hast! Der Wolf hätte aber mindestens Tollwut haben müssen, damit er sich so nah an Menschen rantraut. Aber es ist doch nur mein Jack. Hast du ihn nicht erkannt?«

Werner Ossenski schüttelte den Kopf. »Mensch, Ella, ich hab

ihn doch erst einmal gesehen. Was soll ich denn denken, wenn ich so einen alarmierenden Anruf bekomme?«

Aber Ella hatte sich bereits dem anderen zugewandt. »Danke, dass Sie nicht geschossen haben. O Gott, danke, danke, danke.« Sie hatte Tränen in ihren Augen, als sie dem jüngeren Mann zunickte, der neben dem Revierförster stand.

»Sie müssen besser aufpassen«, sagte dieser streng und rückte sich die grüne Kappe gerade. »So etwas darf einfach nicht passieren. Wenn Sie nicht rechtzeitig gekommen wären, hätte ich schießen müssen. In so einer Situation, wo Menschen gefährdet werden könnten, haben wir keine Wahl.«

Ella sah ihn entrüstet an. »Ich habe doch gerade gesagt, dass Jack keinem Menschen was zuleide tun würde!« Ossenski unterbrach sie und fragte: »Was macht Jack denn überhaupt hier?«

»Keine Ahnung! Ich habe nur ganz kurz da hinten gehalten. Die Straße runter, bei dem Schäfer. Ich wollte ihm schnell von dem nächsten Vortrag erzählen, den ich nächste Woche in Liepe halte. Alles über die Sicherung von Herden. Wollte mal fragen, ob er nicht kommen will. Jack muss sich gegen die Tür geworfen haben. Vielleicht hat er nach mir gesucht. Das Schloss ist schon eine ganze Weile ziemlich klapprig, aber ich hab gedacht, das hält noch …« Sie zog nervös die schmalen Schultern hoch und ließ sie wieder fallen.

»Würden Sie mir bitte freundlicherweise erklären, was das alles zu bedeuten hat?«, unterbrach der dritte Mann ihr Gespräch mit den beiden Förstern. Jack, der dicht neben Ella stand, zerrte an der Leine und knurrte, als er die tiefe Stimme hörte. Ella musterte den Mann: Er war groß, und wenn sie seine Figur mit dem Cordjackett, den Jeans und dem blauen, etwas zerknüllten Hemd richtig deutete, sehr sportlich. Wie ein Langstreckenläufer, dachte sie.

Aus der Entfernung hatte sie ihn für deutlich älter gehalten, als er tatsächlich war. Sein kurz geschnittenes Haar war wohl ursprünglich dunkel gewesen. Aber jetzt war es durchzogen von weißen Haaren und erweckte so den Eindruck, als sei er komplett grau. Er trug es kurz geschnitten und mit längeren Koteletten. Es bildete einen eigentümlichen Kontrast zu seinem jung wirkenden Gesicht. Mitte, höchstens Ende dreißig schätzte sie ihn. Scharf geschnitten waren seine Züge, glatt rasiert, mit einer ausgeprägten Nase, der Nasenrücken etwas verbreitert, und schmalen Lippen. Nicht wirklich schön, aber interessant. Ein Gesicht, das man nicht leicht vergaß. Aber als sie dann in seine hellbraunen Augen sah, trat Ella unwillkürlich einen Schritt zurück. So kalt war dieser Ausdruck, dass sie sofort spürte, wie mühsam er seine Wut unterdrückte. Sie ahnte, was kommen würde, und stählte sich schon mal dagegen.

»Das ist Ella Ridder«, begann der Förster. »Haben Sie noch nicht von ihr gehört, Herr Engelbrecht? Sie arbeitet für die Uni in …«

»Danke, aber für wen Frau Ridder arbeitet, interessiert mich herzlich wenig«, sagte Engelbrecht. »Mich interessiert allein, was dieser Wolf auf meinem Gelände zu suchen hat.«

»Jack ist kein Wolf«, antwortete Ella hitzig. »Jedenfalls kein reinrassiger. Er ist ein Wolfshybrid! Seine Mutter war ein Wolf, gut, das stimmt, aber der Vater war ein Hund. Ein Hund, hören Sie! Ich gebe zu, das ist nicht so leicht zu sehen, aber die Ohren, die verraten das.« Sie zeigte auf den Kopf, als Jack sie bei der Nennung seines Namens anschaute. »Hier, da fehlt diese schwarze Zeichnung am Innenohr. Und seine Augen, sehen Sie? Die sind dunkelbraun, nicht hell wie bei einem reinrassigen Wolf, und die Rute trägt er deutlich höher als es ein Wolf …«

Wieder schnitt Engelbrecht ihr das Wort ab. »Die Abstammung dieses Tieres interessiert mich auch nicht. Ich möchte wissen, was es hier zu suchen hat und wen ich dafür verantwortlich machen kann!«
»Aber ich versuche Ihnen doch nur zu erklären, dass …«
»Kommen Sie endlich zum Punkt!«, sagte er ungeduldig.
»Sie werden es nie erfahren, wenn Sie mich ständig unterbrechen«, erwiderte Ella heftig. Sie hasste es, wenn Männer ihr über den Mund fuhren. Wenn sie so taten, als seien sie allwissend und ihr haushoch überlegen, obwohl sie keine Ahnung hatten. Das hatte sie am Institut unzählige Male erlebt. Das war es auch, was ihrer letzten Beziehung den Rest gegeben hatte. Nur weil Armin einen Doktortitel hatte, hatte er sich intellektuell aufgespielt. Und am allermeisten ärgerte es sie, wenn diese Typen mit ihrer Borniertheit auch noch durchkamen! Aber nicht bei ihr, oh nein.
Ihr Einwand wirkte. Einen Moment lang hob Engelbrecht irritiert die dunklen Augenbrauen, dann holte er tief Luft und meinte: »Gut. Aber machen Sie es kurz – dort drinnen warten Schulkinder auf mich, denen ich eine Erklärung schuldig bin, warum sie nur knapp einem Massaker entronnen sind.«
Dieser Mann war einfach zu viel. Ella konnte ihr Temperament nicht länger zügeln. »Massaker, was für ein Blödsinn!«, sagte sie. »Hat Jack sich geduckt? Die Zähne gefletscht? Die Nackenhaare gesträubt? Das sind doch nur Zeichen dafür, dass er Angst hat! Nicht dass er gleich zum tödlichen Kehlbiss ansetzt, Sie Ignorant! Das ist Wolfssprache! Aber nein, davon haben Sie natürlich keine Ahnung! Ein Wolf – oh! Ein blutrünstiger Killer – herrje! Haben Sie den Kindern auch gleich das Märchen von Rotkäppchen vorgelesen, ja? Wollen Sie Jacks Bauch aufschneiden, um zu schauen, ob er eine Großmutter verschlungen hat? Menschen wie Sie sind es, die

meine Arbeit unmöglich machen, die alles gefährden, für das ich mich einsetze!«

Aber noch während sie sich sprechen hörte, wusste sie, dass sie das Falsche gesagt hatte. Engelbrechts Gesicht wurde fahl, und seine Augen sprühten kaltes Feuer. »Ich verbiete mir diesen Ton! Ehrlich gesagt, interessiert mich Ihr Projekt keinen Deut. Aber was immer Ihre Aufgabe ist – Sie führen sie verdammt schlecht aus, wenn es damit endet, dass ein Tier, das haargenau wie ein Wolf aussieht, hier frei herumstromert und meine Museumsbesucher in Angst und Schrecken versetzt! Hier laufen Kinder rum, verdammt noch mal. Ich werde dafür sorgen, dass Sie nicht noch einmal Unheil anrichten können! Je früher Sie Ihr Projekt beenden, desto besser.« Er hatte sehr leise gesprochen, doch seine Botschaft war unmissverständlich klargeworden. Sogar Jack schien sie verstanden zu haben. Er knurrte abermals, fletschte die Zähne, so dass der Kiefer oberhalb der Reißzähne sichtbar war, und legte die Ohren an. Seinen Schwanz hatte er tief zwischen die Hinterbeine gezogen. Ella wusste, dass das eher ein Zeichen von Furcht als von Aggression war. Aber das jetzt auch noch diesem Mann zu erklären? Undenkbar. Inzwischen riss Jack so heftig an der Leine, dass Ella sie mit beiden Händen festhalten musste. Die beiden Förster traten respektvoll einen Schritt zurück.

Ella biss sich auf die Unterlippe. So schnell, wie ihre Wut gekommen war, verging sie auch wieder und machte nagender Besorgnis Platz. Die Situation war völlig aus dem Ruder gelaufen. Dieser Typ würde im Handumdrehen herausfinden, für wen sie arbeitete, und Ärger an der Uni war das Letzte, was sie im Moment gebrauchen konnte. »Können wir uns nicht irgendwie einig werden?«, fragte sie zögerlich. »Sehen Sie, so viel hängt von meiner Arbeit ab …« In diesem Moment fuhr ein schweres Motorrad auf dem Parkplatz vor, von dem schließlich ein Biker abstieg und seinen Helm abnahm. Ella beachtete ihn nicht weiter, sondern trat einen großen Schritt zurück, wobei sie rittlings über Jack stolperte. Er jaulte auf, als sie ihm versehentlich auf die Pfote trat. Noch während sie versuchte, die Balance zu halten, und gleichzeitig spürte, dass sie fiel, war Engelbrecht mit einem einzigen Satz bei ihr. »Vorsicht«, sagte er, packte sie hart am Arm und, weil sie trotzdem zu stürzen drohte, mit der Hand am Rücken und riss Ella nach oben, bevor sie auf den Boden aufschlug. Neben ihnen erklangen klickende Geräusche.

Hastig richtete Ella sich auf. Engelbrecht hatte sie sofort wieder losgelassen, und sie beide schauten in die Richtung, aus der das Klicken ertönte.

»Super. Das hätte man nicht besser stellen können«, sagte der dunkelblonde Mann in der schwarzen Lederjacke. Er hielt eine Kamera vor sein Gesicht und schaute zufrieden auf das Display. Mit raschen Daumenbewegungen klickte er sich durch seine Bilder.

»Wer zum Teufel sind Sie denn?«, fuhr ihn Engelbrecht an. Erleichtert registrierte Ella, dass er ihre Anwesenheit für einen Moment vergessen zu haben schien.

»Volker Wendt, vom Schorfheider Tageblatt«, gab der Mann gelassen zurück und pustete sich lässig eine Strähne aus der Stirn. »Ich bin hier zu einer Bahnfahrt geladen.«

»Ja, und kaum eine Stunde zu spät«, erwiderte Engelbrecht sarkastisch. »Haben Sie keine Uhr, oder was? Die Bahnfahrt ist vorüber. Wir brauchen Sie hier nicht mehr. Auf Wiedersehen.«

Wieder knurrte Jack bedrohlich. Schnell richtete der Reporter die Kamera auf ihn und drückte erneut auf den Auslöser. »Der sieht aus wie ein echter Wolf! Stark!«

»Das ist aber kein echter Wolf. Und er knurrt nur, weil er

laute Geräusche und Aufregung nicht mag«, zischte Ella. Sie war es leid, von ignoranten, besserwisserischen Männern umgeben zu sein. Sie wollte nach Hause.
Aber Wendt schien ihr gar nicht zuzuhören. »Schade, dass schon alles vorbei ist. Dabei sah es eben so aus, als würde es jetzt erst richtig lustig werden.« Anzüglich grinste er in Ellas Richtung.
»Pech gehabt. Die Bahnfahrt hat pünktlich und somit ohne Sie stattgefunden. Was wir hier noch zu erledigen haben, ist nicht für die Presse bestimmt«, gab Engelbrecht scharf zurück.
»Da kann man wohl nichts machen«, meinte Volker Wendt versöhnlich, aber in seinen Augen blitzte es auf.
Da hat sich dieser Engelbrecht wohl keinen Freund gemacht, dachte Ella, doch es hätte ihr nicht gleichgültiger sein können.
»Aber trotzdem danke für die Einladung. Ich bin gern gekommen. Es war sehr … informativ.« Der Reporter deutete eine flüchtige Verbeugung an und schlenderte, die Kamera über die linke Schulter gehängt, zu seinem Motorrad zurück.
»Wenn Sie wieder mal eine tolle Story haben, brauchen Sie sich nur zu melden!«, rief er noch, bevor der Motor seiner Maschine aufheulte und er von dannen brauste.
»Und jetzt noch mal zu Ihnen, Frau Ridder.« Sichtlich ungehalten wandte Engelbrecht sich wieder an Ella. »Schreiben Sie mir Ihren Namen, Ihre Adresse und Telefonnummer auf«, sagte er, während er ein Stück Papier und einen Stift aus seiner Jackentasche zog. »Und versuchen Sie erst gar nicht, falsche Angaben zu machen.«
»Wollen Sie mir jetzt auch noch unterstellen, dass ich eine Lügnerin bin?«, fragte Ella ärgerlich. »Außerdem finde ich, Sie reagieren über, Herr Engelbrecht. Worüber wollen Sie sich eigentlich beschweren? Dass mein Haustier auf Ihrem

Grundstück war? Aber bitte, wenn Sie wollen …« Sie versuchte, ruhig zu bleiben, konnte aber nicht verhindern, dass ihre Hand leicht zitterte. Als sie fertig war, reichte sie Engelbrecht mit spitzen Fingern Zettel und Stift. Ohne einen Blick darauf zu werfen, steckte er beides achtlos in die Tasche seines Jacketts zurück.

»Komm, Jack«, sagte Ella und warf mit einer entschlossenen Bewegung ihre Locken zurück. Hocherhobenen Hauptes verließ sie das Gelände.

Die drei Männer schauten ihr und ihrem vierbeinigen Begleiter nach. Wortlos beobachteten sie, wie sie für Jack die Seitentür des Busses öffnete und sie sorgfältig hinter ihm schloss, wie sie die Beifahrertür zumachte und sich dagegenstemmte, bis diese einrastete, und schließlich hinter dem Steuerrad Platz nahm. Sie beugte sich über den Beifahrersitz und drückte den Türknopf herunter. Dann warf sie auch ihre Tür zu, und ohne die Männergruppe eines weiteren Blickes zu würdigen, ließ sie den Motor an und fuhr los.

Dann erst wandten die drei sich vom Parkplatz ab.

»Na, jetzt haben Sie Ella Ridder kennengelernt. Sie haben wohl noch nichts von ihr gehört?«, fragte Werner Ossenski gemütlich. Sander verneinte. »Als sie im letzten Jahr im Herbst hier anfing, waren unsere Zeitungen voll davon«, erklärte der Förster. »Kann gar nicht glauben, dass Sie noch nie über einen Artikel über sie gestolpert sind. Sie macht sich für Wölfe stark. Die, die wieder nach Deutschland einwandern. Meistens aus Polen. Gelegentlich zieht ja mal einer durch, aber bis jetzt haben wir in der Schorfheide noch kein Rudel. Sie war am Anfang ziemlich umstritten. Die Leute dachten zuerst, sie schleppt die Wölfe hier an, um sie auszuwildern. Aber das wollte sie nie.« Sander hörte nur mit halbem Ohr zu. Er hatte keine Lust, dem Förster zu erklären, dass sein Leben seit dem Umzug in die Schorfheide aus nur drei Dingen bestand: Arbeit. Arbeit. Und noch mehr Arbeit. Er hatte keine Zeit gehabt, sich darum zu kümmern, was in der Umgebung passierte. Das war Karins Aufgabe. Dafür hatte er sie eingestellt. Gelegentlich hatte er mal die Zeitung überflogen, aber eher den weltpolitischen Teil als die lokalen Nachrichten. Was offensichtlich ein Fehler gewesen war.

»Aber das war wahrscheinlich, bevor Sie hierhergezogen sind. Ich wette, dieser Reporter hat Ella auch gleich erkannt. Mittlerweile wird nicht mehr so viel über sie geschrieben«, fuhr der Förster fort. »Sie war bis jetzt wohl noch nicht so erfolgreich, wie sie dachte. Der letzte Riss bei uns wurde gemeldet, bevor Ella herkam. Hat ihn gerade um ein, zwei Monate verpasst. Na, vielleicht ist es auch besser so. Da hat ja jeder seine ganz eigene Meinung. Ein schwieriges Thema, wenn Sie mich fragen. Komm, Jörg, wir müssen los. Mal sehen, was das Schwarzwild hinter Joachimsthal heute wieder angestellt hat. Sind ja wie verrückt, seit sie sich den Bauch mit Eicheln vollschlagen können. Wahrscheinlich zu viel Energie. Wird bestimmt ein strenger Winter dieses Jahr.« Die letzten Worte sagte er zu dem jungen Mann neben sich. Beide wandten sich zum Gehen. Dann blieb Werner Ossenski nochmal kurz stehen und drehte sich zu Sander um. »Man nennt sie auch die Wolfslady«, sagte er. »Ist eigentlich ’ne ganz Nette. Ein bisschen zu wirbelig vielleicht. Ist ja auch kein Wunder. Sie kommt aus Berlin. Da sind ja alle so ein bisschen hektisch.«

»Ah«, sagte Sander, »die Wolfslady!« Er sagte es, als ob diese zwei Worte alles erklärten. Aber er begriff überhaupt nichts. Und Werner Ossenski machte auch keinerlei Anstalten, es ihm genauer zu erklären.

3. Kapitel

Eine Viertelstunde später leuchtete die Sonne noch genauso hell am dunkelblauen Himmel. Ihre Strahlen fielen auf die Alleenbäume, und wo der Novemberwind das Laub noch nicht fortgerissen hatte, blitzte es vereinzelt golden auf. Das graue Band der Straße durchschnitt die hügelige Endmoränenlandschaft. Links und rechts erstreckten sich Felder. Die meisten waren abgeerntet, nur auf einigen von ihnen stand niedrig das Wintergetreide. Ein weitläufiger Schlag mit dicken Stoppeln verriet, dass hier Mais gestanden hatte, zur Freude einer großen Schar Kraniche. Sie stolzierten darauf herum und pickten emsig nach den Körnern, die bei der Ernte aus den reifen Kolben gefallen waren. Ihre großen grauen Vogelkörper und die langen Hälse hoben sich scharf gegen den Himmel ab.

Doch Ella warf ihnen im Vorbeifahren nur einen flüchtigen Blick zu. Himmel, Erde, Felder, Tiere – ausnahmsweise berührte sie die sanfte Naturschönheit nicht. Der heftige Wortwechsel mit diesem arroganten Museumsmenschen schwirrte ihr immer noch im Kopf herum. Was für ein kaltschnäuziger Typ das gewesen war! Aber am meisten ärgerte sie sich über sich selbst. Darüber, dass sie die Beherrschung verloren hatte. Nach nunmehr einem Jahr sollte sie die Vorbehalte der Menschen längst kennen und in der Lage sein, diplomatischer zu reagieren. Aber nein, stattdessen musste sie in die Luft gehen und unkontrolliert herumbrüllen. Nicht, dass Engelbrecht das

nicht verdient hätte. Aber es war der Sache alles andere als dienlich und würde sie wahrscheinlich in ziemliche Schwierigkeiten bringen.
Nicht mal die Stones, deren Stimmen gerade aus dem Autoradio ertönten, konnten sie beschwichtigen. Und für »satisfaction« sorgten sie schon gar nicht. Wütend drückte sie das Gaspedal weiter herunter, als die Straße mit einem Mal in ein Waldstück eintauchte, dessen Kiefern-, Buchen- und Lärchenbäume bis an den Asphaltrand reichten. Der Weg vor ihr war in ein schummriges, dunkles Grün getaucht und bog sich zu einer haarnadelspitzen Kurve. Der VW-Bus beschleunigte, und Ella riss das Lenkrad herum. Auf den feuchten Blättern kam der Wagen ins Schlingern, und ihr blieb nichts anderes übrig, als auf die entgegenkommende Fahrspur auszuweichen, die zum Glück leer war.
Jack, der durch ihre hektische Aktion gegen die Wagenwand geschleudert wurde, jaulte empört auf. »Entschuldige!«, rief Ella nach hinten.
Als sich ihr Herzschlag einigermaßen beruhigt hatte, glitten ihre Gedanken wieder ab zu dem Vorfall auf dem Museumsgelände. Wie wohl ihr Vorgesetzter Fransing reagieren würde, wenn Engelbrecht seine Drohung wahr machte und sich wirklich über sie beschwerte? Sollte sie ihm zuvorkommen und gleich nachher im Institut anrufen? Andererseits wollte sie die Pferde nicht unnötig scheu machen. Denn natürlich hatte sie Engelbrecht weder ihre Telefonnummer noch ihren Arbeitgeber aufgeschrieben, das sollte er mal schön selbst herausfinden! Dass aber auch alles immer so kompliziert sein musste, dachte Ella und seufzte tief.
Vom ersten Tag an, als sie im November letzten Jahres ihr Domizil in der Schorfheide bezogen hatte, war ihr klar gewesen, dass sie sich keine leichte Aufgabe gestellt hatte: Finde

mögliche Spuren von Wölfen, die hier durchziehen. Bekomme mit, was sie jagen, sei zur Stelle, wenn sich ein neues Rudel bildet. Koordiniere die Befürworter, stelle ein Netzwerk von Wolfsfreunden auf. Versuche, bei den Gegnern Verständnis zu wecken. Und vor allem: Mach niemanden kopfscheu, bevor die Wölfe da sind.

Ella hatte sich mit viel Enthusiasmus und Motivation in die Arbeit gestürzt. Immerhin hatte sie großartige Vorbilder, Kolleginnen, die weiter unten im Süden schon seit einigen Jahren den Bestand der dortigen Wölfe im Auge behielten.

Sie war so zuversichtlich gewesen und hatte sich unzählige Male vorgestellt, wie man sie anrufen würde: ein besorgter Bauer oder Schäfer, der einen Riss festgestellt hatte. Vielleicht sogar ein erschrockener Spaziergänger, dem ein Wolf über den Weg gelaufen war …

Doch das alles war nicht eingetreten, egal, wie weit sie gefahren war und mit wem sie gesprochen hatte. Anfang des Jahres hatte sie einmal geglaubt, eine Wolfsspur im Restschnee entdeckt zu haben, doch die Abdrücke waren zu undeutlich gewesen, und abgesehen davon, hatte sie ausgerechnet an diesem Tag weder Kamera noch Handy dabei gehabt, um Beweisaufnahmen zu machen.

Es war, als würde ihr Unternehmen unter keinem guten Stern stehen. Während des letzten Winters hatte es kaum geschneit. Kalten, trockenen Frost hatte es gegeben, dann wieder Tauwetter und viel Regen. Aber eine schöne, geschlossene Neuschneedecke, auf der sich Tierspuren deutlich ausmachen ließen? Nein. Die Förster, mit denen sie gesprochen hatte, hatten sich nie bei ihr gemeldet, und auch von den Jägern hatte sich keiner je an sie gewandt.

Sie warf einen kurzen Blick in den Rückspiegel. Jack hatte sich wieder hingelegt. Ella dachte an den letzten Winter, als wider Erwarten doch etwas passiert war. An jenem kalten Nachmittag war die Sonne bereits hinter den Bäumen verschwunden. Der Wald hatte in dem silbrigen Dämmerlicht gelegen, das Ella so liebte, schön und zugleich ein bisschen unheimlich.

Dick in ihre Norwegerstrickjacke eingemummelt und mit einer doppelten Lage Wollsocken an den Füßen saß sie vor ihrem Computer und vertiefte sich in eine Dokumentation über Wölfe, wobei sie sich nichts sehnlicher wünschte, als endlich einmal ein Rudel in freier Wildbahn beobachten zu können. Zwischendurch nahm sie kleine Schlucke von dem heißen Tee, den sie auf ein Stövchen neben sich gestellt hatte. Wenn der Ostwind um die Blockhütte heulte, war es schwer, sie richtig warm zu bekommen.

Erschrocken fuhr sie zusammen, als es plötzlich laut an der Tür klopfte.

Als sie öffnete, stand ein fremder Mann vor ihr. Er war drahtig und klein, mit dunklen Augen und schwarzem, halblangen Haar, das strähnig unter seiner roten Basecap hervorlugte. »Galanta« stand darauf, und der Schriftzug kam ihr irgendwie bekannt vor. Er trug eine alte, dick gefütterte Jacke im Flecktarnmuster, die Jeans hingen locker an seiner schmalen Figur herunter. Seine Stiefel waren aus grobem Leder, mit Schäften aus grauem Filz. Alles in allem ein bisschen ärmlich und ungepflegt, fand Ella. Für einen kurzen Moment dachte sie an ihr Gewehr, das nachlässig in einer Ecke lehnte.

»Ja, bitte?«, fragte sie.

»Heiße Gabor, guten Tag«, sagte er, und im selben Atemzug: »Sie mögen Wölfe. Sie Wolfslady. Ich habe gehört. Leute haben erzählt.«

Südöstlich von hier, dachte Ella. Ungarn. Rumänien. Oder

noch weiter, vielleicht Moldawien. »Mögen« war nicht das richtige Wort, fand sie, doch sie hatte keine Lust, den Fehler richtigzustellen. Ihr Interesse war vor allem wissenschaftlicher Natur, und sie sehnte sich danach, die Tiere in ihrem Lebensraum zu erforschen.

»Ja, manche nennen mich Wolfslady. Wieso? Wissen Sie etwas, das für mich interessant sein könnte?«, fragte sie neugierig. Den Spitznamen hatte ihr ein Reporter während eines Interviews verpasst. Sie hatte ihn albern gefunden. Aber auch ein bisschen schmeichelhaft und für ihre PR-Arbeit nicht schlecht.

»Nein. Aber ich habe das hier.« Er griff in seine Jacke und zog ein kleines Fellbündel heraus. »Ist halb Wolf, halb Hund«, sagte er. »Zwei Wochen alt. Wir ihn nicht brauchen im Zirkus. Mutterwolf gestern tot gegangen. Sie ihn nehmen, hier.« Er hielt ihr das Tier am Nackenfell entgegen. Es zappelte bei dem Versuch, sich aus dem derben Griff zu befreien. »Wenn Sie nicht wollen, dann er kommt weg.« Er machte eine Handbewegung, die bei aller Unbestimmtheit keinen Zweifel daran ließ, wie das Tier sein baldiges Ende finden würde.

Jetzt wusste Ella wieder, wo sie den »Galanta«-Schriftzug gesehen hatte. Außerhalb des nächsten Dorfes hatte ein kleiner Zirkus sein Winterlager aufgeschlagen, auf einer Wiese neben einem Sportplatz. Ihr waren die vielen kleinen Wagen aufgefallen, das rotgestrichene Holz, das hell aus dem trüben Wintergrau herausleuchtete. Das Zelt war schäbig, wie immer bei diesen jämmerlich verarmten Zirkussen, an denen sich nur kleine Kinder freuen konnten, während den Erwachsenen das Lachen im Halse stecken blieb.

»Sie haben die Mutter im Käfig gehalten?«, fragte sie den Mann.

»Ja. Hat nicht lange gelebt.« Er zuckte gleichmütig mit den

Schultern. »Wir sie mitgebracht aus Rumänien. Hin und her gerannt nachts, hin und her. War viel zu ängstlich, nicht gut für Zirkus. Besucher fanden das nicht schön.« Das konnte Ella sich allerdings vorstellen: eine Wölfin, die in einem Käfig kauerte, um in den Pausen von den Besuchern als wildes Tier bestaunt, wahrscheinlich sogar mit Popcorn beworfen zu werden, und die dabei vergeblich versuchte, sich zu verstecken. Halb wahnsinnig vor Angst. Bei dem Gedanken krampfte sich ihr Magen zusammen.

»Es ist eine Mischung zwischen Hund und Wolf? Was für ein Hund denn?«, fragte sie und strich über das weiche Fell. Mit seiner winzigen rosa Zunge leckte ihr das Tier über die Hand.

»Papa tschechoslowakischer Wolfshund. Von unserem Direktor. Mag Wölfe. Großes Tier. Hat mit Wölfin …« Er machte eine obszöne Geste. »Hier, Sie nehmen«, wiederholte er und versuchte ihr das Tier in den Arm zu drücken.

»Hey! Moment mal!«, rief Ella und wich einen Schritt zurück. »Das geht nicht! Wissen Sie, was passiert, wenn ich einen Wolfshybriden halte? Ich riskier, dass man mich von meinem Job abzieht. Es ist nicht legal, Wolfsmischungen zu halten! Kommt ü-ber-haupt nicht in Frage!«

»Bei uns viele Leute haben Halbwölfe. In Karpaten«, sagte der Mann verständnislos. »Sind wie Hunde. Nur wilder und größere Zähne. Gut im Käfig. Dann kein Einbrecher am Haus.« Er grinste, und ein Schneidezahn glänzte golden.

»Das ist überhaupt nicht gut«, antwortete Ella entschieden. »Das ist Tierquälerei. Das Wölfische kommt bei Mischlingen immer raus. Sie haben Angst vor Menschen! Und manchmal werden sie auch gefährlich. Ein Privatzoo ist das Letzte, was ich jetzt noch brauchen kann.«

Abwehrend hob sie die Hände und sagte entschieden: »Bitte

nehmen Sie das Tier wieder mit. Ich will es nicht. Auf Wiedersehen.« Sie schlug die Tür zu und fühlte sich schrecklich. So ähnlich wie damals, als kleines Mädchen in Schwerin. Jedes Tier hatte sie mit nach Hause genommen, Mäuse, Vögel, einfach alles. Einmal hatte sie einen Spatzen gefunden, der sich das Bein gebrochen hatte. Beim Versuch, es zu verarzten, hatte sie es plötzlich in der Hand gehalten. Dasselbe fassungslose Gefühl überkam sie jetzt wieder, als die Tür hinter ihr ins Schloss fiel.

Ella setzte sich wieder an den Schreibtisch, trank einen Schluck Tee und versuchte, sich auf die Arbeit zu konzentrieren. Bis plötzlich ein Geräusch von draußen hereindrang. Sie hob den Kopf und lauschte. Es kam von links, wo die schmale Veranda der Blockhütte endete. Dort, wo die grüne Regentonne stand, die das Wasser aus dem Fallrohr auffing, das von der Regenrinne nach unten floss.

Entschlossen stand sie auf und ging hinaus. Während sie sich der Tonne näherte, hörte sie ein klägliches Fiepen. Vorsichtig lehnte sie sich über die Verandabrüstung und spähte nach unten. Sie sah eine gefrorene Lache – und den kleinen Halbwolf, der verzweifelt versuchte, sich aus seinem engen Gefängnis zu befreien. Auf dem spiegelglatten Untergrund rutschten ihm die Pfoten weg, und er prallte mit der Schnauze gegen die Wand.

Wie gemein, ihn einfach hier auszusetzen, dachte Ella entrüstet. Vorsichtig fischte sie den Welpen aus der Tonne und nahm ihn auf den Arm. Dunkel, fast schwarz war sein Fell, und seine Augen strahlten so hellblau wie ihre eigenen. Sofort fing der Kleine an, nach einer Zitze zu suchen. Und weil er nicht fündig wurde, versuchte er es weiter oben, an Ellas Gesicht, ihrem Ohrläppchen, bis er sich schließlich in ihren Haaren verstrickte. Sie lachte und zog ihn ein Stückchen herunter.

»Du hast Hunger, was? Wenn deine Mama gestern gestorben ist, hast du ja schon eine ganze Weile nichts mehr bekommen«, sagte sie.
Und natürlich war es entschieden: Sie konnte den Kleinen nicht zurück zum Zirkus bringen und ebenso wenig zu einem Tierarzt, der ihm eine tödliche Spritze verpassen würde. Das ging einfach nicht mit jemandem, der einen am Ohrläppchen geknabbert hatte.
Also beschloss sie, ihm den guten, alten Wolfnamen Jack zu geben und ihn eigenhändig aufzuziehen.
Sie baute ihm ein Gehege hinter dem Haus, füllte endlose Formulare aus, um seine Existenz zu legalisieren, und dachte sich dabei kühne Begründungen aus, wie die Beobachtung seines Verhaltens in ihre Forschungen einfließen sollte. Sie führte ihn zu langen Spaziergängen aus, ließ ihn dabei niemals von der Leine, und alles war gutgegangen – bis heute.
Ella seufzte und blickte erneut in den Rückspiegel. Inzwischen war Jack von der Rückenhöhe her fast ausgewachsen, aber noch nicht so massiv und muskulös wie ein erwachsener Wolf. Sie vermutete, dass seine Eltern beide hochrahmige Tiere gewesen waren. Jacks Abdruck der Vorderpfoten maß bereits elf Zentimeter ohne Krallen. Er war ausgesprochen groß. Und grau.
Dass dieser Engelbrecht ihn auf dem Ziegeleigelände für einen echten Wolf gehalten hatte, konnte Ella ihm nicht verdenken. Und auch nicht, dass er sich um seine Besucher gesorgt hatte. Auch wenn sie das vor ihm niemals eingestanden hätte! Als neulich drei Männer aus Berlin gekommen waren, die sich für ihr Projekt interessierten, hatte Jack sich ungewöhnlich scheu in eine Ecke seines Zwingers verzogen. Es war das erste Mal gewesen, dass er das getan hatte, und Ella hatte es mit Besorgnis registriert.

Aber trotzdem hatte Engelbrechts Kaltschnäuzigkeit sie getroffen, und seine Drohung noch mehr. Es stand zu viel auf dem Spiel. Ihre Existenz. Ihre Leidenschaft für wilde Tiere. Für Beutegreifer, die nach fast einem Jahrhundert wieder zurückkehrten.

Endlich war sie da. Sie parkte schräg vor der Blockhütte, die seit einem Jahr ihr Zuhause war. Die Hütte stand auf einer kleinen Lichtung, die Bäume des Waldes schlossen dicht auf. Sie war aus groben Baumstämmen errichtet, hatte zwei Stockwerke und ein rotes Satteldach. Die obere Etage hatte Schrägen, unten befanden sich ein Bad sowie eine Küche, die in das Wohnzimmer überging. Besonders wichtig war der Ofen, mit dem sie die untere Etage zusätzlich heizte. Als ihre Vermieter, ein älteres Ehepaar, ihr die Datsche, wie sie es nannten, gezeigt hatten, hatte Ella sofort gewusst, dass sie das Richtige gefunden hatte. Hier war sie mitten im stillen Herzen der Schorfheide, ideal für alle Exkursionen. Die Hütte mochte vielleicht nicht das sein, was man komfortabel nannte. Aber sie war gemütlich mit den kleinen Doppelfenstern, dem dunklen Dielenboden, den rosa gestrichenen Holzschränken in der Küche. Kurzentschlossen hatte Ella einen Jahresvertrag abgeschlossen, der sich automatisch von Jahr zu Jahr verlängerte.
Sie stieg aus und schloss einen Moment lang die Augen. Kein Tag verging, an dem sie nicht den würzigen Duft des Waldes genoss, wenn sie morgens ins Freie trat oder wenn sie unterwegs gewesen war. Und besonders, wenn sie aus Berlin zurückkehrte. Dabei mochte sie die Stadt mit ihrer Betriebsamkeit, den Kiez in Charlottenburg, wo sie gewohnt hatte, und den vom Prenzlauer Berg, in dem ihre Schwester Josephine mit ihrem ersten Mann Johann viele Jahre das Restaurant *Gill's* betrieben hatte. In Kneipen, auf Märkten, bei Künstler-

vernissagen, in Clubs und Kinos, bei der Berlinale und auf dem Badeschiff – keine Party ohne Ella.

Aber dann war Johann bei einem Motorradunfall tödlich verunglückt, und Josephine hatte das Restaurant verkauft und war mit ihrer Familie an die Müritz gezogen. Zeitgleich war Ella in ihrem Laborjob immer unzufriedener geworden. Plötzlich kam ihr die Riesenstadt eng vor. Sie fühlte sich zwischen den Häusern eingesperrt, sehnte sich nach mehr Natur, und je mehr sie diese Sehnsucht zu unterdrücken versuchte, desto stärker wurde sie. Das Fiasko mit den Männern, dessen Höhepunkt Armin gewesen war, hatte ihr schließlich den Rest gegeben. Sie wollte weg, brauchte eine Auszeit, musste sich auf sich selbst besinnen, suchte Stille, um ihre eigene Stimme wieder hören zu können. Als sie dann diese Chance bekommen hatte, hatte sie mit beiden Händen zugegriffen. Sie hatte den anderen Job gekündigt, die Blockhütte gemietet, alles Notwendige in ihrem Bus verfrachtet – Bett, Couch, Schreibtisch, drei Korbstühle, Hausrat und Kleidung, zwei große Umzugskisten voller Bücher, Fax, Telefon, Computer und Bücher – und war mit Sack und Pack in die Einsamkeit gezogen.

Sie ging um den Wagen herum und öffnete die Heckklappe. »Komm, mein Guter. Wir sind da«, sagte sie sanft und griff nach Jacks Leine. Als ob er jedes Wort verstanden hätte, sprang Jack aus dem Wagen und lief mit Ella ums Haus herum in Richtung Zwinger.

Wäre ich vorhin mal lieber gleich nach Hause gefahren, dachte sie, dann wäre Jack nicht ausgerissen. Als sie auf einer ausgedehnten Wiesenfläche einen Schäfer mit einer Herde Skudden entdeckt hatte, hatte sie spontan angehalten. Aber der Schäfer hatte auf ihre Fragen nur wortkarg geantwortet und kein Interesse an ihrem Vortrag gezeigt. Das Einzige, was sie von ihm erfahren hatte, war, dass es keinerlei Risse in seiner Herde gegeben hatte.

Sie biss sich ärgerlich auf die Unterlippe. Niemals würde sie es sich verzeihen können, wenn das Projekt durch ihre eigene Fahrlässigkeit in Gefahr geriete! »Wir müssen vorsichtiger sein, Jack.« Sie stieß die Tür zu Jacks Zwinger auf.

Wie ein wohlerzogener Hund hob er die Pfote, und sie lachte. »Einmal Zirkus, immer Zirkus, was?« Er lief hinein, drehte sich um und setzte sich hin. Dort blieb er, während Ella die Tür wieder sorgfältig schloss. Mit einem letzten Blick auf ihn wandte sie sich zum Gehen »Mein einsamer Wolf«, murmelte sie.

Er war noch ein flauschiger, dunkelgrauer Welpe gewesen, als sie ihn zum ersten Mal hatte heulen hören. Es hatte sie amüsiert und gleichzeitig gerührt, wie er allein in seinem Zwinger gesessen hatte, den Hals nach oben gereckt, und diesen zarten hohen Ton aus seiner kleinen Schnauze hervorbrachte. Denn die Fähigkeit, mit diesem Ruf die Zusammengehörigkeit der Gruppe zu beschwören, schien an Jack verschwendet. Niemals würde er ein Rudel um sich haben, niemals gemeinsam das Heulen nutzen können, um dann zur Jagd aufzubrechen. Selbst wenn er heulte, um mit fernen Wölfen Kontakt aufzunehmen oder um eine durchziehende Wölfin auf sich aufmerksam zu machen – es war aussichtslos. Wildbiologisch gesehen war es undenkbar, dass er sein Genmaterial weitergab. Das durfte nicht sein. Hybriden würden das ganze Wolfsprogramm gefährden, in dem es schließlich darum ging, die Population echter Wölfe zu vergrößern. Nicht, dass sich nicht schon mal eine unglückliche Wölfin mit einem Hund eingelassen hätte. Aber die Welpen hatten dann unter großem Aufwand eingefangen werden müssen, und in einem Tierpark waren sie praktisch vor Angst gestorben.

Ein fernes Klingeln im Haus unterbrach ihre Gedanken. Sie joggte zur Hütte und fand das Telefon auf der kleinen Ablage in der Küche.

»Ridder«, meldete sie sich.

»Hallo Ella«, hörte sie eine Männerstimme. »Wie geht es dir? Alles klar da oben?«

Ella zögerte eine Sekunde. Martin Fransing jetzt schon am Telefon zu hören brachte die Irritation von vorhin sofort zurück. Er war ihr direkter Ansprechpartner im Institut der Universität und rief häufig aus Berlin an, um zu hören, ob es schon etwas Neues gab. Er regelte das Sponsoring ihres Projekts über einen großen Autohersteller. Offiziell hatte sie eine Stelle als Martin Fransings wissenschaftliche Mitarbeiterin, und er bestand darauf, dass sie ihm regelmäßig ihre Aufzeichnungen faxte.

Ella wusste, dass ihr Projekt von Fransing abhing. Aber sie zog es vor, so wenig wie möglich an ihn zu denken. Dass sie von ihm abhängig war, erfüllte sie gelegentlich mit Unbehagen. Etwas in dem Auftreten und der Gestik des Endvierzigers weckte in ihr den Eindruck, dass er unerfüllte Ambitionen hatte. In ihren Gesprächen gab er sich jovial und entspannt, aber Ella spürte, dass er vor Ehrgeiz brannte. Es stieß sie ab. Auch dass Martin immer wieder versuchte, mit ihr zu flirten, wenn sie in Berlin war, störte sie. Schon zweimal hatte er sie auf ein Glas Wein am Abend einladen wollen und war jedes Mal beleidigt gewesen, wenn sie es abgelehnt hatte.

Was hatte sein Anruf zu bedeuten? Konnte es sein, dass Engelbrecht sich bereits über sie im Institut beschwert hatte?

»Alles wunderbar bei uns«, sagte sie betont munter und ließ sich auf die Couch fallen. Der dunkelblaue Cordsamt war zwar abgewetzt, aber nirgends telefonierte man bequemer, las gemütlicher oder schlief seliger. »Es wird langsam winterlich hier oben, und wenn die Sonne in den Wald scheint, läuft man auf nassem Buchenlaub. Morgens liegt schon Rauhreif.«

»Und, haben dir die Spaziergänge auf Buchenlaub und Rauhreif neue Erkenntnisse beschert?«, fragte Martin sofort.

Ella unterdrückte ein erleichtertes Ausatmen. Es klang ganz nach einem seiner Routineanrufe: Über die Frage nach dem Wetter kam Fransing dann immer auf die Wölfe. »Nicht direkt Erkenntnisse, nein. Aber ich habe wieder ein paar Kontakte geknüpft, die hilfreich sein könnten. Heute war ich bei einem Schäfer …« Sie begann zu erzählen. »Und dann schneit es hoffentlich bald mal«, endete sie lahm. »Ich hoffe, dass ich dann endlich Spuren entdecke.«

»Das hoffe ich auch.« Martin machte eine Pause. »Weißt du, die setzen uns hier ganz schön unter Druck.«

»Wie meinst du das?«, fragte Ella.

»Wir hatten vorgestern das Meeting mit den Sponsoren für das Projekt. Ursprünglich war es ja auf vier Jahre angelegt …«

»Natürlich«, sagte Ella. »Das war doch von Anfang an klar. Sonst hätte ich mich ja niemals dafür beworben.«

Martin räusperte sich. »Schon, schon. Aber nun ist es so, dass du noch immer keine konkreten Ergebnisse vorweisen kannst. Außerdem gibt es noch andere Initiativen in deiner Gegend, die ehrenamtlich arbeiten. Billiger.«

»Nicht nur billiger, sondern sogar umsonst«, unterbrach Ella ihn sofort. »Aber die gab es auch schon, als ich letztes Jahr hier angefangen habe.«

»Das weiß ich doch, Ella«, antwortete Martin. Seine Stimme klang etwas gequält. »Aber auch die Presse hat lange nichts mehr über dich geschrieben. Dabei ist das so wichtig für die Firma. Eine Prestigesache. Nur deshalb finanzieren sie das Wolfsprojekt. Und im Zuge der Finanzentwicklung sieht es bei den Autoleuten auch nicht mehr so rosig aus. Du weißt schon, die Fabriken machen ein paar Wochen dicht, Umsatzzahlen sind rückläufig, die Abwrackprämie greift längst nicht mehr …«

»Und?«, fragte Ella mit wachsendem Unbehagen. »Warum sagst du mir das?«

»Kurzum, sie haben angekündigt, uns die Mittel zu kürzen. Sie wollen deinen Vertrag vorzeitig auslaufen zu lassen, wenn du nichts vorweisen kannst. Nur wenn schleunigst was Positives über dich und deine Arbeit in der Presse kommt, wollen sie dir noch etwas Zeit bewilligen.«

»Was?«, sagte Ella entsetzt. »Zu wann denn auslaufen?«

»Vermutlich Ende Februar, spätestens in einem halben Jahr«, antwortete Martin leise.

»Das können die doch nicht machen!«

»Leider doch«, erwiderte er mit leidendem Unterton. »Mir passt das auch nicht. Ich hänge ja mit meiner Arbeit ebenso drin.«

Das stimmt ja nun nicht, wollte Ella schon erwidern. Du sitzt doch warm und trocken in deinem Job. Gerade noch rechtzeitig hielt sie sich zurück und fragte stattdessen: »Was können wir denn bloß tun?«

»Ich weiß es nicht. Mit Engelszungen habe ich versucht, auf sie einzureden, aber ich habe nicht den Eindruck, dass es etwas bewirkt hat. Überleg dir was. Irgendwas, womit du als Wolfslady noch mal so richtig groß rauskommst. Am besten wär's natürlich, wenn dir ein Wolf über den Weg läuft. Ein paar Schafsrisse, schön nahe an einem Dorf. Und du als Vermittlerin mittendrin. Ein Foto, das wäre auch klasse.«

»Aber Martin, woher soll ich denn die Wölfe nehmen, wenn sie nicht kommen? Ich kann sie doch nicht herbeizaubern! Das ist auch nicht der Sinn der Sache, das weißt du doch genau. Es geht um Monitoring und um Aufklärung, nicht darum, in die Natur einzugreifen und ein paar Schafe zu opfern.«

»Weiß ich doch, Ella. Aber es wäre halt sehr viel leichter, wenn endlich mal was passieren würde«, erwiderte er. »Du, ich muss jetzt wieder in ein Meeting. Wann mailst du mir denn deine nächsten Unterlagen?«

»Nächste Woche hast du sie auf dem Schreibtisch«, sagte Ella automatisch und beendete das Gespräch. Normalerweise hätte sie jetzt ihren Computer angestellt und gearbeitet. Aber die Lust war ihr gründlich vergangen. Sie spürte, wie sich zum zweiten Mal an diesem Tag Entmutigung in ihr breitmachte. Hatte das alles überhaupt noch einen Zweck?

Inzwischen war die Sonne hinter den Bäumen verschwunden. Plötzlich erschien die Welt grau, nackte Äste ragten kahl in den dunkler werdenden Himmel. Ella schlang die Arme um sich. Ihr war kalt. Sie setzte sich auf den Korbstuhl vor ihrem Computer, angelte sich die hellblaue Wolldecke, die über der Lehne lag, und hüllte sich darin ein.

Der Tag hatte mit Jacks unerwartetem Auftauchen auf dem Hügel des Ziegeleimuseums nicht gut angefangen – mit Fransings Anruf drohte er endgültig zu einer Katastrophe zu werden. Denn ohne das Geld des Sponsors war sie verloren, das wusste sie. Wenn jetzt noch Engelbrecht bei Fransing anrief, war sie erledigt. Das war garantiert die Sorte Presse, an die ihr Sponsor nicht dachte.

Was sollte sie tun? Nach einem lustlosen Abendessen ging Ella früh zu Bett. Sie versuchte zu lesen, aber sie konnte sich nicht konzentrieren. Sie legte das Buch auf den Nachttisch, aber es fiel herunter und knallte auf den Holzboden. Entnervt knipste Ella die Nachttischlampe aus und versuchte zu schlafen.

Es ging nicht.

Energisch wickelte sie die Decke mit dem warmen Flanellbezug um ihre nackten Beine und versuchte, liegen zu bleiben und ihre Gedanken so zur Ruhe zu bringen, dass der Schlaf kommen konnte. Auf einmal knackte es, und sie setzte sich hastig auf. Was war das? Sie knipste die Lampe wieder an, schwang die Beine über die Bettkante und blieb bewegungslos sitzen. Angestrengt lauschte sie in die Dunkelheit. Alles in ihr drängte danach, tief, ganz tief Luft zu holen, um sich so von der Beklemmung zu befreien, die sie ergriffen hatte.

Und während sie noch im schwachen Schein der Lampe dasaß, überkam Ella plötzlich eine maßlose Wut. Was für ein mieser, fieser Tag das gewesen war! Sie fing an zu zittern, aber nicht vor Angst oder Kälte, sondern vor Ärger. Erbost schlug sie mit der flachen Hand auf die Bettdecke und funkelte zornig die holzverkleidete Wand an. Es kam überhaupt nicht in Frage, dass irgendwer ihre Pläne zerstörte! Sie würde sich zur Wehr setzen. Sie brauchte mehr Zeit. Wölfe gehorchten ihren eigenen Gesetzen, Naturfotografen brauchten manchmal Monate, um ein einziges Foto von einem Wolfsrudel zu schießen, und sie sollte nun auf Abruf tolle Nachrichten darüber an die Presse weitergeben? Das ging nicht, das war unmöglich! Das würden die Sponsoren verstehen müssen, und Fransing hatte gefälligst hinter ihr zu stehen und sie zu unterstützen.

Und was Engelbrecht anging … Grübelnd fuhr sie mit dem Zeigefinger das Muster der Bettdecke nach. Vielleicht könnte sie ihm ja vorschlagen, als Entschädigung für seine Besucher im Museum einen Vortrag über Wölfe zu halten? Damit hätte sie natürlich gleich zwei Fliegen mit einer Klappe geschlagen: Er wäre besänftigt, und sie hätte Werbung für ihr Projekt gemacht. Wieder knipste sie das Licht aus. Ihr Herz, das vor Aufregung schnell geschlagen hatte, beruhigte sich endlich, und Ella schloss die Augen.

4. Kapitel

Mit einem leisen Klick öffnete sich die Tür, fast unmerklich. Ella hörte es, aber drehte sich nicht um. Sie stand am Fenster. Hellgraues Licht drängte sich durch die dichten Bäume. Dunkel wie ein Scherenschnitt hob sich dagegen die Silhouette des Waldrandes ab, und auf dem matten Schwarz leuchteten unzählige kleine, fallende Sterne: Es schneite. Immer dichter wurde der fließende Vorhang aus weißen Flocken, die auf die Erde sanken.

Obwohl sie mit dem Rücken zur Tür stand, spürte Ella, dass hinter ihr jemand stand und sie beobachtete. Langsam drehte sie sich um und richtete den Blick auf den Türspalt, wo jeden Moment ein Gesicht sichtbar werden musste. Doch sie sah niemanden. Eine Bewegung weiter unten in der Öffnung lenkte ihre Aufmerksamkeit auf sich, und ihr Blick fiel auf einen dreieckigen Kopf. Sie sah eine helle Schnauze. Ein bernsteingelbes Augenpaar starrte sie bewegungslos aus dem Dunkel an.

Kräftig drückte das Tier mit seiner Stirn die Tür auf. Furchtlos lief es auf Ella zu, blieb direkt vor ihr stehen und schaute zu ihr hoch. Von den Augenwinkeln aus zog sich jeweils ein dunkler Strich bis zu den Ohren, die aufgestellt waren. Oberhalb dieser schwarzen Markierung war das Fell dunkelgrau, unterhalb von einem reinen Silberweiß. Die helle Färbung zog sich an den Seiten des Halses und bis auf die Brust hinunter, wo das Fell deutlich länger war.

Ella holte tief Luft, ohne den leisesten Gedanken an Flucht vor diesem großen, auffallend schön gezeichneten Wolf, ohne sich darüber zu wundern, dass er ihre Nähe suchte. Sie bewunderte ihn still, als sie plötzlich eine zarte Berührung auf ihren Händen fühlte. Schneeflocken. Sie sah feine Sterne, die von der Zimmerdecke herunterrieselten. Der Schnee bedeckte den Holzboden, fiel auf Ellas Schultern, fing sich in ihren Locken, blieb in ihren Wimpern hängen, so dass sie die Augen nur mit Mühe offen halten konnte. Es schneit mitten im Zimmer, dachte sie erstaunt. Wie kann das sein? Was, wenn es immer mehr wird? Wenn die Schneedecke höher und höher steigt? Wo gehe ich hin?

Und noch immer stand der Wolf regungslos vor ihr und sah sie an. Auch auf seinem dunklen Rücken lag Schnee. Seine breiten Pfoten versanken allmählich in der Schneedecke, die den Boden bedeckte. Ein eiskalter Windstoß fuhr durchs Zimmer und wirbelte die feinen Flocken auf. Ella spürte, wie sie vor Kälte zu zittern begann.

Als ob der Wolf ihr Frösteln bemerkt hatte, schmiegte er seinen massigen Körper an ihre Oberschenkel und verströmte eine Wärme, die ihr in die Füße und in den Körper stieg. Ella beugte sich vor und fuhr mit beiden Händen in sein weiches, dickes Fell. Ihre Finger spürten schließlich die warme Haut, und sie kniete zu ihm nieder. »Wer bist du?«, murmelte sie. Sie zog das Tier enger an sich heran und umarmte es. Sie atmete seinen Raubtiergeruch ein, wild, waldig und feucht. Als sie furchtlos ihren Kopf an seine Stirn lehnte, sah sie tief in helles Bernstein. »Warum bist du zu mir gekommen? Willst du mir etwas sagen?«, fragte sie. Stumm erwiderte der Wolf ihren Blick, und die Zeit schien stillzustehen, während der Schnee weiter lautlos auf die Erde tanzte.

Verwirrt blinzelte Ella in das graue Morgenlicht, das durch das Fenster über ihrem Bett ins Zimmer fiel. Es war noch früh. Und es schneite zwar nicht, aber kalt war ihr trotzdem. Was war das für ein Wolf gewesen?, fragte sie sich verschlafen und rieb sich die Augen. Ein europäischer Grauwolf, auf den sie in der Schorfheide hoffte, war es nicht. Auf keinen Fall. Dazu war er zu groß, zu hell gewesen. Eher noch ein Buffalo-Wolf, wie er früher die nordamerikanischen Ebenen bevölkert hatte, bis ihm durch die Einwanderer das gleiche Schicksal wie den Indianern beschieden war: erbarmungslose Verfolgung.

Die Größe stimmte, aber sonst war er für einen Buffalo-Wolf zu hell gewesen. Eher eine Buffalo-Arktik-Mischung, der Färbung nach. Aber auch nicht wirklich. Seltsam.

Gähnend wandte sie den Kopf zur Seite, wo niemand war. Niemand, der sie wärmte, niemand, den sie umarmen und dem sie tief in die Augen sehen konnte, in denen eine stumme Botschaft für sie geschrieben stand.

Natürlich stand da kein Wolf neben ihrem Bett. Hatte auch nie dort gestanden.

So etwas gab es schließlich nur im Traum. Oder im Märchen.

5. Kapitel

»Ich fahr dann mal in die Hütte«, sagte Georg Engelbrecht. »Die Hunde nehme ich mit.« Eine stumme Warnung lag in seiner Stimme: Versuch nicht, mich davon abzubringen. »Was machst du heute?«

Ausgerechnet heute, dachte Christiane, und ein Gefühl der Mutlosigkeit überkam sie. Dieser Tag im November war immer der schlimmste im ganzen Monat. Im ganzen Jahr.

Sie sah ihn nicht an, als sie antwortete: »Jola kommt nachher. Vielleicht hilft sie mir, den Garten winterfest zu machen. Sonst mach ich's allein. Sie hat ja im Haus genug zu tun.«

Georg trat von hinten an seine Frau heran und strich ihr wortlos über das präzise geschnittene, aschblonde Haar, bevor er sich abwandte und ging.

Von Jola, der Haushälterin, war noch nichts zu sehen, als Christiane Engelbrecht kurze Zeit später in der zu großen Villa in München ihre sorgfältig manikürte Hand nach dem Hörer des Telefons ausstreckte. Sie tippte eine Handynummer ein, die sie selten wählte, aber trotzdem auswendig konnte. Ihre Finger glitten sanft über die Tasten, als wolle sie verhindern, dass ein Geräusch die Stille um sie herum durchdrang.

Sie wusste, was Georg in der Hütte machte: Dort oben würde eine Drückjagd stattfinden. Mit langen Stöcken und lautem Geklapper wurde das Hochwild aus seinen Verstecken im Herbstwald getrieben, direkt auf die Jäger zu. Früher war sie

manchmal mit ihm mitgefahren, hatte auf ihn gewartet und gelesen. Manchmal war sie sogar als Treiberin mitgegangen. Sie hatte die Aufregung genossen und später, beim Anblick der gelegten Strecke, totes Rotwild mit Tannengrün im geöffneten Maul, Schwarz- und Damwild, nichts empfunden. Aber seit fünf Jahren hatte sie Georg nicht mehr begleitet.
Das einzige Geräusch, das sie hörte, war ihr eigener Atem. Sie trat, immer noch mit dem Telefonhörer in der Hand, ans Fenster. Hier im Erdgeschoss waren alle Fenster bodentief. Es war ein schönes Haus, erbaut in den zwanziger Jahren, mit Jugendstilelementen, die sorgfältig von ihren Handwerkern saniert worden waren. Georg und sie hatten es vor fast vierzig Jahren, gleich nach ihrer Hochzeit, gekauft. Sie hatten sich auf den ersten Blick in diese Villa in Bogenhausen verliebt. Georg, dessen Geschäfte damals schon sehr gut gingen, hatte es sich leisten können.
Auch Christiane war einmal berufstätig gewesen. Doch das schien Ewigkeiten zurückzuliegen. Sie hatte als Stewardess gearbeitet, hoch über den Wolken, und war für ihr Leben gerne gereist. Die Länder hatten nicht fern und fremd genug sein können.
Und dann, während eines Fluges nach Island, hatte Georg in der Businessklasse gesessen, damals noch schlank, mit seinem dunklen Haar, den braunen Augen, eine Mischung aus Geschäftsmann, Handwerker und Macher, alles gleichzeitig. Ursprünglich hatte sie mit ihrer Crew den Abend in Reykjavik verbringen wollen, aber dann stattdessen Georgs Einladung zum Dinner angenommen. Danach waren sie in eine sehr laute Bar gegangen und hinterher in ein sehr stilles Hotel. Eine helle nordische Nacht lang hatten sie geredet, gelacht, geschwiegen und sich geliebt. Am nächsten Tag war er mit der Maschine, auf der sie die Passagiere versorgte, wieder zurück

nach Frankfurt geflogen. Einfach so, weil die paar Stunden im Flieger, in denen sie sich nicht mal um ihn kümmern konnte, ihm wichtiger gewesen waren als alles andere. Ihretwegen hatte er seinen Angelurlaub nicht angetreten. Und sie? Sie hatte für ihn ihren Job aufgegeben, obwohl sie wusste, dass sie das Unterwegssein schmerzlich vermissen würde. Die Flüge mit Pan Am hatten nicht mehr zu ihrem Leben als Georgs Frau gepasst. Pan Am – gone but not forgotten. Wie so vieles. Sie seufzte.

Dafür hatte sie etwas anderes gefunden, das sie begeisterte: Musik. Sie hatte mit Klavierspielen angefangen, und nach mehreren Jahren intensiven Übens nicht mal schlecht gespielt. Außerdem hatten sie ein großes Haus geführt, viel Besuch empfangen, meistens Leute aus der Baubranche. Nach Verhandlungen, bei denen große Summen und noch größere Mengen von Baustoffen über den Tisch gegangen waren, hatte Georg seine Partner nach Hause eingeladen. Er konnte auf Christiane zählen, wusste, dass ihr die Vorbereitungen Spaß machten.

Einige Jahre nach der Hochzeit hatten sie dann die Jungen bekommen. Was für eine Freude war das gewesen, plötzlich zu viert zu sein! Zeitgleich war Jola ins Haus gekommen. Ein Glücksgriff. Gerade mal zweiundzwanzig war sie gewesen, hatte das graue, sozialistische Polen verlassen und war zu einer entfernten Tante nach München gekommen. Dort hatte sie verzweifelt nach einer Stelle gesucht. Mit ihrem riesengroßen Herz für die beiden Babys hatte sie Christiane sofort überzeugt. Zu eigenen Kindern hätte sie nicht liebevoller sein können. Später hatten die Jungen unter Jolas Aufsicht in einer großen Sandkiste gebuddelt. Dann hatten sie wagemutig die Klettergerüste genutzt, die Georg extra für sie hatte entwerfen lassen, der eine kühner, der andere vorsichtiger, wie es ihre Art gewesen war. Später hatten sie sich in einer abgeschiedenen Ecke des weitläufigen Gartens ein Baumhaus gebaut, hatten dort manchmal übernachtet. Und als sie groß genug waren, hatte Georg sie, wenn sie in den Ferien aus dem Internat nach Hause gekommen waren, gern mit zur Jagd genommen. Dem einen hatte es gefallen, dem anderen nicht. So unterschiedlich waren sie von Anfang an in ihren Charakteren gewesen, aber auch so unzertrennlich. Vielleicht waren sie deshalb nie lange Bindungen eingegangen. Valentin hatte immer viele Freundinnen gehabt, so viele, dass es ihr als Mutter schwergefallen war, den Überblick zu behalten. Sie hatte es so hingenommen, natürlich, es war ja kein Wunder, dass er sein Leben genoss, gutaussehend und, nachdem er mit fünfundzwanzig frei über einen Teil seines Vermögens verfügen konnte, auch sehr bequem abgesichert. Ob Valentin sich überhaupt jemals wirklich gebunden hätte?

Sie trat noch dichter an das Fenster heran und lehnte die Stirn gegen das kühle Glas. Es war wie jedes Jahr: Nach dem ersten Frost hatte sich der Garten bis zum nächsten Frühjahr verabschiedet. Vielleicht sollte ich mehr Immergrün pflanzen, dachte Christiane. Dann würde es in der kalten Jahreszeit nicht so trostlos aussehen. Oder mehr auf Gräser setzen, die dem Garten im Winter Struktur geben. Es war hübsch, wenn sie mit Rauhreif überzogen waren. Als ob sich über Nacht jemand die Mühe gemacht hätte, jeden einzelnen Stengel mit winzig kleinen Diamanten zu bekleben. Wenn sie im Garten arbeitete, fühlte sie sich so unbeschwert. Manchmal konnte sie den Moment genießen und alles andere vergessen. Auch wenn dieses Vergessen nie von Dauer war.

Sie wandte sich vom Fenster ab, drehte sich um und ging zu dem Flügel, der mitten im Musikzimmer stand. Zum Glück wischte Jola hier regelmäßig Staub, so dass der schwarze Lack makellos glänzte. Mit der rechten Hand öffnete Christiane den Deckel, betrachtete die achtundachtzig Tasten. Musik ist wie eine Hoffnung, in Noten niedergeschrieben, dachte sie und schloss den Deckel wieder.

Dann ging sie zur Wand, wo verschiedene Gitarren hingen, Countrygitarren, zwei E-Gitarren, zwei Bässe. Sie strich über die Saiten, bis sie leise klangen. Es waren die falschen Hände, die sie berührten. Einer der Haltergriffe an der Wand war leer. Sie wusste, was dort fehlte: eine sehr gute, sehr teure Akustikgitarre.

Immer noch mit dem Telefon in der Hand, hörte sie, wie ein Wagen vor dem Haus hielt. Kurz darauf hörte sie einen Schlüssel im Schloss. »Jola?«, rief Christiane und legte den Telefonhörer behutsam ab, ohne auf die Verbindungstaste gedrückt zu haben.

»Ja«, rief es zurück. Jola kam, noch im Mantel und mit einer Tasche über der Schulter, in den Flur. Sie warf Christiane einen Blick durch die beiden geöffneten Türen zu, stellte abrupt die Tasche ab und kam auf sie zu. Wortlos breitete sie die Arme aus und zog Christiane an sich heran. »Ich weiß, ich weiß«, murmelte sie. »Heute ist wieder der Tag. Haben Sie schon mit Sander gesprochen?«

Unfähig, gegen die Tränen anzukämpfen, schüttelte Christiane den Kopf und lehnte sich gegen Jola, die ihr behutsam über den Rücken strich. »Es ist noch früh. Sie können ihn ja später noch anrufen.«

6. Kapitel

Du bleibst heute besser hier. Dieser Engelbrecht flippt garantiert aus, wenn ich dich mitnehme und du wieder seine Besucher erschreckst. Und dann wird es für uns beide echt schwierig«, sagte Ella zu Jack. Er stand hinter dem Drahtgitter seines Zwingers, drückte die Schnauze gegen das Geflecht und schaute sie an. Sie streckte zwei Finger durch den Zaun und kraulte ihn flüchtig. Er winselte leise, als ob er jedes Wort verstanden hätte. »Na los, troll dich in deine Höhle. Wenn ich zurückkomme, machen wir einen schönen langen Spaziergang.«

Gehorsam drehte er sich um und lief zu seinem Bau. Ella hatte ihm eine Hütte gebaut und sie mit Steinen umgeben. Im Sommer hatte Jack hier oft gelegen, weil er von dort einen guten Überblick hatte, so wie auch seine wilden Verwandten gern Rast an erhöhten Stellen machten. Aber seit es kälter geworden war, schlief er deutlich öfter auf dem Stroh, das Ella für ihn hineingelegt hatte.

Sie blickte ihm kurz hinterher, dann ging sie zu ihrem Bus. In der Hand hielt sie eine Rolle Schnur und ein Küchenmesser. Sie kletterte in den Wagen und begann die Beifahrertür zu sichern. Zugegeben, das war provisorisch. Aber sie hatte keine Ahnung, wer ihr auf die Schnelle die Tür reparieren sollte. Bis sie das nächste Mal in Berlin war, musste das genügen. »Na bitte«, murmelte Ella und schnitt die Strippe durch. »So gut wie neu.« Mit schiefgelegtem Kopf betrachtete sie ihr Werk.

Wie graue, zähe Endlosspaghetti ringelte sich die Schnur um Tür, Knopf und Haltegriff. »Und jetzt ab in die Höhle des Löwen.«
Sie ließ den Motor an. Als sie heute Morgen erwacht war, hatte sie beschlossen, den Wolfstraum als ein gutes Omen zu sehen. Irgendwie würde es ihr schon gelingen, Engelbrecht von dem Anruf in Berlin abzubringen. Wenn er nur ein bisschen clever war, würde er ihren Vorschlag nicht ablehnen können. Und falls die Presse diesmal pünktlich dazu erscheinen würde – umso besser! Ella war von ihrer Idee sehr angetan.
Frohgestimmt gab sie Gas, schaltete vom dritten in den vierten Gang und hatte das Museumsgelände bald erreicht. Schwungvoll fuhr sie auf den Parkplatz und hielt. Dann allerdings blickte sie sich verwundert um: Nur ein silberner Sportwagen und ein heller Van standen dort. War das Museum heute, am Samstag, geschlossen? Plötzlich ärgerte Ella sich, dass sie die Öffnungszeiten nicht im Internet gecheckt hatte. »Wieder zu spontan. Du musst dringend daran arbeiten«, sagte sie leise zu sich selbst.
Sie stieg aus und ging zum Eingangsbereich. Ein Tor versperrte den Zugang zum Gelände. Sie rüttelte daran, aber es war verschlossen. Ja, heute war definitiv kein Besuchertag. Aber sie war ja schließlich auch keine Besucherin, beruhigte sie sich und ging den Zaun entlang. Sie war mehr etwas wie eine – Geschäftspartnerin. Genau. Deshalb galten für sie die Öffnungszeiten natürlich nicht.
Entschlossen suchte sie sich eine Stelle, wo der Zaun ein wenig niedriger war, hangelte sich nach oben und sprang auf der anderen Seite hinunter. Sie ging auf das rote Gebäude zu. Der malerische Turm in der Mitte der Anlage erinnerte sie an das Märchen von Rapunzel. Bloß, dass Engelbrecht keine langen blonden Zöpfe hatte.

Vor der Eingangstür blieb sie stehen. Sie sah keine Klingel und auch kein Namensschild, aber wenn es irgendwo ein Büro gab, dann konnte es nur hier sein. Probehalber drückte Ella die Klinke herunter, und zu ihrem Erstaunen schwang die Tür sofort auf. Vorsichtig trat sie in den Gang. Es war so schummerig, dass es einen Moment lang dauerte, bis sich ihre Augen an das Halbdunkel gewöhnt hatten. Wenige Meter vor ihr begann eine Wendeltreppe. Sie schraubte sich nach oben, wo Tageslicht durch die schmalen Fenster in das gemauerte Gewölbe des Turms fiel. Der Boden war mit unebenen grauen Steinfliesen bedeckt, die Wände waren verputzt, aber nicht gestrichen. Zögernd bewegte Ella sich vorwärts, zu abgetretenen Treppenstufen aus dunklen Holzbohlen. Dennoch sah der Eingangsbereich nicht ungepflegt aus, eher ursprünglich, unverfälscht. Es hätte Ella nicht gewundert, wenn sie altertümliche Leuchter an den Wänden entdeckt hätte, von denen das Wachs brennender Kerzen langsam auf den Boden tropfte.

Behutsam fuhr sie mit der Hand über das Geländer, dessen Holzoberfläche nicht maschinell, sondern wie von jahrelangem Gebrauch geglättet war, als plötzlich ein leises Geräusch zu ihr nach unten drang.

»Hallo?«, rief sie nach oben, erhielt jedoch keine Antwort. Sie lauschte. Da war es wieder. Leise Klänge. Musik. Langsam nahm sie die erste Treppenstufe, dann die zweite, die dritte. Sie kam am ersten Turmfenster vorbei. Wie im Bann folgte sie den Tönen, die sich nur zögernd zu einer Melodie verdichteten. Unwillkürlich begann sie das Stück mitzusummen, *Tears in Heaven* von Eric Clapton, das er geschrieben hatte, nachdem sein kleiner Sohn in New York aus dem Fenster eines Hochhauses gestürzt war. Vor zwei Jahren, bei Johanns Begräbnis, war es auch gespielt worden. Ella hatte den Song immer schon gemocht, aber an jenem Tag hatte er eine völlig neue Bedeutung für sie bekommen. *Would you know my name/If I saw you in heaven?/Would it be the same/If I saw you in heaven?*

Sie lauschte angestrengt. Immer wieder setzte die Musik kurz aus, und die Abfolge der Töne wurde unterbrochen. Auch vom Text waren nur einzelne Satzfetzen zu hören.

Mit jeder Etage, die sie emporstieg, wurde die Musik lauter. Im dritten Stock endete die Treppe vor einer Tür. Sie war angelehnt.

Ella wusste, dass es längst zu spät war, um sich unverfänglich bemerkbar zu machen. Sie war eine Einbrecherin. Das Klügste, was sie tun könnte, war, sich so schnell wie möglich aus dem Staub zu machen. Doch sie konnte nicht widerstehen.

Sie schlich sich näher an die Tür heran und lugte vorsichtig durch den Spalt. Verblüfft hielt sie den Atem an. Sie hatte ein Büro vermutet, wo jemand zur Musik arbeitete, vielleicht die Ablage machte. Stattdessen blickte sie in ein weiß gestrichenes Turmzimmer, für das die Bezeichnung spartanisch eine maßlose Untertreibung war. Es sah eher aus wie eine Gefängniszelle. Für jemanden in Einzelhaft. Soweit sie es durch den schmalen Spalt erkennen konnte, gab es nichts außer einem abgewetzten Ledersessel. Und darin saß der übellaunige Museumsdirektor höchstpersönlich und spielte Gitarre.

Vor Erstaunen riss Ella die Augen auf. Engelbrecht hatte die langen Beine übereinandergeschlagen, sein Oberkörper war tief über den polierten Korpus der Gitarre gebeugt. Mit der linken Hand drückte er die Saiten herunter, mit der rechten Hand spielte er. Sie konnte sein Gesicht nicht sehen. Er hielt den Kopf schräg, wie um sich selbst zu lauschen, dem Hall der Musik, wenn er sich kurz unterbrach. Sie sah nur sein grau gesträhntes Haar, die flinken Bewegungen seiner Finger, das

Zucken seines nackten Fußes, der auf dem anderen Knie ruhte. Er trug nicht die propere Bürokluft von gestern, sondern eine ausgeblichene hellblaue Jeans und ein T-Shirt, das früher wahrscheinlich mal knallrot gewesen war, aber nach unzähligen Waschgängen einen weichen, gedämpften Farbton angenommen hatte. Er wirkte ganz anders als gestern. Jünger. Verwundbarer.

All das war höchst erstaunlich, fand Ella. Aber am erstaunlichsten waren die Empfindungen, die seine Stimme in ihr auslöste. Engelbrecht sang und brach gleich darauf ab, hob von neuem an und schwieg wieder. Dunkel und rauh klang seine Stimme. Auf eigenartige Weise bewegt, als ob er jedes Wort selbst geschrieben hätte. Ein Liebeslied hätte intimer nicht sein können.

Ella verstand die Welt nicht mehr. Wie konnte ein Mann in einem Moment so ekelhaft, unsensibel und streng wirken und im nächsten so … melancholisch und voller Sehnsucht? Wie ein einsamer Cowboy, der im Begriff war, seinen letzten Sonnenuntergang zu erleben, dachte Ella. Na ja, das war vielleicht zu theatralisch. Sie schluckte gegen den dicken Kloß an, der sich plötzlich in ihrem Hals gebildet hatte.

In diesem Moment hörte sie ein Handy klingeln. Ella erstarrte. Woher kam das Geräusch? Doch nicht etwa aus dem Zimmer nebenan? Wenn Engelbrecht jetzt herauskam, war sie geliefert.

Doch er stellte nur die Gitarre neben dem Sessel ab und angelte das Handy aus seiner Hosentasche. Das war der perfekte Moment für ihren Rückzug! Doch wieder war Ella unfähig, sich vom Fleck zu rühren.

»Ja?«, sagte Engelbrecht und erhob sich. Hastig trat sie einen Schritt zur Seite und presste den Rücken gegen die Wand.

»Oh, hallo, Mutter. Nein, du störst nicht.« Er schwieg, dann sagte er: »Danke für die Glückwünsche. Na ja, fünfunddreißig geht ja noch.« Er räusperte sich und sagte: »Nein, ich komme nicht. Zu viel Arbeit hier. Ja, auch über Weihnachten. Ich sitze gerade im Büro. Danke. Dir auch.«

Was für ein Lügner, dachte Ella entrüstet. Von wegen arbeiten! Und kein Mann von großen Worten. Wenn Josephine und sie sich anriefen, dauerte es immer viel länger. Selbst wenn es nicht um einen Geburtstag ging.

Sie wartete darauf, dass er sein Gitarrenspiel wieder aufnahm, aber nichts geschah. Tiefe Stille herrschte. Engelbrecht würde jede Bewegung von ihr hören, dachte Ella unbehaglich. Vorsichtig wandte sie den Kopf und blickte erneut durch die Tür.

Engelbrecht hatte sich wieder in den Sessel gesetzt und das Gesicht in die Hände gestützt. Aber plötzlich hob er den Kopf und blickte geradewegs in ihre Richtung. Verdammt!, schoss es Ella durch den Kopf, und sie fuhr zurück. Doch es war zu spät. Er hatte sie gesehen.

»Hey!«, rief er überrascht und sprang auf. Ella überlegte flüchtig, ob sie versuchen sollte, die Treppen hinunterzulaufen. Doch sie würde keine Chance haben: Engelbrecht war schnell, groß und hatte gestern bewiesen, dass er über ziemlich gute Reflexe verfügte.

Im nächsten Moment war er auch schon bei ihr und versperrte ihr den Weg. Ein seltsamer Ausdruck, den sie nicht deuten konnte, lag auf seinem Gesicht.

Angriff ist die beste Verteidigung, dachte Ella, holte tief Luft und sprudelte los: »Hallo, Herr Engelbrecht, entschuldigen Sie die Störung! Ich … äh, bin nur kurz mal hier vorbeigekommen … Die Tür war auf, und da dachte ich, wir könnten noch mal über gestern sprechen. Es tut mir sehr leid, was passiert ist, und ich würde Ihnen gerne anbieten, für Ihre Besucher einen Vortrag zu halten. Das wäre doch ganz schlau, um Ängste abzubauen. Vor Wölfen, meine ich … Wie finden Sie die Idee? Ich würd's auch umsonst machen. Als Entschädigung.«

Engelbrecht blickte sie so entgeistert an, dass ein nervöses Kichern in ihr aufstieg. Rasch fügte sie hinzu: »Gut, oder? Meine Idee, meine ich. Was sagen Sie dazu?«

Statt einer Antwort schoss Engelbrechts Hand nach vorne. Er packte Ella hart am Oberarm und zerrte sie in sein Zimmer.

»Aua! Finger weg«, rief sie und wollte sich losreißen. Genauso gut hätte sie versuchen können, sich aus einer Eisenkralle zu befreien. Er schlug die Tür hinter ihnen zu, als wolle er nicht, dass jemand sie hörte. Ella schaute sich flüchtig in dem Turmzimmer um: halbrund, abgezogene Dielen, ein niedriges Regal, auf dem eine kleine Anlage und ein Flachbildschirm standen. Beides hatte sie von ihrem Versteck aus nicht sehen können. Daneben hing ein großes Foto von Engelbrecht an der Wand, auf dem er deutlich jünger war als jetzt. Sie hatte recht gehabt: Er hatte früher tatsächlich dunkle Haare gehabt. Aber wie eitel war das denn, ein Foto von sich selbst an der Wand zu haben? Noch dazu in dieser Größe? Nicht von der Familie, nicht von Freunden? Was für ein Fatzke.

Seine Stimme durchbrach ihre Gedanken wie ein Donnergrollen: »Was zum Teufel tun Sie hier?«

»Lassen Sie mich los! Ich sag doch, dass ich hergekommen bin, weil ich noch mal mit Ihnen reden wollte«, begann Ella, während sie es endlich schaffte, sich mit einem energischen Ruck aus seiner Umklammerung zu befreien. »Das Eingangstor ist abgeschlossen«, fuhr er ihr über den Mund. »Wie zum Teufel sind Sie überhaupt auf das Gelände gekommen?« Seine Stimme wurde eine Nuance lauter. Bedrohlich baute er sich vor ihr auf, und sosehr sie es auch gewollt hätte, Ella

konnte nicht weiter zurückweichen. Sie stand bereits mit dem Rücken zur Wand.
Innerlich wand sie sich wie ein Regenwurm, aber es half nichts, sie musste mit der Wahrheit rausrücken. »An einer Stelle ist der Zaun etwas niedriger«, murmelte sie und sah dabei interessiert auf ihre Sportschuhe hinunter. Sie hatte sie heute statt ihrer festen Wanderschuhe angezogen. Als ob sie gewusst hätte, dass sie damit besser klettern und schneller wegspurten konnte.
Lässig lehnte Engelbrecht neben ihr an der Wand. Als ob er sie zufällig in einer Bar getroffen hätte und mit ihr plaudern wollte. Ein Eindruck, der natürlich völlig falsch war. Ella rieb ihren Oberarm. Vermutlich würde sie morgen einen blauen Fleck haben.
»Lassen Sie mich zusammenfassen: Sie kommen heute, am ersten Winterschließungstag des Museums, hierher, klettern einfach frech über den Zaun, schleichen sich unbemerkt ins Haus und lauern mir hinter der Tür auf?«
»Ich würde es nicht auflauern nennen«, meinte Ella beschwichtigend und machte einen Ausfallschritt nach links, um den Abstand zu ihm zu vergrößern. Es nutzte nichts, Engelbrecht setzte sofort nach.
»So, würden Sie nicht. Aber ich!«, zischte er. »Wie lange haben Sie denn schon da gestanden? Eine Minute, zwei? Oder eine Viertelstunde?«
»Nein, nein«, sagte Ella erschrocken. »Ich habe die Musik gehört, und der bin ich nachgegangen …«
»Musik, ja? Glauben Sie, die war für Sie bestimmt? Und die Telefonanrufe – haben Sie die auch gehört?«
»Nur einen«, gab Ella schnippisch zurück. »Übrigens, herzlichen Glückwunsch zum Geburtstag! Und ich wünschte wirklich, wir könnten friedlich über all das hier reden. Ich bin ja

schließlich nicht hierhergekommen, um Ihre Portokasse zu mopsen, sondern um mich zu entschuldigen und Ihnen ein Angebot zu machen.« Trotz ihres beherzten Einwurfs wurde Ella das Gefühl nicht los, dass ihre Chance auf eine gütliche Einigung mit jeder Sekunde mehr sank. Und zwar kellertief.

»Es steht Ihnen nicht zu, mir zu sagen, dass ich vernünftig sein soll«, fuhr er sie an. »Gerade Sie! Wissen Sie, was ich glaube, ja?« Er trat noch näher an sie heran, während Ella stumm den Kopf schüttelte. »Ihre Auffassung von einem Einbruch ist genauso verquarzt wie Ihr Projekt. Wölfe in Gebieten anzusiedeln, wo Menschen wohnen! Und was, wenn jemand zu Schaden kommt? Was, wenn Wölfe in die Nähe von Dörfern geraten?«

»Wölfe sind scheu und nicht auf menschliche Beute geprägt«, fiel Ella ein, aber er redete weiter, als hätte sie nichts gesagt: »Aber jemand, der so verantwortungslos ist wie Sie, dem ist es wahrscheinlich egal, welche Gefahren damit verbunden sind. Wolfslady – wenn ich das schon höre! Das sind wilde Tiere, die von Leuten wie Ihnen aus irgendeinem albernen, romantischen Gehabe heraus idealisiert werden!«

Einen kurzen Augenblick lang war Ella geschmeichelt. Offensichtlich hatte Sander Engelbrecht sich die Mühe gemacht, sie im Internet zu googeln. Woher sollte er sonst von ihrem Spitznamen wissen? Doch das Gefühl verflog schnell, und schon im nächsten Moment kochte die Wut in ihr hoch. »*Sie* unterstellen *mir* Verantwortungslosigkeit? Sie haben doch überhaupt keine Ahnung, wovon Sie reden! Ich würde dringend vorschlagen, dass Sie noch einmal über mein Angebot nachdenken! Ein Vortrag könnte Ihren beschränkten Naturhorizont vielleicht ein bisschen erweitern.«

»Beschränkter Naturhorizont?! Ich denke nicht daran, mir Ihren Unsinn anzuhören. Ich weiß mehr über Wölfe, als Sie glauben«, entgegnete er heftig. »Und was Verantwortungslosigkeit angeht, ist Ihr Verhalten wohl selbsterklärend. Sie klettern über Zäune, dringen in Häuser ein und belauschen Telefonate. Das ist Hausfriedensbruch. Und« – er hob die Stimme – »Sie sind ja schon völlig unfähig, auf nur *einen* Wolf aufzupassen! Und trotzdem halten Sie einen!«

»Das Thema hatten wir gestern schon, Herr Engelbrecht«, sagte Ella mit so viel Beherrschung, wie sie aufbringen konnte. Dieser Mann zerrte an ihren Nerven, rüttelte an jedem einzelnen Strang wie ein Herbststurm an einer Birke. »Jack ist kein echter Wolf, und er tut auch niemandem etwas. Dass er gestern auf dem Gelände war, tut mir aufrichtig leid. Auf die Gefahr hin, dass ich mich wiederhole: Entschuldigung. Entschuldigung, Entschuldigung, Entschuldigung! Mehr kann ich nicht sagen! Aber wissen Sie was? Das scheint bei Ihnen völlig verschwendete Liebesmüh. Sie würden ja nicht mal eine Entschuldigung annehmen, wenn ich sie mir auf die Stirn gemalt hätte.«

Sein Blick flog zu ihrer Stirn, wie um zu überprüfen, ob dort wie durch Zauberhand ein großes »Sorry« erschienen war.

»Aber wahrscheinlich sind Sie einfach so ein Typ von Mann, der immer nur das *Schlechteste* in allem sehen will«, fuhr Ella wütend fort. Zu ihrem Entsetzen spürte sie, dass ihr Tränen in die Augen stiegen, und weil sie ihm allein dafür die Schuld gab, warf sie alle Vorsicht über Bord. »Sie sind kein Wolfsfeind, oh nein, Sie sind etwas viel Schlimmeres! Sie sind ein Menschenfeind! Einer, der sich in seiner Burg verschanzt, weil er Angst vor dem hat, was ihn draußen erwartet! Zu dem Reporter gestern waren Sie eklig, zu mir sowieso, und nicht mal zu Ihrer eigenen Mutter sind Sie nett!«

Erschrocken hielt Ella inne. Sie war zu weit gegangen. Schon wieder. Ängstlich blickte sie in Engelbrechts wutverzerrtes Gesicht. Mit beiden Händen stieß er sich von der Wand ab und durchquerte den Raum, als ob er es plötzlich nicht mehr ertragen konnte, neben ihr zu stehen. Er bewegte sich geschmeidig, und seine nackten Füße machten auf dem Holzboden nicht das geringste Geräusch. Er trat an eines der Fenster und schaute hinaus.

Ella starrte auf seinen Rücken und hörte nur ihren eigenen beschleunigten Atem. Endlich begann Engelbrecht zu sprechen. »Verschwinden Sie«, sagte er, und seine Stimme klang gequält. »Auf der Stelle. Machen Sie, dass Sie wegkommen.«

Ella drehte sich auf dem Absatz um und floh aus dem Raum. Sie lief zur Treppe, nahm die erste Stufe, wäre fast gestürzt und konnte sich im letzten Moment fangen, weil sie das Geländer umklammerte.

Unten angekommen, blieb sie kurz stehen und lauschte. Plötzlich hätte sie viel dafür gegeben, noch einmal die Gitarrenklänge zu hören. Na los, spiel, befahl sie wortlos. Doch nichts als Stille drang an ihr Ohr. Zögernd öffnete sie die Tür und trat aus dem dämmrigen Innenraum in die gleißend helle Herbstsonne.

Ella ging, wie sie gekommen war: leise und verstohlen. Aber diesmal nicht mit der Hoffnung, dass alles gut werden würde, sondern mit dem Gefühl, auf der ganzen Linie gescheitert zu sein. Sie merkte nicht, wie ihr die Tränen über die Wangen liefen. Sie rannte zu ihrem Bus, schloss auf und setzte sich wie betäubt hinter das Steuer, ohne den Motor zu starten. Gedankenverloren schaute sie auf die freie Fläche, die gegenüber dem Freiluftmuseum lag. Parallel zur Straße zog sich ein Graben entlang, in dem trockene Binsengräser standen, dahinter lag eine Wiese. Nicht lehmig oder gedüngt, sondern eine spärlich bewachsene Magerwiese, schlecht für die Landwirte, gut für Bodenbrüter. Die Halme tanzten im Wind, an einer

freien Fläche fuhr eine Böe in den Sand und riss einen Miniwirbel mit sich hoch.
Ella war es gewohnt, allein zu sein. Das brachte ihr Projekt mit sich, und es hatte auch Vorteile. Zum Beispiel hatte niemand etwas dagegen, wenn sie im Wald laut sang oder wenn sie am Computer vor sich hin murmelte. Ein Winseln von Jack war manchmal tagelang das Einzige, was sie als Antwort erhielt. Aber es war ein fröhliches, ausgefülltes Alleinsein, das sie jederzeit unterbrechen konnte, wenn sie wollte: Freunde, Familie, sie alle freuten sich über einen Anruf und drängten sie regelmäßig zu einem Besuch. Engelbrecht hingegen hatte vollkommen allein gewirkt. Verletzlich und einsam. Und dann wieder cool, abweisend, distanziert. Alles auf einmal. Das war zu viel für Ella, ein emotionaler Overkill. Wieder kullerte eine Träne über ihre Wange.
In diesem Moment klingelte ihr Handy. Sie musste eine Weile in den Tiefen ihrer Umhängetasche kramen, bis sie es endlich fand. Gleichzeitig griff sie nach einem Papiertaschentuch.
»Hallo?«, sagte sie und schneuzte sich geräuschvoll.
»Tante Ella? Bist du das?«, hörte sie.
»Ja, ich bin's. Hallo, Rafael«, antwortete sie heiser.
»Ist alles okay, Tante Ella? Du klingst so komisch. Weinst du etwa?« Rafael hörte sich misstrauisch an, so als ob er fand, dass seine Tante nicht weinen dürfte. Und Ella hatte nicht vor, ihn mit ihren Problemen zu belasten. Ihr 15-jähriger Neffe hatte in der Zeit nach dem Tod seines Vaters genug weinende Frauen um sich gehabt, von seinem eigenen Kummer ganz zu schweigen. Der Verlust hatte ihn schneller erwachsen werden lassen, außerdem war er ungewöhnlich sensibel für Stimmungen. Josephines ältester Sohn war immer schon ihr Liebling gewesen, schon als sie ihn als Baby in seiner Karre in Prenzlauer Berg herumkutschiert hatte.

»Nein, ich weine nicht«, log sie. »Warum sollte ich?«
»Keine Ahnung. Vielleicht hast du aus Versehen einen Wolf überfahren?«
Ella lachte etwas zittrig. »Das wäre natürlich ein Grund. Aber hab ich nicht. Kein Wolf weit und breit. Leider. Was gibt's denn, Großer?« In der Tat war Rafael im letzten Jahr rasant gewachsen. Er war deutlich größer als seine Mutter und sie, fast so groß wie Severin, Josephines zweiter Mann.
»Die Lehrer an meiner Schule haben in zehn Tagen einen Studientag. Es ist ein Montag«, sagte Rafael. »Und ich dachte, ob ich vielleicht an dem verlängerten Wochenende zu dir kommen kann?«
»Willst du nicht an die Müritz?«, fragte Ella.
»Ach, nö«, meinte Rafael gedehnt. »Ich wär lieber bei dir. Vielleicht kann ich dir ja auch ein bisschen helfen. Nach Wölfen suchen und so.«
»Klar, wenn du Lust hast, kannst du gerne kommen. Aber was sagt denn Josephine dazu?« Ella wusste, dass ihre Schwester Rafael vermisste und sich immer auf die Ferien mit ihm freute.
»Ich hab ihr noch nichts gesagt, weil ich dich erst mal fragen wollte«, erklärte Rafael.
»Sie wird ein bisschen traurig sein, wenn sie dich gar nicht sieht, meinst du nicht?«, fragte Ella behutsam.
»Das glaube ich nicht«. antwortete Rafael brüsk. »Also von dir aus kann ich kommen, ja?«
»Natürlich«, sagte Ella. »Immer. Ich freu mich, wenn ich dich sehe, das weißt du doch.« Aber als sie das Telefonat beendet hatten, fragte sie sich, ob Rafael ihr nicht etwas verschwiegen hatte. So wie sie ihm.

7. Kapitel

Der Wind pfiff mit solcher Gewalt über die weite Dachfläche, dass Ella ihre Stimme heben musste, um sein Heulen zu übertönen. Aber egal, wie laut sie auch in den Raum hineinbrüllte, das Interesse ihrer Zuhörer schien sie nicht wecken zu können. Gerade mal vierzehn Leutchen waren erschienen, was zum einen vermutlich an dem unfreundlichen Wetter lag, an dem peitschenden Regen, dem wilden Sturm, der über der Alten Oder wütete. Zum anderen konnte es auch ein Hinweis dafür sein, dass die lokale Presse ihre Veranstaltung nicht für wichtig genug gehalten hatte, um sie zu erwähnen. Beides war nicht sehr ermutigend.

Ella hatte die Anwesenden beim Eintreten heimlich gezählt. Normalerweise sah sie das entspannt – manchmal kamen eben mehr, manchmal weniger Leute zu ihrem Vortrag. Aber jetzt, wo ihr Job, nein, ihre Berufung in Gefahr war, achtete sie ängstlich auf die Besucherzahl. Und wurde immer nervöser. Auch zu Hause war sie alles andere als entspannt gewesen. Bei jedem Telefonklingeln war sie hochgefahren: ein böser Anruf aus Berlin? Doch der war bislang zum Glück ausgeblieben.

Bei dem verschwindend geringen Enthusiasmus, der ihrem Thema an diesem Abend entgegengebracht wurde, schienen Ella die vier Euro, die sie als Eintrittsgeld verlangt hatte, glatte Verschwendung. Schulklassen fragten ihr manchmal Löcher in den Bauch, konnten gar nicht genug Informationen bekommen, in Altersheimen blühten die Menschen bei dem

Thema auf. Heute dagegen blieb ihr Publikum stumm und teilnahmslos. Aber spätestens wenn der erste Wolf auftauchte, würden ihre Vorträge gestürmt werden, dessen war sich Ella sicher.

Die Leute hatten in den hinteren der zahlreichen Stuhlreihen Platz genommen, die der Wirt in hoffnungsvoller Erwartung aufgestellt hatte, mit zwei Ausnahmen: ein sehr aufrecht sitzender junger Mann in Uniform saß in der zweiten Reihe und schien aufmerksam zuzuhören. Und ein älterer Mann in einer grauen Filzjacke und mit einem grünen Filzhut hatte sogar in der ersten Reihe Platz genommen, so, als wolle er kein Wort des Vortrags versäumen. Diese beiden waren auch die Einzigen, die gelegentlich nickten oder zweifelnd den Kopf wiegten.

Innerlich seufzend, fuhr Ella fort. Den historischen Abriss hatte sie bereits hinter sich gebracht, samt Verteufelung, die der Wolf im Mittelalter erfahren musste. Sie hatte die gruseligen Bilder gezeigt, die darstellten, wie Wölfe, die man für Werwölfe hielt, gehängt wurden. Sie hatte über die Rolle der Kirche gesprochen, die an der Verdammung der Tiere alles andere als unschuldig war, und über die Tatsache, dass Wölfe sich während des Dreißigjährigen Krieges sprunghaft vermehrt hatten, weil es in jenen Jahren menschliches Aas im Überfluss gab. Wohlgemerkt nicht von Wölfen gerissen, sondern von Menschen nach Brandschatzungen, Plünderungen und Vergewaltigungen ermordet. Das negative Wolfsbild, das seit Jahrhunderten in deutschen Märchen verbreitet wurde, hatte sie danach erwähnt. Und was all das für den Wolf bedeutete: Zurückdrängung, Verfolgung und Jagd, bis er in Deutschland als nicht mehr ansässig galt.

Und dann hatte man ihn auf die Rote Liste gefährdeter Tier- und Pflanzenarten gesetzt. Endlich, wenn auch fast zu spät.

Alle Zusatzinfos, die sie an dieser Stelle gern anbrachte, verkniff sie sich heute Abend lieber. Denn sie hätten den Vortrag verlängert, und sie wollte ihre zunehmend erschlaffenden Zuhörer nicht überstrapazieren. Stattdessen bat sie darum, dass das Licht ausgemacht wurde. Sie schaltete ihren Beamer ein und zeigte Wolfsrisse, Wolfslosung und Wolfsspuren im Sand und im Schnee, immer in der Hoffnung, dass irgendjemand einen dieser Hinweise in der Schorfheide entdecken würde. Sie warb für das Verständnis für den Wolf, für eine faire Chance. Doch es gelang ihr nicht, die dämmrige Müdigkeit ihrer Zuhörer zu durchdringen. Nur als sie Honecker erwähnte, der mit anderen Kadergrößen gern in der Schorfheide gejagt und auch Wölfe geschossen hatte, räusperte sich jemand laut vernehmlich im Saal, scharrten Füße auf dem Linoleum.

Als das Licht wieder anging, schraken ein paar der Zuschauer merklich auf. Ärgerlich sammelte Ella ihr Papier zusammen und sagte: »… und auf diesem Flyer finden Sie meine Adresse und Handynummer.« Sie deutete auf einen Stapel Broschüren, die vor ihr auf dem Tisch lagen. »Wenn Sie glauben, einen Hinweis auf einen Wolf entdeckt zu haben, können Sie mich sehr gern zu jeder Tages- und Nachtzeit anrufen. Haben Sie noch Fragen?« Sie sah zu den Besuchern, aber niemand hob die Hand. Stattdessen griffen die meisten nach ihren Jacken, die sie auf den freien Plätzen abgelegt hatten.

»Gut, dann schließe ich an dieser Stelle. Vielen Dank, dass Sie gekommen sind!« Kurzer, gelangweilter Beifall erklang. Dann wurden Stühle gerückt, und die Besucher standen auf. Einige kamen nach vorn, nahmen sich den Wolfsflyer und verließen den Raum. »Sind Sie vom Bundesgrenzschutz?«, fragte Ella interessiert, als der junge Mann in Uniform ebenfalls nach einem Prospekt griff.

»Ja«, sagte er. »Nur dass wir jetzt Bundespolizei heißen.«
»Interessieren Sie sich für Wölfe?«
»Privat, meinen Sie?« Er zuckte mit den Schultern. »Nicht wirklich. Aber unsere Vorgesetzte wollte, dass einer von uns sich mal anhört, was Sie so zu sagen haben. Falls ein Wolf von Polen aus rübermacht. Damit wir einen Ansprechpartner haben.« Er klopfte sich auf die Tasche seiner Uniformjacke, wo er den Flyer achtlos verstaut hatte, und verließ den Raum.
Ella begann ihre Sachen zusammenzupacken. Sie rollte gerade das Kabel des Beamers zusammen, als der Mann mit dem grünen Hut an den Tisch trat, der in der ersten Reihe gesessen hatte. Er hatte einen grauen Bart, ein breites Gesicht mit zahlreichen geplatzten Äderchen und verwegen dichten Augenbrauen. Unter seiner Filzjacke trug er einen Wollpulli, der selbstgestrickt aussah. Ella hätte wetten können, dass er auch selbstgestrickte Socken trug. »Mir hat Ihr Vortrag sehr gut gefallen!«, sagte er und strahlte sie an. Einer seiner Schneidezähne fehlte, was ihm um die bärtige Mundpartie herum das verwegene Aussehen eines alternden Piraten gab. Falls es Piraten mit grauem Vollbart, Apfelbäckchen und grünen Hüten gab.
Sie lächelte ihn an. »Danke. Wir freuen uns über jeden, der die Rückkehr der Wölfe unterstützt. Wenn Sie noch Zusatzinformationen brauchen, finden Sie hier hinten auf dem Flyer ein paar Websiteadressen.« Sie reichte ihm einen der Prospekte. Er steckte ihn sorgfältig in seine Jackentasche. Dann sagte er: »Dieser Internetkram ist nichts für mich. Damit kommt nur mein Sohn aus. Und ehrlich gesagt, liegt mir nicht daran, die Rückkehr der Wölfe zu unterstützen.«
»Nicht?«, fragte Ella erstaunt. »Aber haben Sie nicht eben gesagt, dass Ihnen der Vortrag gefallen hat?«
Er nickte. »Das hab ich. Weil Sie es gut erklärt haben, deshalb. Sie sind ein schlaues Mädchen.«

Die letzte Bemerkung ließ Ella ihm nur aus Gründen des Altersunterschieds durchgehen. »Aber warum sind Sie gekommen, wenn Sie sich nicht für Wölfe interessieren?«
»Weil ich wissen will, wie der Feind denkt«, antwortete er energisch. »Es werden doch immer mehr, da unten, in Sachsen, im Süden von Brandenburg. Kann doch sein, dass die mal hierherkommen. Und letztes Jahr, im Frühjahr war's, glaube ich, hat man doch drüben, bei Groß Schönebeck, Spuren entdeckt. Zum Glück 'ne ganze Ecke weg von hier.« Dann beugte er sich über den Tisch, auf dem immer noch der inzwischen schnurlose Beamer stand, und flüsterte geradezu verschwörerisch. »Wissen Sie, Wölfe kann ich nicht leiden. Aber Schafe, die mag ich sehr.« Seine Augen leuchteten. »Großartige Tiere sind das, ganz großartig. Was muss ich denn machen, um sie vor Wölfen zu schützen? Können Sie nicht mal zu meiner Weide kommen und sich das anschauen?«

Und so fuhr Ella am nächsten Tag zu Karl Schwarzkopp. Der Sturm hatte sich gelegt und einer breiten Regenfront Platz gemacht, die in Richtung Osten zog.
Schwarzkopp wohnte im östlichen Teil der Schorfheide, nördlich von Joachimsthal. Der Weg führte durch ein ausgedehntes Waldgebiet, vorbei an einer Heidelandschaft zu einer Anhöhe, die den Blick auf den Grimnitzsee freigab. Bleigrau lag er da, kaum hinter den Regenschleiern auszumachen.
Ella bog von der Hauptstraße auf einen unbefestigten Sandweg ab, in dem sich die Schlaglöcher mit Wasser gefüllt hatten. Zweimal kam sie an einem brüchig aussehenden Wegweiser vorbei, auf dem »Atelier Schwarzkopp« stand. Jedes Mal war sie froh darüber, weil sie sonst nicht gewusst hätte, ob sie sich überhaupt noch auf dem richtigen Weg befand.

Nach eine Viertelstunde ruckligen Fahrens, das die ausgeleierten Stoßdämpfer ihres Busses quietschen und die notdürftig reparierte Tür vibrieren ließ, erreichte sie ein einsam gelegenes Gehöft. Der Grat zwischen nachlässiger Pflege und unwiederbringlichem Verfall war sehr schmal: Der Zaun ragte windschief in die Höhe, vom Wohnhaus blätterte der Putz ab, und eines der beiden Scheunendächer war bereits verdächtig eingesackt.

Ella fuhr in den Hof und stieg erleichtert aus dem Bus aus. Sie fühlte sich völlig zerschlagen nach der beschwerlichen Fahrt. Der Regen verstärkte sich und pladderte auf das Kopfsteinpflaster des Hofs.

»Hallo?«, rief Ella unschlüssig und fragte sich, wo Schwarzkopp wohl sein mochte. Irgendwo kläffte ein Hund. Dann wurde eine der Scheunentüren aufgestoßen, und Schwarzkopp trat heraus. Wie am Vortag trug er den grünen Hut und den selbstgestrickten Pulli, dazu eine farbbeschmierte Latzhose. »Kommen Sie rein!«, rief er ihr zu. »Schnell, schnell! Was für ein Mistwetter!«

Er hielt ihr die Tür auf, und Ella betrat einen großen Raum.

»Ich war mir nicht sicher, ob Sie wirklich kommen«, sagte er.

»Ich auch nicht«, murmelte Ella, während er fortfuhr: »Sie haben Glück, dass Sie nicht auf dem Sandweg stecken geblieben sind! Unsere alte Karre taugt nämlich nicht mehr als Abschleppwagen.«

»Das sagen Sie mir jetzt«, antwortete Ella und strich sich eine feuchte Locke von der Wange »Arbeiten Sie hier? Ist das Ihr Atelier?« Sie blickte sich neugierig um. Dicht an dicht hingen Bilder an den Wänden, gegenstandslos, aber intensiv. Die Farben Grün, Grau und Blau dominierten, und Ella musste unwillkürlich an etwas Welliges, Fließendes, Strömendes denken.

»Nein«, sagte Schwarzkopp. »Hier malt Antonius. Das ist sein Atelier. Er braucht den Raum nach oben hin offen, sagt er. Mein Sohn, wissen Sie. Er bereitet gerade eine Ausstellung vor. In Berlin!« Er klang stolz. »Ich arbeite nebenan. Kommen Sie, ich zeig Ihnen, was ich so male.« Er ging voran und öffnete eine zweite Tür. Ursprünglich mochte dieser Raum genauso hoch gewesen sein wie der erste, aber hier war eine Decke eingezogen worden. In der Ecke stand ein Werkstattofen aus Eisen, der für behagliche Wärme im Raum sorgte. Es roch seltsam. Nach Terpentin, nasser Wolle, Kneipe und altem Mann. »Geben Sie mir erst mal Ihre Jacke«, sagte er. »Die ist ja pitschnass. Ich häng sie an den Ofen. Ist Ihnen kalt? Möchten Sie den Kittel?« Er reichte ihr eine Jacke, die ebenso wie seine Hose über und über mit Farbe bekleckert war, so dass von dem ursprünglichen Weiß nichts mehr zu sehen war.

»Nein, das geht schon.« Ella hob abwehrend die Hand.

»Aber einen Tee wollen Sie sicher.« Ella nickte, und er griff nach einem Teekessel, der auf dem Ofen stand. »Auch etwas Rum rein? Tut gut bei diesem Wetter«, meinte er, während er die Teebeutel in zwei Tassen mit reichlich Patina hängte und kochendes Wasser daraufgab. »Oder möchten Sie einen Grog? Grog ist doch das Richtige! Zucker kann, Rum muss, Wasser braucht nicht, sag ich immer.« Ella schüttelte den Kopf. Mit Alkohol im Blut würden die Schlaglöcher auf dem Rückweg garantiert noch unüberwindbarer werden. Schwarzkopp versorgte sich selbst mit einem reichlichen Schluck und reichte ihr den anderen Pott.

»Schauen Sie mal.« Mit der Tasse in der Hand wies er auf ein Bild. »So was da male ich.« Versonnen betrachtete er sein Werk.

Ella erkannte sofort, was er mit »so was« meinte. War sein Sohn, dieser Antonius, ein abstrakter Maler, war Karl das Gegenteil: Konkreter ging's nicht. Von den Wänden der Scheune schauten sie unzählige Schafe an. Sie sah Porträts in Öl, weiße, wollige Köpfe mit und ohne dunkle Zeichnung. Sie blickte auf Aquarelle, die Schafe in Gruppen zeigten. Schafe in Acryl, die friedlich Gras rupften. Schafe in Kreide, die unter blühenden Bäumen schliefen. Schafe im Herbst. Schafe vor bedrohlich dunklem Gewitterhimmel. Ein Schaf hatte Schwarzkopp mit einem Büschel leuchtend gelbem Löwenzahn im Maul gemalt. Geradezu lustvoll blickte es mit seinen geschlitzten Pupillen auf den Betrachter.

Wenn ich noch eine Sekunde länger diese Bilder ansehe, fange ich an zu blöken, dachte Ella und wandte sich von der Bildergalerie ab. Sie lächelte Schwarzkopp zu, der sie erwartungsvoll ansah. »Jetzt verstehe ich Ihre Sorge um Ihre Schafe. Es sind Ihre Models, richtig?«

Seine Augen funkelten, als er antwortete: »Ja. Antonius nennt es Sheep-Art. Jeden Tag bin ich bei ihnen draußen und mach mir Skizzen. Die Bilder verkaufen sich ganz gut, wissen Sie. Auf Kunstmärkten und so. Im Frühling schere ich sie und lass die Wolle spinnen. Hier, den hab ich selbst gestrickt.« Er wies auf seinen Pullover.

»Und Sie halten die Tiere nicht im Stall, sondern auf der Weide?«

Er nickte. »Hinter der anderen Scheune. Ein Hektar Land ist ja nicht so viel, aber für meine Schafe reicht's. Das Ganze hier hab ich gleich nach der Wende billig erstanden. Immer schon raus wollt ich aus Berlin, nur raus. War nie so der Stadttyp. Der Junge hat's wahrscheinlich auch von mir. Ist vor drei Jahren nachgekommen. Konnte es in Berlin nicht mehr aushalten. Die Stadt war nicht gut zu ihm, wenn Sie wissen, was ich meine.«

Ella wusste nicht, was er meinte, aber wenn Antonius auch so ein verschrobener Kauz war wie sein Vater, dann konnte sie nur zu gut verstehen, weshalb er hier rausgezogen war. Sie versuchte sich eine jüngere Ausgabe von Schwarzkopp vorzustellen, mit Zahnlücke und Selbstgestricktem inklusive. »Na ja, Schafe kann man natürlich schlecht in Berlin halten«, antwortete sie beflissen. »Kommen Sie eigentlich aus Ost- oder Westberlin?«

»Spielt das eine Rolle?«, fragte er und sah sie skeptisch an. »Hamse immer noch die Mauer in Ihrem hübschen Kopf?« Sein Grinsen nahm seinen Worten die Schärfe.

»Nö, spielt keine Rolle. Grenzen sind zum Überwinden da«, antwortete Ella. »Ich bin übrigens in Schwerin geboren.«

»Und ich in Berlin-Gatow«, sagte Schwarzkopp. »Und dann hatte ich im Wedding einen Trödelladen. Lief eigentlich ganz gut. In den siebziger, achtziger Jahren gab's einen richtigen Run auf den alten Kram. Zuerst waren die Leute hier ganz schön misstrauisch, dass sich ein Wessi in diese Walachei zurückzieht. Aber inzwischen bin ich für die sowieso nur noch der Spinner mit den Schafen.« Er betrachtete sie freundlich und fuhr dann fort: »Soll ich Ihnen jetzt mal die Weide zeigen?«

»Aber gern. Deshalb bin ich ja da.«

»Gut.« Er leerte die Tasse in einem Zug, leckte den Rand ab und stellte sie auf einen bunt beklecksten Tisch, der neben der Staffelei stand. Dann hielt er Ella die Jacke hin, die noch genauso nass wie vorher war. Sie schlüpfte hinein, während sie sagte: »Ich hab vorhin einen Hund gehört.«

»Ja. Das ist mein Bingo. Ich hab ihn weggesperrt. In letzter Zeit stromert er manchmal herum. Haut ab in den Wald.« Sie durchquerten wieder Antonius' Atelier. »Ihr Sohn ist nicht da«, stellte Ella fest.

»Nein, der hockt bei jedem Wetter am Wasser. Selbst wenn es regnet«, sagte Schwarzkopp kopfschüttelnd, als er die Tür aufstieß. Sie überquerten den Hof. Der Regen hatte etwas nach-

gelassen. Es nieselte nur noch, dafür war es wieder windiger geworden.
»Wissen Sie, dass die meisten Schafsrisse auf das Konto von wildernden Hunden gehen?«, fragte Ella, während sie neben Schwarzkopp herging. »Streng genommen müssten Sie also sowieso eher vor denen als vor den Wölfen Angst haben.«
»Nein, wusste ich nicht. Aber mein Bingo wildert nicht. Der mag die Schafe. Ich hab nur Angst, dass Jäger auf ihn schießen, wenn er im Wald stromert.«
»Ja, das versteh ich.« Sie traten zwischen den beiden Gebäuden hindurch und standen am Rand der Wiese, von der Schwarzkopp gesprochen hatte. Ein Zaun war rund um die Fläche gezogen, circa einen Meter zwanzig hoch.
»Da wären wir«, sagte Schwarzkopp und zeigte zu einem einzeln stehenden Baum auf der Weide, an dem nur noch wenige Blätter hingen. Hier im Freien wehte es heftig, die Äste bogen sich, und dicht an dicht gedrängt standen unter der sturmgebeugten Krone die Schafe. »Und da sind sie! Wollga, Lana, kommt mal her! Mary und Floto, hiiiiiierher, hiiiiiierher!« Schwarzkopp brüllte so laut, dass Ella zusammenzuckte. Hinter ihnen begann der eingesperrte Bingo zu bellen. Zögernd setzten sich zwei Schafe in Bewegung. Auf halber Strecke begannen einige der Zurückgelassenen unruhig zu blöken, und schließlich folgte der Rest der Herde nach. Ella schätzte sie auf zehn, zwölf Tiere. »Lassen Sie die Schafe ganzjährig draußen?«, fragte sie, als Schwarzkopp über den Zaun griff und dem ersten Schaf, das ihn erreichte, die dicke Wolle tätschelte.
»Ja. Kälte macht denen nix. Die haben ja schöne Pullover an.«
Ella nickte stumm und betrachtete die Umgebung der Weide genauer. An zwei Seiten grenzte sie an einen Wald, an der dritten Seite an eine ungenutzte Wiese, durch die sich ein

Wasserlauf schlängelte. Keine Frage, die Landschaft rund um Schwarzkopps Hof zeichnete genau das aus, was die dünn besiedelten Gegenden der Mark Brandenburg ausmachte: Einsamkeit, viel malerische Natur, die sich weitestgehend selbst überlassen blieb, in der Fischadler, Otter und Wild ungestört sein konnten. Landflucht, dachte Ella gedankenverloren, einsame Gehöfte, sandige Wege, auf denen kaum jemand fährt, Dörfer, in denen die Alten wegsterben und die Jungen wegziehen. Hohe Arbeitslosigkeit. Wenig Steuern, kein Geld für Schulen, alte Leute, Ausbau und Fortschritt. Blöd für die Gemeinden. Aber gut für Flora und Fauna.

Und natürlich gut für Wölfe. Wenn sie es nur endlich mitbekommen würden.

Sie seufzte leise. »Also soll ich Ihnen mal ehrlich sagen, was ich von der Lage Ihrer Weide halte?«

Schwarzkopp, der immer noch das regennasse Schaf kraulte, schaute hoch. Er schob sich den grünen Hut aus der Stirn und nickte.

»Ich finde, Ihre Schafe haben es hier wunderschön.« Schwarzkopp strahlte. »Und selbst wenn ein Wolf hier entlangschnürt, heißt das nicht, dass Wollga und den anderen etwas passiert. Aber ausgeschlossen ist es auch nicht.« Schwarzkopp blickte sie sorgenvoll an und runzelte die Stirn.

»Es ist nun mal leider so«, fuhr Ella fort, »dass Wölfe nicht zwischen Haustieren und freilebenden Tieren unterscheiden. Schafe sind eine leichte Beute.«

»Aber der Zaun, der ist doch hoch genug?«, fragte Schwarzkopp. Ella schüttelte den Kopf. »Das ist nichts für einen Wolf. Da springt er locker rüber. Ich sag Ihnen, was Sie tun können. Der Zaun muss höher sein. Und Sie müssen ihn überall in der Erde verankern und mit Flatterband versehen. Was auch gut wäre, sind Lappen.«

Schwarzkopp sah sie ratlos an. »Lappen?«
»Ja. Sie müssen Stofffetzen auf Draht aufziehen und hier anbringen.« Sie wies auf die obere Zaunkante. »Und zwar einmal rund um die Weide. So was mögen Wölfe überhaupt nicht. Da springen sie nicht drüber, weil sie Angst davor haben.«
»Und was, wenn ich Bingo immer bei der Herde lasse?«, fragte Schwarzkopp unruhig.
»Was ist denn Bingo für eine Rasse?«, fragte Ella.
»Keine bestimmte. So 'n Promenadenpluto. Ein bisschen Collie, ein bisschen Schäferhund, ein bisschen Retriever. Pudel ist auch dabei. Er treibt mir die Schafe zu, wenn der Tierarzt kommt. Macht er ganz gut.«
Ella schüttelte bedauernd den Kopf. »Dann wird er Ihnen als Wolfswächter nicht viel nützen. Er ist ein Hütehund. Helfen würde Ihnen nur ein Herdenhund. Das ist was anderes. Die Maremma-Abruzzen-Hunde zum Beispiel, das sind Herdenhunde. Kennen Sie die? So große weiße. Oder die Pyrenäen-Berghunde, die vertreiben auch alle, die den Schafen gefährlich werden könnten. Voraussetzung ist, dass so ein Schutzhund bei seiner Herde aufwächst. Dann ist das seine Familie, die er nach außen verteidigt.«
»Sollte ich mir so einen Hund anschaffen? Nur für den Fall der Fälle?«, fragte Schwarzkopp und rieb sich mit dem Handrücken über die Stirn, wobei sein grüner Hut gefährlich ins Rutschen kam. Er griff nach ihm, bevor er ins nasse Gras fallen konnte.
Ella zuckte mit den Schultern. »Ich weiß nicht. Das kommt mir ein bisschen übertrieben vor. Diese Hunde sind nicht billig. Sie werden normalerweise nicht bei so kleinen Herden eingesetzt. Dann dauert es auch eine Weile, bis sie alt genug sind, um die Herde zu bewachen. Außerdem – Verluste, die

ein Schafhalter durch Wolfsrisse erleidet, werden vom Land Brandenburg finanziell ausgeglichen.« Zu spät wurde ihr klar, dass die letzte Bemerkung ein Fauxpas gewesen war. Schwarzkopps eben noch besorgt-freundliches Gesicht nahm einen empörten Ausdruck an, während er sagte: »Wie meinen Sie denn das? Glauben Sie, meine Wollga kann ein popeliger Scheck ersetzen? Meine Mary ist nicht mit Gold aufzuwiegen! Deshalb sind Sie doch hier, damit meinen Kleinen nichts passiert! Was soll das dumme Gerede über Geld?«

»Entschuldigung«, antwortete Ella hastig und fragte sich, weshalb sie dieses Wort in letzter Zeit so inflationär benutzen musste. »So habe ich es nicht gemeint. Aber wenn Schafe ausschließlich wegen Wolle, Fleisch und Milch gehalten werden, ist das schon ein wichtiger Aspekt, verstehen Sie? Vermutlich ist es wirklich das Beste, wenn Sie erst mal mit dem Zaun anfangen. Wenn Sie mir Ihre Adresse geben, schicke ich Ihnen ein paar Bilder, wie so ein Lappenzaun aussehen muss.«

Dies schien Schwarzkopp etwas zu besänftigen. »Ja, das wär gut.«

Ella sah auf die Uhr. Sie wollte zurück, wollte mit Jack noch einen Spaziergang machen und ein paar Seiten schreiben. »Kann ich Ihnen sonst noch irgendwie helfen?«

Er sah versonnen zu den Tieren, die sich inzwischen wieder in Richtung Baum aufgemacht hatten. Ab und zu blieb das eine oder andere Schaf stehen und riss an einem nassen Grashalm, um kurz darauf der weiterziehenden Herde hinterherzutraben. Schwarzkopp konnte sich nur mit Mühe vom Anblick der Tiere losreißen. »Nein, erst mal nicht. Wenn Sie sagen, dass das mit dem Zaun funktionieren könnte, dann mach ich das eben.« Er griff in die Seitentasche seiner Jacke, angelte einen abgekauten Bleistift und ein zerknülltes Stückchen Pa-

pier heraus. Er nahm einen vermoosten Zaunpfahl als Unterlage und notierte seine Adresse. »Hier, bitteschön. Wollen Sie das Porto auch gleich haben?«
Ella nahm das Papier und steckte es in die Rücktasche ihrer Jeans. »Nein, das geht schon klar. Dafür haben wir die Mittel.« Was eine glatte Lüge war. Aber irgendwie hatte sie das Gefühl, ihm etwas schuldig zu sein. »Danke jedenfalls. Und falls sich tatsächlich mal ein Wolf hierherverirrt …«
»Ihre Telefonnummer hab ich. Stand ja auf dem Prospekt«, unterbrach er sie. Er hatte sich bereits wieder seinen Tieren zugewandt.
»Genau, die haben Sie. Dann gehe ich jetzt.« Schwarzkopp machte keine Anstalten, sie zum Wagen zu begleiten, sondern blieb einfach stehen, den Blick auf die Weide gerichtet. Unschlüssig blickte sie zu ihm hinüber. »Auf Wiedersehen, dann.«
Endlich schien er aus seinem Tagtraum aufzuwachen. »Ich komm mit. Muss Bingo rauslassen.« Er lächelte, und die Zahnlücke blitzte dunkel aus dem Gestrüpp seines grauen Bartes hervor. »Vielen Dank, dass Sie den Weg bis hierher raus gemacht haben. Beruhigt mich doch sehr, was Sie gesagt haben. Vielleicht haben wir ja Glück, und die Wölfe verschonen uns.«
Etwas gezwungen erwiderte Ella das Lächeln.
»Es wird ein kalter Winter, ich spür's«, sagte Schwarzkopp und rieb sich das Knie. »Oh, und vielleicht wollen Sie mich ja mal auf dem Weihnachtsmarkt besuchen? In ein paar Tagen geht's ja wieder los. Da mach ich ganz gute Geschäfte. Mit Sheep-Art. Ich kann Sie anrufen, wenn's so weit ist.«
»Ja, machen Sie das«, sagte Ella. Sie war überzeugt, dass Karl Schwarzkopp so schnell nichts von sich hören lassen würde. Er sah irgendwie nicht aus wie jemand, der gern nach dem

Telefonhörer griff. Was nicht weiter schlimm war: Sie beide hatten sehr unterschiedliche Vorstellungen. Nicht nur, was den Nutzen moderner Technik anging, sondern vor allem davon, wie ein beglückendes Naturerlebnis auszusehen hatte.

Der Heimweg war die Hölle. Der Wind blies so stürmisch wie am Vortag. Die ausgedehnten Lachen, die auf dem Sandboden noch nicht versickert waren, sahen aus wie kleine, wellige Seen, wenn eine Böe darüber hinwegfegte. Wie tief die Wasserlöcher waren, merkte Ella erst, als sie vorsichtig durchfuhr. Der Seitenwind drückte gegen den Wagen, als ob sie über die Rügenbrücke fuhr und nicht durch die Schorfheide. Erleichtert erreichte sie endlich wieder die sichere Teerstraße. Sie bog ein und schaltete einen Gang höher. Wie dieser Schwarzkopp wohl seine Tage verbrachte, fragte sie sich. So allein, nur mit seinem Sohn, von dem keine Spur zu sehen gewesen war. Eine Frau schien auf dem Hof nicht zu wohnen. Wahrscheinlich wollte eine Berlinerin nicht in dieser Einsamkeit leben. In diesen entlegenen Teilen der Mark Brandenburg kam es zu regelrechten Abwanderungen. Clevere junge Frauen entschieden sich für einen Ort, wo es mehr Arbeitsplätze und eine funktionierende Infrastruktur gab. Junge Männer blieben, unfreiwillige Junggesellen, und brachten so das demoskopische Gleichgewicht auf Dauer ins Trudeln. Bis es torkelte wie ein Besoffener, der auf der Flucht vor der Einsamkeit nachts aus der Dorfkneipe kam. Dieser Engelbrecht hatte auch nicht so gewirkt, als ob er abends kuschelig mit seiner Traumfrau ins Bett ging. Und wenn es wider Erwarten doch eine Frau Engelbrecht gab, dann war sie nicht zu beneiden, dachte Ella inbrünstig und beschleunigte noch etwas mehr.
Aber schließlich hatte in Berlin auch nicht jeder Mann eine

Partnerin. Zum Beispiel Martin Fransing. Der war ebenfalls allein, auch wenn er baggerte wie ein Verrückter.
Sie hatte gerade den Werbellinsee hinter sich gelassen, als sich ein paar Schneeflocken unter den Regen mischten und sogleich von den Scheibenwischern beiseitegefegt wurden.
Ella begann leise dieses unmögliche Lied vor sich hin zu singen, das ihr Rafael auf CD gebrannt und sich als Ohrwurm festgesetzt hatte: »*In Berlin kannst du so viel erleben, in Brandenburg soll es wieder Wölfe geben …*« Höchstens zwanzig Minuten noch, dann würde sie wieder zu Hause sein. Sie wurde schließlich schon erwartet. Nicht von einem Mann, aber dafür von Jack, und das war auch gut so.
Beschwingt fuhr Ella durch den Schneeregen, so zuversichtlich wie schon lange nicht mehr. Endlich war er da, der Winter, den sie so dringend brauchte. Mit seinem Schnee, der sich hoffentlich bald wie ein weicher, weißer Teppich auf die Landschaft legen würde, als perfekter Untergrund für die Spuren ihrer sonst unsichtbaren Bewohner. Und mit der Chance, deren Geheimnisse zu ergründen, von denen so viel für sie abhing.

8. Kapitel

Um ein Haar wäre Ella zu spät am Bahnhof in Templin angekommen. Denn gerade, als sie aus der Tür wollte, hatte das Telefon geklingelt. Sie hatte geantwortet und sofort gewünscht, sie hätte es nicht getan. Ausgerechnet Martin Fransing! Mittlerweile fuhr ihr schon der Schreck in die Glieder, wenn sie nur seine Stimme hörte. War Engelbrechts Beschwerde eingetrudelt? Jeder Anruf konnte ein Desaster bedeuten, konnte heißen, dass ihr Job vor dem Aus stand.

Aber diesmal hatte Fransing keine Hiobsbotschaften für sie gehabt, sondern war voller Lob für ihren letzten Bericht gewesen, den sie ihm, wie versprochen, gemailt hatte. Er hatte nur noch ein paar Fragen gehabt. Egal, was sie von Fransing hielt, Ella musste zugeben, dass er, was ihre wissenschaftliche Arbeit anging, sehr gut mitdachte.

Dann hatte sie den VW-Bus an den Rand des Erlaubten gebracht, tempotechnisch gesprochen, und hatte es doch noch rechtzeitig nach Templin geschafft. Sie parkte und sah auf die Bahnhofsuhr über dem Eingang. Um 13:07 sollte der Regionalexpress aus Oranienburg eintreffen. Jetzt war es 13:06.

Es war das erste Mal, dass Rafael allein aus Berlin zu ihr kam. Als sie im Herbst letzten Jahres in die Schorfheide gezogen war, hatte sie mit ihm die Ferien hier verbracht. Aber damals war auch für sie alles noch zu neu gewesen, als dass sie Rafael wirklich etwas über ihre Arbeit hätte berichten können. Dann

war er noch einmal mit Josephine in den letzten Sommerferien da gewesen – eine knappe Woche. Ihre Schwester war hochschwanger gewesen, und Ella hatte sie nicht allein lassen wollen, um mit Rafael stundenlang auf Exkursionen zu gehen. Inzwischen war die kleine Leni geboren, und Josephine hatte mit ihrem Restaurant und den Kindern mehr als genug zu tun, glücklicherweise unterstützt von ihrer mütterlichen Freundin Edith. Diesmal hatte sie endlich Zeit für ihren Neffen … Und da war er schon.
Suchend schaute er sich um, einen schwarzen Rucksack locker über die Schulter geschwungen, in den Ohren die unvermeidlichen Stöpsel. Über sein Gesicht huschte ein erleichtertes Lächeln, als er den angeschlagenen VW-Bus auf dem Parkplatz entdeckte. Bin ich doch nicht mutterseelenallein in der Mark gestrandet, schien er zu denken. Ella beobachtete ihn, wie er locker auf sie zujoggte. Die Familienähnlichkeit war unübersehbar, aber Rafael hatte, wie ihre Schwester, glattes dunkles Haar, nicht diese krausgelockte, unmöglich zu bändigende Mähne wie sie selbst. Seine Augen waren dunkelbraun, wie die seines verstorbenen Vaters. Aber der ovale Schnitt seines Gesichts, die helle Haut, selbst der Schwung der Augenbrauen waren ganz Ridder.
Sie stieg aus und umarmte ihn, eine Zärtlichkeit, die er ein wenig ungelenk erwiderte. »Hey, da bist du ja! Wie schön!«
Er grinste sie an. »Hallo, Tante Ella. Praktisch, dein Auto, das erkennt man immer sofort. So eine lädierte Hitsche gibt's nur einmal.« Als er Anstalten machte, die Beifahrertür zu öffnen, hielt Ella ihn hastig davon ab. »Nein, nicht, die kannst du nicht öffnen. Du musst von der Fahrerseite aus durchrutschen.« Er zog fragend die Augenbrauen hoch, und statt einer Antwort deutete sie hinter sich. »Oh«, sagte er nur und stieg ein. »Warum hast du Jack nicht mitgebracht? Du hast ihn

doch sonst immer dabei?«, fragte er und klang dabei ein bisschen enttäuscht.
Ella ließ den Motor an. »Das ist eine lange Geschichte«, sagte sie, während sie blinkte und aus der Parklücke herausfuhr. »Es gibt immer wieder Leute, die sehen Rot, wenn sie das Wort Wolf nur hören. Blöde Leute«, fügte sie hinzu. »Ich hatte keine Lust auf irgendwelche Kommentare. Deshalb habe ich ihn zu Hause gelassen.«
»Dabei ist Jack doch gar kein echter Wolf«, meinte Rafael und legte seine langen Beine auf der Ablage vor sich ab.
»Präzise mein Punkt. Aber der bekommt sich schon wieder ein«, sagte Ella leichtherziger, als ihr zumute war und schaltete hoch. Der Bus stöhnte, dann legte er an Tempo zu. Sie fuhren an der alten Stadtmauer vorbei und bogen in die Ausfallstraße ab.
»Wer kriegt sich schon wieder ein?«, fragte Rafael neugierig.
»Egal. Vergiss es. Wie läuft's bei dir? Erzähl mal. In der Schule, alles okay?«
»Ja, schon«, erwidert Rafael. Ella glaubte ein Zögern in seiner Antwort zu hören. Am liebsten hätte sie sofort nachgefragt, aber sie erinnerte sich noch gut, wie sehr sie als Fünfzehnjährige neugierige Fragen von Verwandten genervt hatten. Deshalb verkniff sie es sich und fragte stattdessen: »Und mit Leo, auch alles fein?« Leo war die Kurzform für Leonore. Sie ging in dasselbe Internat wie Rafael und war seit über einem Jahr seine Freundin.
»Ach, ich weiß nicht«, sagte Rafael in einem für ihn untypisch abfälligen Ton. »Sie spinnt im Moment ein bisschen.«
»Warum?«
»Sie hat sich in den Kopf gesetzt, bei der nächsten Staffel von ›Deutschland sucht den Superstar‹ mitzumachen.«
Ella sah ihn verblüfft an. »Wirklich?«

»Hmhm. Sie hat sich so ein Karaoketeil besorgt und übt den ganzen Tag in ihrem Zimmer. Die Musiklehrerin findet, sie kann gut singen. Find ich nicht«, sagte Rafael. »Ich finde, sie krächzt wie ein alter Rabe. Das hab ich ihr auch gesagt. Seitdem ist sie sauer auf mich.«

Ella schwieg einen Moment. Dann fragte sie vorsichtig: »Aber wenn es ihr größter Wunsch ist?«

»Mir doch egal«, sagte er trotzig und schaute aus dem Fenster, als habe er noch nie etwas Interessanteres gesehen als sparrige Kiefernbäume und kahle Blaubeerbüsche. Ach, schau mal an, dachte Ella amüsiert und zugleich ein bisschen besorgt. Wieder ein Mann, dem es nicht passt, wenn eine Frau ihr eigenes Ding macht. Pech, da muss er durch. Aber vermutlich war das auch der Grund, weshalb er so bedrückt wirkte.

Um das anschließende Schweigen etwas aufzulockern, machte sie das Radio an und drehte den Knopf, bis sie einen akzeptablen Sender fand. »Hast du Lust, heute Abend mit mir rauszugehen?«

Wie aus düsteren Gedanken herausgerissen – stellte er sich etwa vor, was Dieter Bohlen mit der zierlichen, brünetten Leo anstellen würde, falls sie doch nicht ganz so schlecht sang? – wandte Rafael sich endlich vom Fenster ab. »Wohin denn, raus?«

»Wir haben heute Vollmond«, erklärte Ella. »Da könnten wir beide ganz gut eine *howling session* veranstalten. Wir fahren in den Wald, und ich heule wie ein Wolf. Wenn wir Glück haben, bekommen wir eine Antwort.«

»Heulen die Wölfe bei Vollmond denn mehr als sonst?«, fragte Rafael interessiert.

»Nein. Aber wir Menschen können dann im Wald besser sehen«, sagte Ella lachend. Sie betätigte den Blinker und bog in den Weg ein, an dessen Ende ihre Blockhütte lag. »Das Heulen hat nichts mit dem Mond zu tun. Sie heulen, um sich gemeinsam auf die Jagd einzustimmen. Sie heulen auch, um anderen Wölfen zu sagen, hey, nicht weiter, das ist unser Revier. Oder um Rudelmitgliedern, die unterwegs sind, zu signalisieren: Hier sind wir, kommt zurück. Ich spiel dir ein paar Aufnahmen von Wolfsgeheul vor, wenn du Lust hast.«

Jetzt sah Rafael regelrecht enthusiastisch aus. »Heulen ist so 'ne Art Gruppenhype? Meinst du, wir hören was heute Abend?«

»Ja, Gruppenhype kannst du es wohl nennen. Ich weiß nicht, ob wir heute Abend etwas hören. Ehrlich gesagt, würde es mich sehr wundern. Bis jetzt hat es noch nie geklappt.« Sie seufzte. »Aber lass es uns ruhig versuchen. Ah, endlich zu Hause.« Sie hielt und stieg aus. Rafael machte das Radio aus, dann kam er hinter ihr her aus dem Bus gerutscht. »Kann ich mal zu Jack?«

»Sicher. Gib mir deinen Rucksack. Ich nehme ihn mit rein.«

Rafael verschwand hinter dem Haus, während Ella auf der Veranda stand und in ihrer Tasche nach dem Schlüsselbund suchte. Sie hatte ihn noch nicht gefunden, als ein wütendes Knurren erklang. Ella ließ Tasche und Rucksack fallen und ging rasch in Richtung Zwinger. Rafael stand einige Schritte vom Zaun entfernt, blass um die Nase. Auf der anderen Seite war Jack mit gesträubtem Fell zurückgewichen. »Was ist denn?«, fragte Ella beunruhigt.

»Er hat mich angefallen«, stammelte Rafael. »Ich bin auf ihn zugegangen, und plötzlich hat er geknurrt und ist gegen den Zaun gesprungen! Mit gefletschten Zähnen. Mann, das sah voll gruselig aus.« Er sah Ella an. »Was hat er denn auf einmal? Er war doch sonst immer so lieb. Im Sommer habe ich doch noch mit ihm gespielt!«

Ella trat an den Zaun heran. »Ruhig, Jack«, sagte sie leise. »Komm mal her, alter Junge.« Als er ihre Stimme hörte, glät-

teten sich seine Nackenhaare. Er schüttelte sich, trabte zum Gitter und ließ sich streicheln. Schließlich wandte er sich ab, lief zu seinem Bau und ließ sich auf der höchsten Stelle nieder. Wachsam blickte er in Ellas und Rafaels Richtung.
»Er wird erwachsen«, sagte Ella nachdenklich.
»Wieso? Andere Hunde werden doch auch erwachsen und benehmen sich nicht so.«
»Hunde sind zeitlebens auf der Stufe von Welpen, was die Rangordnung in der Familie angeht«, erklärte sie. »Sie versuchen nicht, sich nach oben zu kämpfen. Wölfe schon. Nur der Alphawolf darf sich fortpflanzen. Mich sieht Jack als Rudelmitglied, mich akzeptiert er. Dich kennt er nicht so gut, also bist du erst mal eine Bedrohung für ihn. Und er kann vor dir nicht fliehen. Wahrscheinlich hat er sich auch erschreckt, weil du so schnell auf ihn zugegangen bist. Ich denke, mit ihm zu spielen kannst du vergessen.«
»Schade«, sagte Rafael bedauernd. »Ich fand es klasse. Irgendwie indianisch.«
Ella lächelte schwach. Sie war zutiefst besorgt. Das war nun schon das dritte Mal, dass Jack anders reagierte, als sie gedacht hatte. Sie hatte gehofft, dass seine Sozialisation auf Menschen stärker wäre, die Gene seiner wilden Vorfahren sich weniger, am besten gar nicht zeigen würden. Oder zumindest deutlich später. »Wir ändern uns alle, wenn wir erwachsen werden«, sagte sie. »Komm, wir gehen rein.«

»Warum fährst du eigentlich so auf Wölfe ab, Tante Ella?«, fragte Rafael später. Sie saßen wieder im Bus. Ella hatte für ihre Aktion den östlichen Rand der Schorfheide ausgesucht, eine einsame, aber sehr abwechslungsreiche Endmoränenlandschaft. Tagsüber war sie schon einige Male hier gewesen, nachts jedoch noch nie. Der Besuch bei Schwarzkopp, der nur einige Kilometer Luftlinie von hier wohnte, hatte sie auf die Idee gebracht, ihre nächtliche Exkursion in dieses Gebiet zu machen.

Der Mond war aufgegangen und tauchte die stille Landschaft in ein silbriges Vollmond-Licht. Die Novembernacht war sternenklar und so kalt, dass Ella darauf bestanden hatte, dass Rafael noch einen dicken Pulli von ihr überzog. Die Ärmel waren zwar deutlich zu kurz, und er hatte es zuerst empört von sich gewiesen, »Mädchenkleider« anzuziehen. Aber er hatte nur ein dünnes Sweatshirt unter der Jacke angehabt, und das ging ja nun gar nicht, fand sie. Es war schrecklich, wenn man bei einer Exkursion fror. Sie kannte das selbst am besten. Besonders ihre Füße wurden dabei oft eiskalt.

»Hab ich dir das nie erzählt?«, fragte sie. »Vor ein paar Jahren war ich mit einer Kollegin vom Institut übers Wochenende in Polen, an der Ostsee. Da haben ihre Eltern ein Haus. Wir haben gefeiert, oh ja, und sind am nächsten Tag erst abends losgekommen. Am Grenzübergang Hohenwutzen sind wir dann rüber. Ich bin gefahren, und Goscha hat geschlafen. Und hinter Bad Freienwalde läuft plötzlich ein Tier über die Straße, in einiger Entfernung vor dem Auto. Ein Hund oder ein Riesenfuchs, dachte ich. Ich bremse also ab, Goscha wacht davon auf, und ich fahre ganz langsam weiter. In diesem Moment rennt er plötzlich wieder zurück. Diesmal direkt vors Auto, wirklich nur knapp vor uns. Ein Wolf!, haben wir beide gerufen. Ich habe angehalten, und da stand er noch zwischen den Bäumen und schaute zu uns hin. Dann hat er sich umgedreht, und weg war er.«

Rafael starrte sie von der Seite an. »Wahnsinn! Und du bist sicher, dass es einer war?« Er klang sehr beeindruckt.

Ella nickte. »Ja, bin ich. Der Gang, die Körperhaltung, die Größe. In dem Moment gab es für mich keine Zweifel. Und weißt du was? Eine Wolfsspezialistin hat mir mal gesagt, man würde es fühlen, wenn man einen Wolf sieht. Klingt ein bisschen versponnen, ich weiß. Nicht sehr biologisch. Aber vielleicht ist ja was dran. Ich habe jedenfalls was gefühlt. Etwas Schönes. Geheimnisvolles.« Sie lachte leise und nahm das Gas weg. Ab hier gab es nur noch Kopfsteinpflaster, das sie zwang, langsam zu fahren. »Und kurz darauf habe ich in der Zeitung gelesen, dass hinter Bad Freienwalde ein Wolf überfahren wurde. Ich denke, das war er. Seitdem haben mich die Wölfe einfach nicht mehr losgelassen. Bis ich dann die Chance auf diesen Job bekommen hab. Ich wollte ihn unbedingt haben. Beworben und Glück gehabt. Na ja, und ein bisschen gute Beziehungen im Institut. Da konnte ich nicht nein sagen.«

»Klar. Hätt ich auch nicht gemacht.« Rafael nickte zustimmend.

»Wir sind da. Nimmst du die Taschenlampe?« Die Scheinwerfer erloschen. Ella griff nach einer kleinen Antenne auf der Rückbank, und sie stiegen aus. Die Nachtluft schlug ihnen kalt ins Gesicht. Trotz des Mondes dauerte es einen Moment, bis sich ihre Augen an die Dunkelheit gewöhnt hatten.

»Lass uns leise sein«, bat Ella.

»Meinst du, wir sehen einen Wolf?«, fragte Rafael gespannt.

»Nein, garantiert nicht. Selbst wenn einer in der Nähe ist, würde er abhauen, sowie er uns wittert. Aber vielleicht andere Tiere.« Sie fummelte an der Antenne herum, an der eine Art Handy angebracht war. »Rafael, kannst du bitte mal hier raufleuchten?«

»Was ist das?«, wollte ihr Neffe wissen.

»Ein Peilsender. Für den unwahrscheinlichen Fall, dass in der Nähe ein Wolf schnürt, der mit einem Sender ausgestattet ist. Das heißt, dass er irgendwann mal gefangen und dann wieder freigelassen wurde. Dieses Signal würden wir dann auffangen.

Es funktioniert über ein Satellitensystem. Damit kann man die Wege, die ein Wolf zurücklegt, am Computer verfolgen. Aber auch mit diesem Sender hier.« Endlich hatte Ella das Gerät eingeschaltet.

»So ähnlich wie ein Navi fürs Auto?«

»Genauso. Bereit?«

»Ja.«

Sie begannen den Weg entlangzuwandern. Immer wieder hielt Ella die Antenne des Peilsenders hoch, aber er blieb stumm. Es wunderte sie nicht. Aber ein bisschen Show für Rafael musste sein, fand Ella.

Nach einer Weile kamen sie an einer Lichtung vorbei. »Da«, hauchte Ella und wies auf einen Schatten am Ende der Wiese, der sich gemächlich über die freie Fläche bewegte und immer mal wieder anhielt, um nach irgendetwas in der Erde zu suchen.

»Was ist das?«, fragte Rafael leise.

»Ein Dachs«, antwortete Ella flüsternd.

»Cool.«

Sie blieben stehen und beobachteten das Tier, bis es sie witterte. Es hob den Kopf, blickte in ihre Richtung und trat eilig den Rückzug in den Wald an. Dann erst gingen sie weiter, an einem verschwiegenen Teich vorbei, in dem sich der Mond spiegelte. Schließlich stoppte Ella. Sie drückte Rafael die Antenne in die Hand und sagte: »Okay, jetzt ist *howling time.*« Sie hob die Hände trichterförmig vor den Mund, räusperte sich und stieß einen durchdringenden, langgezogenen Ton aus, der immer höher wurde. Einmal, zweimal, dreimal. Rafael kicherte. »Die heulende Tante«, sagte er laut, und Ella, die sich ein bisschen lächerlich vorkam, musste selber grinsen. »Psst«, meinte sie, und die beiden lauschten angestrengt in die Nacht. Keine Antwort. Sie gingen weiter, und immer wieder

hob Ella den Kopf gegen den Mond und heulte. »Kann ich auch mal?«, fragte Rafael gespannt.
»Natürlich.«
Rafael machte ihre Handbewegungen nach, auch den Ton, der unten begann und allmählich anstieg, bis er schließlich abbrach. Einmal brach seine Stimme. So würde sich wohl eher ein juveniler Wolf anhören, dachte Ella.
Aber auch Rafael heulte vergebens. Nur einmal antwortete ihnen ein Fuchs mit kurzem rauem Bellen. Kurz darauf hörten sie den Schrei einer Eule.
Inzwischen war es nach elf. Der Zauber der kalten Mondnacht, auf den ersten Metern so unwirklich, fast märchenhaft mit dem gefrorenen Abendfrost auf den Gräsern und den leisen Geräuschen im Wald und Dickicht, nahm mit jeder Minute ab. Ella spürte, wie ihre Füße kälter wurden, und als sie hörte, wie Rafael hinter ihr gähnte, blieb sie stehen. »Lass uns umkehren«, sagte sie.
»Ja«, murmelte Rafael, und obwohl er leise sprach, hörte Ella die Erleichterung in seiner Stimme.

Der Weg zurück zog sich hin. Endlich waren sie wieder an der Lichtung, auf der sie den Dachs gesehen hatte. Rafael blieb stehen und hob erneut die Hände zum Mund. Er heulte langgezogen, erst einmal, dann ein zweites Mal. »Wirklich schade, dass …«, begann er, unterbrach sich jedoch gleich wieder. In diesem Moment hörten sie es beide: ein fernes Heulen aus südlicher Richtung.
Ella blieb wie angewurzelt stehen und lauschte, ob dem Heulen ein Bellen folgte. Doch nichts dergleichen geschah.
»Kannst du noch mal heulen?«, bat sie Rafael, der mucksmäuschenstill neben ihr stand. Für einen Moment schien er das Atmen vergessen zu haben.

»War das etwa … wirklich einer?«, fragte er verblüfft. »Hat er mir geantwortet?«
»Vielleicht. Los, mach mal«, sagte Ella gespannt. War das etwa der Moment, auf den sie so lange gewartet hatte? Rafael heulte inbrünstig, und es erklang eine leise Antwort aus der Ferne. Ella hielt die Antenne in die Richtung, aber sie blieb stumm.
Noch ein drittes Mal antwortete das Tier, aber als Rafael ein viertes Mal heulte, herrschte Stille. »Mach eine kurze Pause, dann probierst du es noch mal«, sagte Ella.
Aber egal, wie oft sie es danach noch versuchten – wer oder was auch immer geantwortet hatte, schwieg. Schließlich gingen sie weiter. »Meinst du wirklich, dass das ein Wolf war?«, fragte Rafael aufgeregt. Plötzlich klang er gar nicht mehr müde.
»Es kann natürlich auch ein Hund gewesen sein«, gab Ella zögerlich zurück. »Aber die bellen eher, wenn sie Laut geben. Es klang wirklich sehr wie ein Wolf!« Auch wenn sie es nicht zugeben wollte, war sie genauso aufgekratzt wie Rafael.
Rafael leuchtete mit der Taschenlampe auf den Parkplatz. Sie gingen zum Wagen, und Ella schloss auf. »Er klang einsam«, murmelte Rafael hinter ihr. »So, als ob er kein Rudel hat. Als ob er ganz allein auf der Welt ist. Als ob er seine Familie verlassen hat und jetzt nicht weiß, wo er hin soll. Als ob er heulen und heulen kann, und niemand ist da, der ihn hört.«
»Hier in der Schorfheide hat er auch garantiert kein Rudel. Wenn es wirklich ein Wolf war, den wir gehört haben, wird er vermutlich durchwandern«, erwiderte sie. »Vermutlich kommt er aus dem Süden Brandenburgs. Oder aus Sachsen. Vielleicht macht er auch nur eine Zeitwanderung. Manche Wölfe kehren nach ein, zwei Wochen wieder zurück.«
»Warum verlassen Wölfe eigentlich ihre Rudel?«, fragte Rafael. Ella schaltete den Motor an, und sie fuhren los.

»Dafür gibt's verschiedene Gründe«, erklärte sie und dachte beglückt: Nichts motiviert mehr als der eigene Erfolg. »Meistens ist es aber ein junger Wolf, der seine Familie verlässt. Die paar Rudel, die wir in Deutschland haben, sind klein. Wolfsfamilien mit einem, maximal zwei Würfen. Fast wie bei uns. Man darf die Tiere zwar nicht vermenschlichen. Aber natürlich ist es genau das, was früher gemacht wurde, weil das Sozialgefüge der Wölfe unserem nicht ganz unähnlich ist. Wo war ich? Ach ja. Ein junger Wolf wandert also ab, um sich einen Partner zu suchen, mit dem er ein neues Rudel bilden kann. Er kann sich niemals mit seiner Mutter oder seinen Schwestern paaren, verstehst du, was ich meine? Welpen wandern natürlich nicht. Auf die passen alle auf, die haben sozusagen Narrenfreiheit.«

»So ähnlich wie bei uns«, murmelte Rafael.

»Wie meinst du das?«, fragte Ella nach.

»Na, Gabriel darf alles, weil er erst sieben ist. Leni ist bei Mama und Severin im Moment sowieso die Nummer eins, weil sie ihr gemeinsames Baby ist. Edith liebt Gabriel am meisten, und von Leni ist sie auch hingerissen. Und ich, der Älteste, in Berlin, weit weg …« Er verstummte.

Ella sah rasch zu Rafael, ob er vielleicht noch etwas sagen wollte. Aber er hatte den Blick abgewandt und starrte in die stockdunkle Nacht. Der Mond war hinter den Bäumen verschwunden, die schwarzen Baumstämme leuchteten kurz im Scheinwerferlicht des Busses auf, bevor sie wieder von der Finsternis verschluckt wurden. »Rafael?«, fragte sie.

Er antwortete nicht.

»Rafael, ist alles okay?«, wiederholte sie ihre Frage, diesmal ein wenig sanfter.

»Ja«, sagte er und schaute beharrlich aus dem Fenster. »Ich stell mir gerade vor, wie sich ein Wolf fühlt, der sein Rudel verlässt, weil ihn dort keiner mehr will. Weil alles neu ist, vielleicht der nächste Wurf geboren ist und für ihn plötzlich kein Platz mehr ist. Ich glaub, ich kann das ganz gut verstehen.«

Und endlich begriff Ella, was ihren Neffen wirklich bedrückte.

9. Kapitel

»Ach, verdammt, verdammt, verdammt«, murmelte Sander und haute mit der flachen Hand auf den Tisch. Die leere Kaffeetasse klirrte bedrohlich. Aber selbst wenn sie heruntergefallen und in tausend Scherben auf dem Holzfußboden zerschellt wäre, wäre es ihm egal gewesen. Seine Aufmerksamkeit galt ausschließlich der Wochenendbeilage des Schorfheider Tageblatts. Angelegentlich hatte er während des Frühstücks darin geblättert, in der festen Absicht, in Zukunft besser über die lokalen Entwicklungen informiert zu sein. Und dabei war ihm dieser Artikel sofort ins Auge gefallen:

Küss mich oder ich fress dich

Anscheinend hat Lysander Engelbrecht, neuer Betreiber des Museumsparks am Rande der Schorfheide, die Hände nicht nur mit Ton und Ziegeln voll. Ella Ridder, in unserer Gegend auch bestens unter dem Namen »Wolfslady« bekannt, kreuzte bei Engelbrecht auf und wurde warm begrüßt (s. Foto 1). Zuvor hatte Engelbrecht, Augenberichten zufolge, offenbar zugelassen, dass der Wolf (s. Foto u.), den Ella Ridder sich als Haustier hält, auf dem Gelände frei herumlief. Dabei soll eine Gruppe Schüler gefährdet worden sein, die mit der Museumsbahn unterwegs war. Auf Nachfragen, wie das geschehen konnte, verweigerte Engelbrecht jeden Kommentar. Bleibt zu hoffen, dass der Vorfall keine negativen Auswirkungen auf die Besucherzahlen für das neueröffnete Museum hat. Es wäre wünschenswert, wenn die Sicherheitsmaßnahmen nach der Winterschließung des Museums stringenter gehandhabt werden. Einstweilen wünscht die Redaktion den beiden einen schönen Winterschlaf!

Der Artikel an sich war schon eine Frechheit, fand Sander. Es klang so, als sei das Erscheinen des Wolfes seine Schuld! Und dann diese Anzüglichkeiten! Aber die beiden Fotos setzten dem Ganzen die Krone auf. Er wusste nicht, welches er schlimmer fand. Das eine zeigte den Wolf, der ja angeblich keiner war, mit furchterregend gefletschten Zähnen. Er sah aus, als ob er den Fotografen jede Sekunde zerfleischen wollte. Die Aufnahme ließ keinen Zweifel daran, dass Sander die Bestie auf das Grundstück gelassen hatte, damit sie sich an den Grundschülern gütlich tat! Aber das andere Foto war womöglich noch schlimmer. Darauf waren er und Ella Ridder in einer geradezu erotischen Umarmung zu sehen. Er erinnerte sich, dass sie über das Tier gestürzt war und er sie gehalten hatte. Den Bruchteil eines Moments, länger nicht.
Was dieser Reporter daraus gemacht hatte, war die pure Provokation. Und dann auch noch der letzte Satz! Sander schäumte. Natürlich war das das Werk dieses fiesen, miesen Schreiberlings. Eine ganz billige Rache dafür, dass er ihn wegen der Verspätung angeschnauzt hatte!
Er musste mit irgendwem darüber sprechen – aber mit wem? Grübelnd starrte er auf das Foto. Er hatte seinen Arm um Ella

Ridders Taille gelegt und sie fest an sich gezogen. Seine Augen waren halb geschlossen, sein kurzes graues Haar verschwand fast in ihren langen dunklen Locken. Sie sahen aus, als ob sie gerade für eine besonders laszive Tangostellung übten. Sander schüttelte entnervt den Kopf. Wenn Bilder lügen konnten, dann war dieses Foto das beste Beispiel dafür.

Energisch griff er zum Handy und tippte eine Nummer ein. Eine Kinderstimme meldete sich. »Hier ist Jessica Lorenz.«

»Und hier ist Sander Engelbrecht. Kann ich mal bitte mit deiner Mutter sprechen?«

»Mama, Telefon! Ein Sandmann mit Engeln!«, quäkte das kleine Mädchen. Sander lächelte flüchtig. Er war in seinem Leben schon ganz unterschiedlich genannt worden, aber das war neu. Irgendwie charmant. Während er wartete, dass seine Assistentin Karin ans Telefon kam, nahm er Stimmengewirr im Hintergrund wahr. Irgendwer lachte, dann war sie endlich dran. »Hallo?«, fragte sie atemlos.

»Ich bin's, Sander«, sagte er knapp. »Karin, hast du heute schon Zeitung gelesen?«

»Nein«, antwortete sie, und er hörte an ihrer Stimme, dass sein Anruf sie erstaunte. Als sie sich bei ihm für den Job beworben hatte, hatte er sie nicht nach ihrer Familie gefragt. Trotzdem hatte sie sofort angefangen, von ihrem Mann und ihrer Tochter zu sprechen, so als ob sie schon vorab jeden Zweifel ausräumen wollte, was für sie im Leben wirklich zählte. Inzwischen duzten sie sich, auch wenn dies keine Sekunde über die wahren Verhältnisse hinwegtäuschen konnte: Er war der Boss, sie die Angestellte. Sie arbeiteten gut zusammen, aber ihre Vertrautheit hörte genau in dem Moment auf, in dem Karin das Gelände verließ. Und genauso wollte er das.

Zu spät fiel ihm jetzt ein, dass es zu so relativ früher Morgenstunde höchst unwahrscheinlich war, dass sie Zeit für das

Schorfheider Tageblatt gefunden hatte. »Da ist ein Artikel über den Wolf drin, der neulich hier aufgetaucht ist«, erklärte er rasch. »Klingt, als ob der Reporter mir eins auswischen will, weil ich unfreundlich zu ihm war. Und verheerend fürs Museum kann es auch noch werden. Er lässt durchblicken, ich hätte die Besucher wissentlich in Gefahr gebracht.«

»Steht noch was drin?«, fragte Karin und sagte im gleichen Atemzug: »Ja, Schätzchen, ich komme gleich.«

Sanders Blick flog über die Worte und blieb schließlich an den Fotos hängen. »Mehr eigentlich nicht. Ein bisschen über diese Ridder, und dann gibt es noch zwei wirklich schlimme Fotos. Kennst du nicht irgendwen persönlich bei einer anderen Zeitung, den wir einschalten könnten? Der bessere Presse für das Museum macht? So eine Art Gegendarstellung? Ich meine, dieser Artikel ist doch Gift für uns!«

»Leider nein«, sagte Karin. »Sonst kenn ich da niemanden. Aber warum redest du nicht noch mal mit der Wolfslady? Vielleicht hat sie ja eine gute Idee. Kann ja nicht in ihrem Interesse sein, wenn ihr Wolf verteufelt wird.« Der Tumult im Hintergrund nahm zu. Sander hörte ein Kind weinen und gleich darauf die besänftigende Stimme ihres Mannes. »Entschuldige, aber hier geht es gerade drunter und drüber. Lass mich den Artikel erst mal lesen, und dann reden wir morgen über die Schadensbegrenzung, okay?«

»Natürlich«, meinte Sander. Plötzlich tat es ihm leid, dass er Karin am Sonntagmorgen angerufen hatte. Schnell beendete er das Gespräch.

Die Einsamkeit der Roten Burg begann ihn zu irritieren. Niemand war da, mit dem er sprechen konnte. Er spürte, wie ihn eine Welle der Frustration überkam. Alles war so gut gelaufen, bis dieses … dieses *Vieh* hier aufgetaucht war. Und diese Frau.

Gleich zweimal, um Himmels willen. Regungslos starrte er ins Leere.
Die Minuten vergingen. Dann fuhr er sich abwesend mit der Hand durchs graue Haar, bis es aussah wie versehentlich unter Strom geraten, und stand abrupt auf. Karin hatte recht.
Er ging ins Nebenzimmer, wo sein Bett und sein Kleiderschrank standen. Und sonst gar nichts. Er öffnete ihn und schob die Bügel hin und her. Schließlich fand er, was er suchte. Er griff in die Tasche des Cordjacketts und hatte einen kleinen Zettel in der Hand.
Als er las, was darauf stand, verzog er spöttisch den Mund. Wie überaus typisch für diese Frau, nicht mal ihre Telefonnummer aufzuschreiben! Aber das half ihr jetzt auch nicht. Ihre Adresse hatte er. Und das war alles, was er brauchte. Sein Navisystem würde »Am Pimpinellenluch 4, Bebersee Ausbau« schon finden. Es war höchste Zeit, Ella Ridder einen Besuch abzustatten. Und er, im Gegensatz zu ihr, hatte nicht vor, über irgendwelche Zäune zu klettern oder heimlich durch Häuser zu schleichen! Unmöglich, diese Frau. Falls er sie, wie Karin, am Sonntagmorgen störte, falls auch ihre Kinder weinten oder ihr Mann nur an diesem Tag für sie Zeit hatte – nun, das was ihm völlig egal. Sie hatte sie beide ins Visier eines übelwollenden Reporters gebracht. Nun sollte sie sich gefälligst etwas ausdenken, um die Situation zu retten.
Sander griff nach seiner abgewetzten Lederjacke, zog sie an und verließ die Rote Burg. Er knallte die Tür hinter sich zu, nur um sie einen Moment später wieder aufzuschließen und noch mal nach oben zu gehen. Er hatte die Zeitung vergessen. Hastig schlang er sich seinen schwarzen Wollschal um den Hals. Über Nacht waren die Temperaturen in den Keller gerauscht. Es war kalt geworden. Sie hatten den 23. November, und der Winter stand vor der Tür.

10. Kapitel

Es war ein Sonntagmorgen, wie er gemütlicher nicht sein konnte. Sie hatten bis nach zehn geschlafen. Am Abend zuvor hatten sie sich noch lange über die Exkursion unterhalten, und zwar, wie Ella wohlweislich beschlossen hatte, nur über die Exkursion. Dann wollte Rafael unbedingt noch seine E-Mails checken, und Ella hatte die Zeit genutzt, um sich Notizen über das Heulen zu machen: die genaue Lage, das Wetter und die Uhrzeit. Das würde Fransing interessieren, da war sie sicher. Erst lange nach Mitternacht waren sie dann ins Bett gegangen: Rafael in dem kleinen Gästezimmer und Ella in ihrem nur unwesentlich größeren Schlafzimmer.

Das Sonnenlicht fiel in Ellas Wohnzimmer, das gleichzeitig auch Ess- und Arbeitszimmer war. Der gusseiserne Ofen bullerte. Es war angenehm warm. Der Duft von Tee und Toast hing appetitlich in der Luft. Sie hatten im Pyjama gefrühstückt und dabei überlegt, was sie machen wollten. Ella hatte vorgeschlagen, noch einmal in die Gegend der nächtlichen Exkursion zu fahren und dort mit Jack spazieren zu gehen. Sie wollte schauen, ob er dort auf irgendetwas außergewöhnlich reagierte oder häufiger markierte. Rafael hatte zugestimmt, allerdings erst, nachdem Ella ihm versichert hatte, dass sie Jack an der Leine halten würde.

Der Tisch war noch nicht abgeräumt. Im Stövchen unter der leeren Kanne brannte die Kerze. Ella pustete sie aus und sagte: »Ich geh mal in die Dusche. Stellst du den Kram weg?«

»Logisch.« Rafael stapelte die Teller auf ein Tablett, packte die Lebensmittel dazu und brachte alles in die offene Küche. Ella schaute ihm nachdenklich hinterher. In diesem Moment klingelte das Telefon. »Ridder?«, meldete sie sich, aber niemand antwortete. Obwohl sie einen Augenblick meinte, am anderen Ende jemanden schwach atmen zu hören. Seltsam. Kopfschüttelnd beendete sie die Verbindung und verschwand im Bad.

Sie stand gerade eingeschäumt unter dem heißen Wasserstrahl inmitten einer Duftwolke, die nach pinkfarbener Grapefruit und grünem Tee roch, als Rafael laut an die Badezimmertür bummerte. »Tante Ella!«

Sie drehte den Hebel herum. Das warme Wasser versiegte, und plötzlich war es kühl im Bad. »Was ist denn?«, rief sie.

»Hier ist ein Mann! Er will zu dir!«

»Ein Mann?«, fragte sie laut. »Fein! Schick ihn rein! Nein, nein, das war nur ein Spaß«, fügte sie hastig hinzu. »Wer ist es denn?«

Sie hörte es vor der Tür murmeln. Dann hörte sie eine andere Stimme. Und sie bekam eine Gänsehaut, die nichts mit der Kälte im Badezimmer zu tun hatte.

»Hier ist Sander Engelbrecht. Frau Ridder? Ich muss mit Ihnen reden. Bitte beeilen Sie sich. Ich habe nicht den ganzen Tag Zeit.«

Na, dann warte mal schön, dachte Ella aufsässig. Sie würde sich nicht von Engelbrecht hetzen lassen. In aller Ruhe duschte sie zu Ende, wusch sich, was sie sonst nie tat, die Haare sogar zwei Mal. Aber als sie dann in ihrem weißen Frotteebademantel vor dem Spiegel stand und sich die Haare kämmte, die es trotz der Haarspülung geschafft hatten, sich zu verheddern und zu verknoten wie Stahlwolle, wurde sie zunehmend nervöser. Was wollte Engelbrecht hier? Sie verzog das Gesicht, als die Zinken des Kamms an einem besonders dicken Haarknoten hängen-

blieben und daran zerrten und rissen, dass es jeden Friseur, der schonende Haarpflege predigte, gegraust hätte.
Schließlich legte sie den Kamm weg. Sie konnte es beim besten Willen nicht länger aufschieben: Sie musste raus und dem Feind ins Gesicht blicken.
Schwungvoll öffnete sie die Tür und blickte auf zwei Männerrücken, einen breiteren in dunkelbraunem Leder und einen schmaleren in kariertem Flanell. Rafael war genauso groß wie Engelbrecht. Von hinten hätte man sie glatt für Vater und Sohn halten können. Die beiden standen vor der Landkarte, die die Schorfheide zeigte und die Ella vor einem knappen Jahr aufgehängt hatte in der hoffnungsvollen Absicht, darauf sämtliche Wolfsvorkommen, die sie entdecken würde, mit farbigen Nadeln zu markieren. Aber erst seit gestern steckte ein einsames rotes Fähnchen darin.
Als die Badezimmertür gegen die Wand schlug, drehten sich die beiden um. Ella stählte sich instinktiv. Defensiv ballte sie die Hände in den Bademanteltaschen. Sie war auf alles vorbereitet. So wie Engelbrechts Stimme geklungen hatte, war er gekommen, um ihr den Kopf abzureißen. Mindestens. Und wahrscheinlich hatte er die Zeit noch rasch genutzt, um ihrem Neffen zu erklären, dass sie eine verantwortungslose Verbrecherin war.
Doch Ella hatte sich getäuscht. Denn der mürrische Mann mit den unergründlichen hellbraunen Augen und dem grauen Haar, dessen Bewegungen immer angespannt wirkten, tat etwas Unerwartetes: Er lächelte. Flüchtig, kaum wahrnehmbar, aber sie sah es trotzdem. Er wirkte beinahe gelöst. Was für eine Erleichterung. Unwillkürlich atmete Ella aus.
»Na, endlich zu Ende geduscht?«, sagte er und sah von einem Moment auf den anderen wieder so kühl und reserviert aus wie bei ihren vorherigen Begegnungen.

Dabei war Sander innerlich ganz anders zumute. Ja, auf dem Weg zu ihr war er wütend gewesen. Mit quietschenden Reifen war er vor der kleinen Holzhütte zum Stehen gekommen und hatte ungehalten an die Tür gebummert.
Aber dann hatte ihm dieser schlaksige Junge die Tür geöffnet, sie waren ins Gespräch gekommen, er hatte ihm etwas über sein Museumsprojekt erzählt, und während sie einträchtig darauf gewartet hatten, dass das muntere Geplätscher im Bad endlich verstummte, war seine Wut unmerklich weniger geworden.
Und als er jetzt in Ella Ridders ungeschminktes, klares Gesicht blickte, in diese hellblauen Augen unter den zarten, gewölbten Augenbrauen, die ihn skeptisch musterten, auf diese freche Nase mit dem Hauch Sommersprossen, auf ihren Mund mit den kühn geschwungenen Lippen, konnte er erst recht nicht mehr zornig sein.
»Hallo, Herr Engelbrecht«, sagte sie und streckte ihm förmlich die Hand entgegen. Er nahm sie und wunderte sich, wie schmal sie sich in seiner Hand anfühlte. Sollte eine Frau, die sich mit Wölfen rumschlug, nicht irgendwie kräftigere Hände haben? Pranken? Tatzen?
»Frau Ridder«, sagte er, »Sie werden sich wahrscheinlich fragen, warum ich hier bin.«
Sie entzog ihm die Hand, verschränkte die Arme vor der Brust und zog die Augenbrauen hoch. »Ja, wahrscheinlich werde ich das. Und, warum sind Sie hier?«
Er nahm eine zusammengefaltete Zeitungsseite aus der Innentasche seiner Lederjacke. Er faltete sie auseinander und hielt sie ihr vor die Nase. »Deshalb.«
Entsetzt blickte Ella auf die Fotos. »Ach du meine Güte«, sagte sie und schlug die Hand vor den Mund. »Wie sieht das denn aus? Das ist ja …« Ihr schienen, ähnlich wie ihm vorhin,

die Worte zu fehlen. »Da hat uns aber wer auf dem falschen Fuß erwischt«, beendete sie den Satz lahm.
»So könnte man das natürlich auch nennen«, erwiderte Sander trocken. Rafael schaute ihr über die Schulter. »Ist ja eine scharfe Position«, sagte er belustigt. »Wow, und Jack sieht ja wie eine Bestie aus! Wie ein Werwolf! Wie ein Menschenfresser! Wie ein Kinderkiller …«
»Es reicht, Rafael«, sagte Ella scharf.
»Nein, nein«, sagte Sander. »Ihr Neffe hat ganz recht. In dem Artikel klingt es so, als ob man in meinem Museum jeden Moment gefressen werden könnte. Ich möchte, dass wir zusammen überlegen, was wir gegen diese Negativ-Presse tun können.« Was *Sie* dagegen tun können, fügte er innerlich grimmig hinzu.
Ella hob abwehrend die Hand. »Moment, lassen Sie mich doch erst mal lesen.« Sander beobachtete, wie ihre Augen hin und her zuckten, wie sie ungnädig die Stirn runzelte und eine schmale Falte zwischen den Augenbrauen entstand, als sie erneut das Foto betrachtete.
Endlich wandte sie den Blick ab. »Ich hab Ihnen doch neulich schon vorgeschlagen, dass ich einen Vortrag bei Ihnen halten könnte«, sagte sie, und er sah, dass sich die blasse Haut ihrer Wangen unmerklich rötete. »Das wollten Sie nicht. Warum eigentlich nicht? Oder wie wäre es mit einem Wolfsworkshop? Für Kinder? Sie schließen das Museum im Winter, steht hier. Aber eine Sonderveranstaltung könnte man trotzdem machen. Gibt's bei Ihnen Räumlichkeiten für Kindergruppen?«
»Räumlichkeiten gibt es auf dem Gelände mehr als genug. Aber haben Sie im Ernst gedacht, ich würde das mit Ihnen diskutieren, nachdem Sie bei mir eingebrochen sind und mich belauscht haben?«, fragte er spöttisch. Bei seinen Worten bekam Ella zu den geröteten Wangen auch noch knallrote Oh-

ren. Rafael war tief beeindruckt: »Voll krass! Du bist eingebrochen? Wo denn? Und wie? Mit einem Dietrich? Oder hast du mit einem Diamantschneider eine Scheibe zerschnitten? Wolltest du was klauen?«

Ella verdrehte die Augen und fingerte nervös am Gürtel ihres Bademantels herum, bis sie ihn zu einer langen dicken Frotteewurst gezwirbelt hatte. »Quatsch, Rafael. Ich wollte nichts klauen. Und ich bin auch nirgends eingebrochen.«

»Wie würden Sie es denn sonst nennen?«, erwiderte Sander ruhig, aber in seiner Stimme schwang etwas Warnendes mit. Einen Moment lang schwiegen sie alle drei. Rafael sah aus, als ob er versuchte, sich seine Tante als Einbrecherin vorzustellen, Ella sah aus, als würde sie sich am liebsten im nächsten Mauseloch verkriechen, und Sander schien zu überlegen. »Ich möchte nichts mehr mit Wölfen zu tun haben. Weder mit Ihrem noch mit einem anderen«, sagte er dann. »Lieber wäre mir, wenn uns etwas einfällt, das beweist, wie kinderfreundlich das Museum ist. Ein Ort, der die Phantasie anregt. Eine Stätte, an der Kinder und Jugendliche sich wohl fühlen können. An dem sie neugierig sein dürfen. Ein Aufmacher, auf den sich die Presse neu konzentrieren kann. Bloß nichts mit Wölfen«, wiederholte er überflüssigerweise zum zweiten Mal.

Ella kniff die Augen leicht zusammen. »Nichts mit Wölfen«, sagte sie, und Enttäuschung schwang in ihrer Stimme mit. »Na dann eben nicht.« Sie warf ihre geringelte Lockenpracht nach hinten und sah ihn provozierend an. »Wenn das nicht geht, dann weiß ich leider auch nicht, wie Ihnen zu helfen ist.«

Sander maß sie mit bösen Blicken, als Rafael plötzlich fragte: »Haben Sie eigentlich einen Spielplatz auf dem Gelände?«

Sander wandte sich dem Jungen zu. An wen erinnert er mich bloß, dachte er, während er sagte: »Ja, haben wir. Gleich am Eingang zum Gelände sind einige Spielgeräte aufgestellt.

Rutsche und Schaukel. Und eine Wippe. Für kleine Kinder. Falls es am Kartenschalter mal länger dauert, können sie da spielen. Wieso?«

»Aber für größere haben Sie nichts auf dem Gelände?«, fragte Rafael weiter, ohne Sanders Frage zu beantworten. »Nur ein paar langweilige Schaukeln und so 'n Babykram?«

»Die älteren Kinder können doch wohl einen Moment warten, bis sie die Tickets haben. Sie sollen nicht spielen, sondern sich das Gelände anschauen«, erklärte Sander.

»Ja, aber es wäre doch schön, wenn sie auch was tun könnten. Vielleicht etwas, das mit der Ziegeleiherstellung zu tun hat«, sagte Rafael. »Nur mit einer Bahn rumfahren ist doch voll öde. Ich zum Beispiel finde es im Museum immer langweilig, weil man nichts machen kann. Aber bei uns in der Schule haben wir eine Werkstatt, die ist total cool. Vielleicht brauchen Sie was für Leute, die selbst was machen wollen. Für solche wie mich, zum Beispiel.« Er hielt Sander beide Hände hin, als ob er auf der Stelle die Ärmel aufkrempeln und sich an die Arbeit machen wollte.

»Total cool«, wiederholte Sander nachdenklich und schaute auf Rafaels schlanke Hände, seine schmalen Handgelenke, die mageren Arme. »Du könntest ja mal ins Museum kommen und dir das anschauen. Wer weiß, vielleicht fällt dir vor Ort was ein, was du als Besucher gern machen würdest.«

»Ich bin nur noch morgen da. Nachmittags fahre ich wieder nach Berlin«, erwiderte Rafael bedauernd. Beide drehten sich unisono zu Ella um. »Könnten Sie nicht morgen …«, fing Sander an, während Rafael zeitgleich sagte: »Können wir nicht morgen …?« Sie hielten inne und grinsten sich an.

Erneut steckte Ella ihre Hände in die geräumigen Taschen des Bademantels und seufzte leise. »Ja, wir können.«

Schlaue Frau. Sie erkennt, wenn sie keine andere Wahl hat,

dachte Sander und sagte: »Gut. Das hätten wir dann geklärt.« Er griff nach der Zeitung, die immer noch aufgeschlagen auf dem Tisch lag, und wandte sich zum Gehen. »Ich erwarte Sie um elf. Den Weg kennen Sie ja. Tschüs, Rafael«, sagte er. »Bis morgen.« Und dann verließ er die Blockhütte.

Sander fuhr viel zu schnell, obwohl er es nicht eilig hatte. Bei seiner Rückkehr würde die Rote Burg genauso einsam daliegen, wie er sie verlassen hatte. Die Gedanken flitzten durch seinen Kopf, und er drückte das Gaspedal weiter durch. An dieser kurzen Begegnung in dieser etwas schäbigen Hütte war etwas gewesen, das ihn berührt hatte. Nicht, dass ihm Ella Ridder plötzlich sympathischer war. Das nicht. Bademantel hin, Kringellocken her. Wirklich nicht.

Es musste etwas mit dem Jungen zu tun haben. Wie er gegrinst hatte, als sie beide zeitgleich gesprochen hatten, als ob sie beide dasselbe gedacht hätten, wie … wie … wie …

Wie Valentin. Valentin früher, mit fünfzehn, sechzehn Jahren. Als sie sich noch wortlos verstanden hatten. Als sie manchmal sogar dasselbe geträumt hatten.

Sein Herz klopfte wie verrückt, als er so heftig auf die Bremse trat, dass der Wagen quietschend und leicht schleudernd zum Stehen kam. Er war allein auf der Landstraße und erst recht auf dem Forstweg, in den er kurz darauf einbog. Er schaltete den Motor aus, stützte die Arme aufs Lenkrad und legte seinen Kopf darauf. Er schloss die Augen. Irgendwann in den letzten Jahren hatte er herausgefunden, dass er mit geschlossenen Augen besser gegen den Schmerz angehen konnte, wenn er unvermittelt kam und ihn wie eine Welle mitriss. Wie jedes Mal, wenn er unvorbereitet an Valentin denken musste …

»Hast du alles, was du brauchst?«, fragte Sander seinen Bruder. Er warf seine Reisetasche schwungvoll auf den Rücksitz, auf dem bereits ein Karton mit Lebensmitteln stand, den Jola für sie gepackt hatte. Sie konnte es sich einfach nicht abgewöhnen, sie beide zu umsorgen, als wären sie noch kleine Jungen.
Valentin stand direkt neben ihm. In seinem dunklen Kaschmirmantel sah er aus, als würde er gleich ins Büro gehen. Ganz unpassende Kleidung für das, was sie vorhatten. »Ach komm, Sander. Ich brauch doch nichts. Die zwei Tage, dafür pack ich doch nicht extra. Vater hat sicher ein paar Reserveklamotten in der Jagdhütte. Das reicht völlig. Und falls irgendwas Dramatisches passiert, habe ich ja meine goldene Kreditkarte.«
Sander zuckte mit den Achseln. »Na gut, wenn du meinst. Dann lass uns losfahren.«
»Ich?«, fragte Valentin und hielt die Hand auf, als erwarte er allen Ernstes, dass Sander die Autoschlüssel hineinfallen ließ.
»Nein. Ich fahre.« Der Wagen war neu, keine zwei Monate alt, und Sander kannte den Fahrstil seines Bruders zu gut, um ihm sein hübsches, silbernes Baby anzuvertrauen. »Also los. In zwei Stunden sind wir da. Spätestens«, sagte er und ließ den Motor an, der mit einem schnurrenden Geräusch zum Leben erwachte.
»Es gibt Schlimmeres, als mit einem Porsche in die Berge zu fahren«, murmelte Valentin und lehnte den Kopf gegen die Kopfstütze. Er schloss die Augen und gähnte. »Die Nacht war kurz.«
»Warst du aus?«, fragte Sander und hielt an einer roten Ampel.
»Ja. Wir waren aus. Aber nur bis halb zwölf. Um zwölf lagen wir im Bett. Was nicht heißt, dass wir geschlafen haben. Du verstehst.« Valentin grinste seinen Zwillingsbruder von der Seite an.
»Wer ist denn wir?«, fragte Sander. Sie hatten Bogenhausen verlassen, und er fuhr durch eine Nebenstraße, um dem unvermeidlichen Freitagnachmittagsstau in Richtung A 95 zu entgehen.
»Ach, ein Gentleman schweigt und genießt«, sagte Valentin und räkelte sich selbstzufrieden in dem dunkelblauen Ledersitz.
»Blöder Hund«, murmelte Sander, fragte aber nicht weiter nach. Eigent-

lich interessierte es ihn auch wenig, wen sein Bruder gerade vögelte. Valentin hielt es sowieso nie sehr lange mit ein und derselben aus, da lohnte es sich kaum, sich die Namen zu merken.
Kurze Zeit später hatten sie die Autobahn erreicht. Sander startete auf der linken Auffahrspur durch. Der Porsche surrte zufrieden und schoss durch den dämmrigen Novembernachmittag dem Ziel entgegen. Als es zu schneien begann, schaltete Sander den Scheibenwischer ein.

»Hoffentlich rasen sie nicht so«, sagte Christiane, während sie immer noch am Fenster stand und auf die Straße blickte, auf der ihre Söhne davongebraust waren. »Es könnte glatt sein.«
»Ach, sei doch nicht immer so ängstlich. Sie sind dreißig, nicht drei. Die passen schon auf sich auf. Sind doch gestandene Kerle. Ich beneide sie richtig. Da oben ist es im Winter besonders schön. Sie werden sich sicher den Kamin anmachen.« Und bestimmt nicht mit meinem Whisky sparen, dachte Georg, als er nach oben ging. Im Büro wartete einiges an Arbeit, was er an diesem Wochenende gut erledigen konnte. Er hoffte inständig, dass sich seine Jungs während ihres Ausflugs wieder näherkommen würden. Im letzten halben Jahr war es zwischen den beiden zunehmend zu Spannungen gekommen. Kein Wunder. Schließlich rückte die Entscheidung näher.
Bis Mai war noch Zeit, dann war er sechzig und würde seinen offiziellen Nachfolger ernennen. Der Baustoffhandel, den er aufgebaut hatte, war auf Dauer zu klein für zwei Chefs. Außerdem glaubte Georg nicht an Gewaltenteilung. Es war immer besser, wenn wichtige Entscheidungen ausschließlich in einer Hand lagen. So hatte er es bislang gehalten und war, mit seinem guten Riecher für lukrative Geschäfte, weit gekommen.
Er hatte lange darüber nachgedacht, wer von beiden die Nachfolge antreten sollte. Nach außen hin ähnelten sich die beiden immer noch in verblüffender Weise. Zum Glück trugen sie nicht mehr die gleiche Kleidung wie früher als Kinder, sonst hätte selbst er Schwierigkeiten gehabt, sie auseinanderzuhalten.

Doch im Charakter waren sie grundverschieden, und darin lag die Crux seiner Entscheidung. Alles, was Sander und Valentin als Kinder ergänzt, geeint und zu einem unverbrüchlichen, gelegentlich teuflischen Dreamteam gemacht hatte, an dem man sich die Zähne ausbeißen konnte, hatte sie als Erwachsene zunehmend voneinander entfernt. Der eine taktierte kühl und prüfte lieber doppelt, was ihn gelegentlich zu zögerlich agieren ließ. Der andere setzte auf Spontanität statt auf Gründlichkeit, manchmal sogar bis zur Rücksichtslosigkeit. Das war nicht immer gut, aber faszinierend, denn diese aus der Intuition getroffenen Entscheidungen hatten sich oft als richtig herausgestellt. Als Vater fand er es immer wieder erstaunlich, wie sehr der eine seiner Söhne nach seiner Mutter, der andere nach ihm selbst kam. Und wie konsequent ihre Charaktere in allen Einzelheiten des täglichen Lebens auseinander drifteten: Das zeigte sich in ihrem Kleidungs- und Einrichtungsstil, in ihren Reisezielen, selbst in den Vorlieben für Restaurants, die sie besuchten. In der Wahl ihrer Freunde. Und besonders in der ihrer Freundinnen! Der eine mit dem Hang zu kapriziösen – Georg fiel kein anderes Wort als »Gespielinnen« ein, schließlich schien es dabei hauptsächlich um Bettspiele zu gehen. Der andere war zurückhaltend, wenn es darum ging, sein Herz zu öffnen, und behielt sein Privatleben lieber für sich.

Auch im Studium hatten sie unterschiedliche Wege eingeschlagen: Der eine hatte sich für Volkswirtschaft entschieden und rasch ein soziales Interesse für benachteiligte Regionen und Dritte-Welt-Länder entwickelt. Durchaus anerkennenswert, wenn auch nicht sehr praktisch für einen Unternehmer, es sei denn, man wollte in Billigländern produzieren lassen. Der andere war Betriebswirt geworden mit einem Killerinstinkt fürs Geldmachen, den Georg zuweilen geradezu ruchlos fand.

Trotzdem einte die beiden immer noch mehr als die meisten anderen Geschwisterpaare, da war er sicher. Sie kannten sich in- und auswendig und konnten sich in Krisensituationen bedingungslos aufeinander verlassen. Und Georg hoffte von ganzem Herzen, dass seine Entscheidung keinen Keil zwischen die beiden trieb. Schon deshalb, weil ihm das Christiane nie

verzeihen würde. Es ging dabei nicht mal um Geld. Beide hatten die gleichen Ansprüche auf das Vermögen, das hatte er bereits testamentarisch verfügt. Aber es ging darum, wer von ihnen das Sagen haben würde.
Im Übrigen gab es einen Punkt, in dem seine Söhne absolut gleich tickten: Autos. Gar nicht so erstaunlich, wenn man bedachte, dass Christiane und er beide ein Faible für schnelle Wagen hatten. Als Georg in sein Büro ging, hörte er, wie Christiane ins Musikzimmer ging. Sicher würde sie gleich beginnen, Klavier zu spielen. Schön. So arbeitete er gern. Eine Frau, zwei Söhne, die Jagd – er war ein glücklicher Mann, der in seinem Leben alles richtig gemacht hatte.
Draußen begann es zu schneien. Große Flocken deckten den Garten zu, hüllten die niedrigen Buchshecken ein, die sich um die Kräuterbeete zogen, legten sich auf die Kieswege und auf die Zweige der kahlen Bäume. Innerhalb einer halben Stunde war aus dem traurigen Düstergrau ein makelloses Winterweiß geworden.
Als Georg zwei Stunden später von der Arbeit aufschaute, lag eine dicke Schneeschicht auf dem Fensterbrett. Und es schneite immer weiter.

11. Kapitel

»Nein, wir nehmen Jack nicht mit«, entschied Ella.

»Warum denn nicht?«, fragte Rafael. Seit sie am Vorabend einen langen Spaziergang gemacht hatten, war zwischen ihm und dem Wolfmischling der Friede wiederhergestellt. Das war die gute Nachricht. Die schlechte war, dass sie keinerlei Spuren oder sonstige Hinweise gefunden hatten. Vielleicht hatten sie ja doch nur einen Hund gehört, der ihnen von einem fernen Gehöft geantwortet hatte.

»Hast du nicht gemerkt, dass Engelbrecht nicht gut auf Wölfe zu sprechen ist?«

Rafael zuckte mit den Schultern. »Ja, schon. Also gut, dann verabschiede ich mich jetzt von ihm.« Er verließ die Hütte. Sie hatten beschlossen, nach dem Besuch in der Roten Burg gleich zum Bahnhof zu fahren, damit Rafael nicht zu spät zurück im Internat sein würde.

»Und du willst mir immer noch nicht erzählen, warum du eingebrochen bist?«, fragte Rafael, als er in den Bus stieg.

»Nö«, antwortete Ella. »Und zum letzten Mal: Ich bin nicht eingebrochen. Die Haustür war offen. Ich schwör's.«

Sie fuhren los. Kurze Zeit drauf hielten sie auf dem Parkplatz vor dem Freiluftmuseum. Diesmal standen dort außer dem silbernen Sportwagen und dem weißen Lieferwagen, die Ella schon neulich gesehen hatte, noch ein roter Opel Zafira. Ella parkte neben dem Opel. Als sie ausstieg, blieb ihr Blick an einem Kindersitz auf dem Rücksitz hängen. Hat der Menschenfeind doch eine Familie?, fragte sie sich. »Schau mal«, unterbrach Rafael ihre Gedanken und wies zur Roten Burg. Engelbrecht hatte am Tor gestanden und kam ihnen jetzt langsam entgegen.

»Da sind wir«, sagte Rafael statt einer Begrüßung, als er sie erreicht hatte. Rafael sah sich neugierig um. Sein Blick streifte ein bisschen verächtlich den Minispielplatz.

»Schön, dass du es heute noch geschafft hast«, antwortete Engelbrecht ruhig, aber mit deutlich größerer Reserviertheit als am Vortag. »Frau Ridder. Willkommen.« Er nickte ihr zu, und Ella stellte mal wieder fest, dass sie aus ihm nicht klug wurde. Sein Gesichtsausdruck war unlesbar. Alles Mögliche konnte diese Steinmaske bedeuten. Aber bestimmt kein herzliches Willkommen! Nein, wirklich nicht. Tat es ihm bereits leid, dass er sie eingeladen hatte? Konnte er sich überhaupt über irgendetwas freuen?

»Rafael, ich würde dir gern das Gelände zeigen, den Hafen, danach den Ringofen …«

Ignorier mich ruhig, ärgerte sich Ella insgeheim. Ich bin nicht da. Ich sehe nur so aus.

»Wozu braucht denn eine Ziegelei einen Hafen?«, unterbrach Rafael.

»Zum Transport der fertigen Ziegel.«

»Warum nimmt man keine Laster?«, fragte Rafael nach.

»Jetzt würde man schon Laster nehmen. Aber der Tonstich hier war am aktivsten, als von Lastern noch keine Rede war. Diese Ziegelei hier hat überwiegend für Berlin Ziegel gebrannt. Bis 1873 wuchs die Stadt unvorstellbar schnell, Wirtschaft und Industrie boomten …«

»Die Gründerjahre«, nickte Rafael. »Bismarck. Kenn ich. Haben wir gerade in Geschichte.«

»Genau«, fuhr Engelbrecht fort. »Menschen strömten auf der Suche nach Arbeit in die Stadt, und für alle brauchte man Häuser. Und Ziegel. Nun liegt Berlin glücklicherweise an mehreren Flüssen, da konnte das Baumaterial gut per Boot herangeschafft werden.«

»Ah«, sagte Rafael und nickte. Ella hörte schweigend zu. Im Gegensatz zu Rafael hätte sie bestimmt nicht auf diese Verabredung gedrungen. Also war es heute allein seine Sache, wie dieser Tag hier lief.

Sie hatten das Hafenbecken erreicht. »Das hier ist ein alter Kaffenkahn«, sagte Engelbrecht und wies auf ein großes Boot. »Den erkennt man an der Spitze. Sieht ein bisschen wie ein Schnabel aus, nicht? Dieses Binnenschiff fuhr ohne Motor, mit Segel, trotz der schweren Ladung. Und da drüben, siehst du die beiden Kähne?« Er wies zur anderen Seite des Hafens. »Sie wurden getreidelt.«

»Ge… was?«

»Getreidelt. Menschen oder Pferde haben sie an Stricken den Fluss entlanggezogen. Auf sogenannten Treidelpfaden.« Engelbrecht verschränkte die Arme vor der Brust. »Stell dir mal vor, wie extrem anstrengend das gewesen sein muss. Wenig Geld, wenig zu essen. Lange, harte Arbeitstage.« Er sagte es leise, wie zu sich selbst.

»Und was ist das da?« Rafael zeigte auf eine seltsam aussehende Kiste, die auf dem groben Holzsteg vor dem Kaffenkahn lag.

»Das ist eine Lederkiste. Da wurden die Ziegelsteine hineingepackt. Dann ließ man sie über eine Rutsche auf den Kahn gleiten. Leder deshalb, weil es federt und schützt. Sonst wären die Ziegel glatt zerbrochen.«

Ella blies warme Luft in die Hände. Es war frisch und hier am Wasser auch noch feucht. Das langsame Gehen und Rum-

stehen half nicht wirklich. Auch ihre Füße wurden allmählich kalt. Sie hätte sich ein zweites Paar Socken anziehen sollen. Zu spät.
»Wollen Sie sich drinnen aufwärmen?«, fragte Sander Engelbrecht sie von der Seite. Überrascht sah sie ihn an. So viel Aufmerksamkeit hatte sie ihm gar nicht zugetraut.
»Gern, wenn's geht«, sagte sie.
»Natürlich. Das hier wird vermutlich noch eine Weile dauern. Ich glaube, Karin hat eben einen Kaffee gemacht. Den Weg in den Turm kennen Sie ja. Aber diesmal würde ich Sie bitten, nur bis zur ersten Etage zu gehen, dann links.« Anzüglich zog er die Augenbrauen hoch, dann wandte er sich wieder an Rafael.

Ella kam sich hochgradig überflüssig vor, als sie sich umdrehte und zurück zur Roten Burg ging.
Es herrschte Totenstille. Sie stieg die Stufen nach oben und schaute von halber Treppe aus hinunter. Rafael und Engelbrecht gingen gerade zu dem ovalen Ziegelsteingebäude, aus dem in der Mitte ein hoher Schornstein emporragte, und verschwanden darin. Ella ging weiter bis zum ersten Stock. »Hallo?«, rief sie, erhielt jedoch keine Antwort. Sie bog nach links ab und folgte dem Duft von frischem Kaffee, der ihr entgegenschwebte, bis sie zu einer offenen Tür kam. Sie spähte in den Raum. Hier war sie richtig. Das war offensichtlich das Büro.
In der Ecke stand ein schlichtes weißes Tischchen, darauf brodelte eine Kaffeemaschine. Ella wartete, bis der Kaffee durchgelaufen war, dann nahm sie einen Becher, der umgekehrt daneben stand, goss sich ein und gab Milch dazu. Sie schloss beide Hände fest um das Gefäß und genoss die Wärme, die in ihr aufstieg. Allmählich fühlten sich auch ihre Füße

wieder normal an. Sie sah sich um. In dem Raum standen zwei Schreibtische, ein Computer und ein weiterer Tisch, auf dem Kartons gestapelt waren. Mäßig aufgeräumt.
Wo steckte diese Karin? Und vor allem: Wer *war* Karin?
In diesem Moment erklangen draußen Schritte. Erwartungsvoll sah Ella zur Tür, als eine Frau das Büro betrat. Sie hatte hellblonde kurze Haare, wahrscheinlich gefärbt, die ihr wild vom Kopf abstanden, und auffallend große dunkle Augen. Blass, schmal und ungeschminkt war sie, bis auf ihren kirschroten, knalligen Lippenstift. Sie trug enge hellblaue Jeans, Cowboystiefel, einen figurbetonten schwarzen Rolli und lange silberne Ohrringe. Wie eine zierliche Rockerin, fand Ella. Das musste Karin sein.
»Hallo!«, sagte diese überrascht, als sie sie erblickte. »Was machen Sie denn hier im Büro?«
»Herr Engelbrecht hat mich eingeladen, mir einen Kaffee zu holen. Er zeigt meinem Neffen gerade das Gelände.«
»Ah ja, Sander hat erwähnt, dass heute ein Junge zu Besuch kommt.« Sie sah Ella aufmerksam an. »Ich wusste nicht, dass Sie auch dabei sind. Aber ich kenne Sie. Ihr Foto war in der Zeitung. Sie sind die Wolfslady, stimmt's? Über die er sich so geärgert hat. Die mit dem Wolf, der unsere Besucher neulich so erschreckt hat. Sie sind Ella Ridder.«
Ella schloss ergeben die Augen. »Ja, das bin ich. Rafael und ich sind hier, weil wir bei der Schadensbegrenzung helfen wollen.«
»Na, hoffentlich klappt das auch«, gab Karin zurück und nahm sich ebenfalls einen Kaffee. Sie trank einen Schluck und betrachtete Ella über den Rand der Tasse hinweg. »Und wie stellen Sie sich das vor? Schon irgendwelche Ideen?«
Ella begann sich zu ärgern. Was erlaubte sie sich, so mit ihr zu reden? Wahrscheinlich war sie die Freundin von Engelbrecht

oder sogar seine Frau. Da, einen Ehering trug sie auch. Ein schickes Pärchen gaben die beiden ab: attraktiv und kaltschnäuzig. Ella konnte sich lebhaft vorstellen, wie die beiden sich beim Thema Wölfe den Blutdruck in die Höhe trieben. Aber bitte, schnippisch sein, das konnte sie auch.

»Ich habe Herrn Engelbrecht bereits mehrere Vorschläge unterbreitet, die er allesamt abgelehnt hat. Jetzt ist mein Neffe dran. Wenn ihm was Tolles einfällt, werden Sie die Erste sein, die es erfährt, keine Bange.« Abrupt stellte Ella die leere Tasse auf dem Tisch ab, und zwar sehr viel lauter als beabsichtigt.

Karin fuhr erschrocken zusammen. »Frau Ridder, ich wollte Ihnen nicht zu nahe treten. Es ist nur so, dass Sander und ich in letzter Zeit sehr viel für unsere PR gearbeitet haben. Und dann taucht ausgerechnet am Eröffnungstag der Bahn Ihr Wo…«

»Es hat wohl keinen Sinn, wenn ich Ihnen sage, dass Jack nur ein Halbwolf ist?«, fragte Ella resigniert.

Zum ersten Mal ließ sich die Frau ein freundliches Lächeln entlocken. »Nicht wirklich. Er sieht nun mal täuschend echt aus.«

Draußen tat sich was. Engelbrecht und Rafael traten aus dem runden Gebäude, Sander Engelbrecht mit einem großen Zettel in der Hand. Rasch warf Ella einen Blick auf die Armbanduhr. »Da sind sie wieder. Ich gehe mal nach unten. Auf Wiedersehen, Frau …« Sie sah sie fragend an.

»Karin genügt«, winkte die Frau ab. »Ich bin nicht so. Viel Erfolg.«

Was heißt ›nicht so‹?, dachte Ella irritiert und verließ das Zimmer. Interessiert hätte es sie schon, ob dieser junge Annie-Lennox-Verschnitt mit vollem Namen Karin Engelbrecht hieß. Weibliche Neugierde …

Rafael empfing sie begeistert. »Ich weiß jetzt, was ein Handstrich ist!«, sagte er. »Und ein Hoffmannscher Ringofen. Voll krass, das Teil, und megapraktisch. Jede Menge Brennkammern, konstante Qualität. Genial.«
»Handstrich?«, fragte Ella leicht verwirrt. »Was muss ich mir denn darunter vorstellen?« Es klang so – sanft, fast zärtlich. Nicht nach etwas, das sie mit einer industriellen Herstellungsart verband.
»Handstrich ist es, wenn Lehm in eine Holzform gepackt wird und mit der Hand nass glatt gestrichen wird«, erklärte Rafael. »Früher haben sie so jeden Ziegel einzeln hergestellt. Das muss man sich mal reinziehen!«
»Und, hast du auch ein paar clevere Ideen gehabt, die nützlich sein könnten?«, fragte sie amüsiert.
Rafael sah zu Sander Engelbrecht, und dieser nickte. »Ihr Neffe sprudelt nur so vor Einfällen. Mal schauen, was wir daraus machen.« Rafael sah äußerst zufrieden mit sich selbst aus, und Ella freute sich für ihn. »Wir müssen trotzdem langsam los«, meinte sie dann. »Dein Zug geht in einer knappen Stunde.«
»Okay. Bis zum nächsten Mal dann, Sander«, sagte Rafael und reichte Engelbrecht die Hand. Sander?, dachte Ella überrascht. Sind die beiden schon so weit?
»Ich bring euch noch bis zum Tor«, meinte dieser und begleitete sie schweigend zum Ausgang.
»Kommen Sie aus der Mark Brandenburg?«, fragte Ella, um die Stille zu durchbrechen. Plötzlich fühlte sie sich unbehaglich, so als ob ihre Gegenwart schuld daran sei, dass die beiden sich nicht mehr unterhielten.
»Nein. Aus München«, erwiderte Engelbrecht knapp.
»Und was hat Sie hierherverschlagen?«
»Ich bin in den letzten Jahren viel unterwegs gewesen. Bei

verschiedenen Bauprojekten in der Dritten Welt. Danach wollte ich nicht mehr zurück nach München. Außerdem gibt es hier keine Berge«, gab er zurück.
Ella warf ihm einen Blick zu. »Dann hätten Sie ja auch sehr gut auf eine Nordseeinsel ziehen können. Da ist es auch schön flach«, meinte sie schnippisch.
Er sah sie aus unergründlichen Augen an und verzichtete auf eine Antwort.

Erleichtert öffnete Ella die Autotür, froh, endlich von hier wegzukommen. Sie hatte sich nicht die Mühe gemacht, ihren Bus abzuschließen. In diese einsame Gegend würde sich so schnell keiner verirren. Und selbst wenn, würde wohl kaum jemand an ihrer alten Rostkutsche Interesse haben. »Rutsch mal durch, Rafael«, sagte sie, als Sander Engelbrecht hinter ihr in schallendes Gelächter ausbrach. Sie wirbelte herum. »Was ist so komisch?«, wollte sie wissen. Die miesepetrige Art dieses Mannes nervte sie unsäglich. Aber wenn er lachte, wurde er direkt unheimlich: Von einer Sekunde zur anderen konnte er sich in einen strahlend gutaussehenden Sonnyboy verwandeln.

Das Treffen mit Rafael war genauso verlaufen, wie Sander es sich erhofft hatte: Der Junge hatte sich die Anlage angeschaut, jede Menge Fragen gestellt und originelle Vorschläge gemacht. Die meisten ein bisschen zu verrückt, um sie umzusetzen, aber ein Teil war wirklich gut. Warum war ihm nicht selbst eingefallen, ein Fließband oder eine Rutsche mit Lederkisten auszustatten? Die Kinder und Jugendlichen treideln zu lassen? War er so weit von seiner eigenen Jugend entfernt, dass er vergessen hatte, was ihm und Valentin damals Spaß gemacht hatte? Ja, dachte er noch im selben Moment. Genau-

so war es. An diesen Teil seines Lebens wollte er sich nicht mehr erinnern.
Er würde das mit Max besprechen. Max war sein Metallbauer und Designer und hatte ein gutes Händchen für die Umsetzung von Sanders Ideen. Max erkannte mit einem Blick, was machbar war und was nicht. Apropos machbar … Amüsiert blickte Sander auf die Tür von Ellas altem VW-Bus und brach erneut in lautes Lachen aus. Es klang fremd in seinen Ohren. Irgendwie rostig. Genau wie die Autotür.
»Was *ist* das?« Er zeigte auf ein unordentliches graues Knäuel, das dort hing, wo eigentlich eine chromfarbene Klinke hätte sein sollen.
»Ich habe die Tür repariert. Mit einem Bindfaden. Jetzt geht sie nicht mehr von allein auf«, antwortete Ella beinahe entschuldigend.
»Sie geht überhaupt nicht mehr auf«, korrigierte Sander sie. »Finden Sie das sicher?«
Sie wand sich innerlich. »Sie meinen verkehrstechnisch? Nicht so richtig. Aber ich hatte noch keine Gelegenheit, mir eine neue Tür zu besorgen. Das Schloss kann ich vergessen. Das kriegt keiner mehr hin. Wenn ich mal wieder nach Berlin komme, kümmere ich mich darum.«
Sander war von sich selbst überrascht, als er sich antworten hörte: »Ich fahre demnächst zu meinem Metallbauer nach Neuruppin. Um Rafaels Ideen durchzusprechen. Da komm ich an einem Autoschrottplatz vorbei. Ich kann ja mal schauen, ob ich eine Tür für Sie finde.« Er warf einen prüfenden Blick auf Ellas Bus. In den unzähligen Partien Autoquartett, die er früher mit Valentin gespielt hatte, war dieser Wagen immer der schwarze Peter gewesen. Die Lusche, die einem das ganze Blatt verderben konnte. »T2, Baujahr 88, 69 PS, richtig?«

Ella starrte ihn verblüfft an.
»Stimmt genau, ein T2. 322 000 Kilometer hat er runter. Würden Sie das für mich tun? Ehrlich?«, fragte sie ungläubig.
»Ja«, sagte Sander und versuchte, so neutral wie möglich zu klingen, während er die beharrliche Stimme in seinem Kopf ignorierte, die laut sagte: »Nein. Stopp. Zurück. Alles auf Anfang.«

12. Kapitel

»Und, wie lief's mit meinem Großen?«, fragte Josephine statt einer Begrüßung.

»Dir auch einen guten Tag, Josie«, erwiderte Ella und ließ sich auf ihre Couch fallen. Sie hatte Rafael zum Zug gebracht, mit ihm ausgemacht, dass er sich melden würde, sobald er sicher im Internat in Berlin angekommen war, und ihm dann so lange hinterhergewunken, bis der Zug in der Ferne verschwunden war.

Weder der Besuch im Museum noch die Fahrt zum Bahnhof war besonders anstrengend gewesen, gemessen an den Wanderungen, die sie sonst unternahm. Trotzdem fühlte sich Ella unsagbar müde. Sie gähnte herzhaft.

»War Rafael stressig?«, fragte ihre Schwester weiter. Ella hörte ein glucksendes Geräusch und vermutete, dass Josephine die kleine Leni auf dem Arm hatte.

»Nein, Rafael war überhaupt nicht stressig. Im Gegenteil. Ich habe ihn sehr gern hier. Von mir aus könnte er ruhig öfter zu Besuch kommen.« Sie begann zu erzählen, was sie gemacht hatten, und zögerte kurz, als sie auf Sander Engelbrecht zu sprechen kam. »Er ist ein seltsamer Typ«, sagte sie dann. »Mit Rafael ist er wirklich nett, richtig kumpelhaft. Die beiden scheinen auf einer Wellenlänge zu sein. Was mich betrifft, habe ich die meiste Zeit das Gefühl, dass er mir am liebsten den Kopf abreißen würde. Dabei kann ich doch gar nichts für die Fotos!«

Natürlich hatte Ella sich bei Josephine empört über Engelbrechts Anschuldigungen ausgelassen. Nur von der Begegnung im Turm hatte sie nichts erzählt. Und wie sie im Auto geweint hatte, dumme sentimentale Tränen …

Josephine lachte leise. »Severin hat den Artikel mitsamt Fotos im Internet gefunden!«

Ella stöhnte. »Na wunderbar. Hoffentlich kommt Fransing nicht auf denselben Gedanken.«

»Und wenn schon. Du kannst doch Winterschlaf halten mit wem du willst! Sag mal, ist dieser Engelbrecht vielleicht schwul?«

»Das glaube ich nicht. In der Roten Burg wartet jedenfalls eine sehr attraktive Frau auf ihn. Und selbst wenn er schwul wäre, könnte er mich trotzdem ein bisschen freundlicher behandeln, oder nicht?«

»Na, wie auch immer. Das findest du schon noch heraus. Aber jetzt noch mal zu Rafael: Ist dir was an ihm aufgefallen?« Josephine klang besorgt. »Das letzte Mal, als er hier war, war er irgendwie komisch. So, als würde ihn was bedrücken. Ich habe versucht, mit ihm zu reden, aber er ist mir ausgewichen.« Sie schwieg einen Moment, dann fuhr sie fort: »Ich weiß nicht, was ich denken soll. In dem Alter ist ja alles möglich. Vielleicht hat er in der Schule Probleme. Mathe war noch nie so sein Ding. Physik auch nicht! Kifft sich regelmäßig die Birne zu, was weiß ich denn! Hast du nichts mitbekommen? Mit dir bespricht er doch am ehesten mal was.« Sie klang ein wenig eifersüchtig.

Ella zögerte. Auf keinen Fall wollte sie Rafaels Geheimnisse ausplaudern. Auf der anderen Seite war Josephine ihre Schwester, ihre engste Vertraute und mehr noch: ihre Freundin. Sie schuldete ihr eine ehrliche Antwort. »Na ja, so direkt hat er nichts gesagt«, begann sie vorsichtig. »Aber ich glaube, du hast recht. Es liegen ein paar Dinge im Argen.«

»Was denn?«, fragte Josephine.

»Also zum einen läuft es mit dieser Leo nicht ganz rund. Er meinte, sie würde sich bei DSDS bewerben, und das gefällt ihm nicht.«

Josephine lachte erleichtert. »Liebeskummer? Das ist alles? Aber Leo schafft es doch wahrscheinlich nicht mal in die erste Runde! Konntest du ihn nicht ein bisschen beruhigen?«

»Nein, das konnte ich nicht«, antwortete Ella bestimmt. »Ich fand es eher komisch, dass er so machomäßig dagegen anging. Soll Leo doch ihre Erfahrungen machen.«

»Wie sein Vater. Johann war auch so, wenn man nicht nach seiner Pfeife tanzte und ich was im Alleingang versuchen wollte«, sagte Josephine, aber sie klang deutlich heiterer. »Aber dann ist es ja nicht so schlimm.«

Ella brauchte einen Moment, um sich die nächsten Worte zurechtzulegen. »Josie, da ist noch was.«

»Was denn?«, fragte Josephine, und ihre Stimme klang sofort wieder alarmiert.

»Es ist … Wir haben doch eine Exkursion gemacht, und da hab ich Rafael erzählt, wie sich junge Wölfe von ihrem Rudel abwenden, weil sie, ach na ja, ich will das nicht alles wiederholen … Jedenfalls kam raus, dass Rafael sich irgendwie verlassen fühlt. Familientechnisch gesprochen.«

Einen Augenblick herrschte Schweigen am anderen Ende der Leitung. Dann fragte Josephine: »Was hat er denn genau gesagt?«

»Genau hat er nichts gesagt. Er meinte nur, dass er es sehr gut verstehen kann, wenn man in seinem bisherigen Rudel keinen Platz mehr hat, weil der neue Wurf …«

Wie auf Kommando begann Leni zu quäken.

»Weil sich in der Familie eben viel verändert hat. Ich glaube, er fühlt sich alleingelassen, Josephine. Wie ein junger, einsamer Wolf, sozusagen.«

Josephines Betroffenheit war durch die Leitung zu spüren. »Ich dachte, es gefällt ihm im Internat«, sagte sie leise. »Ich dachte, er hat dort alles, was er braucht. Ich nahm an, dass er deshalb nicht mehr so oft nach Hause kommt.«

»Oh, ihm geht's da gut, da bin ich sicher«, versicherte Ella schnell. »Aber die veränderten Strukturen in der Familie machen ihm trotzdem Probleme. Er hängt an dir, ist doch logisch. Er ist zwar schon groß, aber im Grunde seines Herzens immer noch ein Kind. Und Johann hat er so früh verloren, gerade, als er einen Vater am meisten gebraucht hätte ...«

Josephine räusperte sich, und Ella wusste, dass ihre Schwester den Tränen nahe war. Aber sie fuhr fort: »Jetzt bist du so glücklich mit Severin, Leni und Gabriel. Natürlich fühlt Rafael sich da ausgeschlossen! Du hättest mal sehen sollen, wie gut er mit Sander Engelbrecht ausgekommen ist. Wahrscheinlich fehlt ihm eine Vaterfigur. Ich meine, Severin und Rafael sind doch nie so richtig miteinander warmgeworden, oder täusche ich mich?«

»Ich dachte, das kommt daher, dass sie sich nicht so oft sehen«, sagte Josephine. Ihre Stimme brach. »Was soll ich denn machen? Ich kann doch keinen passenden Vater für ihn herbeizaubern.« Sie schwieg nachdenklich, und Ella ahnte, was als Nächstes kommen würde.

»Kannst du nicht öfter was mit ihm und diesem Engelbrecht unternehmen?«

»Moment mal«, protestierte Ella. »Ich hab dir doch gesagt, wie eklig der zu mir ist.«

»Ach komm, es wäre ja nicht für jedes Wochenende. Nur gelegentlich, wenn's mal passt. Wenn er dich sowieso besucht. Oder so.«

»Wenn's mal passt. Oder so«, wiederholte Ella verärgert. Ein heiteres Freizeitwochenende mit ihr, Rafael und Engelbrecht war sogar fürs Märchenreich der Gebrüder Grimm zu viel des Guten.

»Wunderbar, danke«, sagte Josephine erleichtert und legte ohne ein weiteres Grußwort auf. Wortlos starrte Ella in den tutenden Hörer. Na, da hatte sie sich ja was Schönes eingebrockt …

13. Kapitel

Der Dezember war angebrochen. Der Schnee war nur noch eine Windböe entfernt. Die dicken Wolken hingen tief und ließen keinen Sonnenstrahl mehr durch. Irgendwo hinter den kahlen Bäumen musste die Sonne an diesem Dezembermorgen stehen, hinter Millionen kleiner weißer Schneeflocken, die nur darauf warteten, dass die Wolken aufrissen. Bald würde es losgehen, gleich würden sie sich auf den Weg zur Erde machen, nach unten sinken, schweben, trudeln, stieben, fallen …

Jedenfalls stellte Ella es sich so vor, als sie in den Himmel schaute und die kalte Winterluft schnupperte. Der Wetterbericht hatte Schnee vorhergesagt, im Internet war von nichts anderem die Rede, und wenn es endlich so weit war, würde sie bereit sein! Sie würde in die Gegend fahren, wo sie und Rafael das Heulen gehört hatten, und wenn es dort Wölfe gab, würde sie sie finden.

Noch während Ella drinnen vor dem Computer ihren Morgentee trank, begann es zu schneien. Als sie aufschaute, waren die kahlen Äste der Bäume jenseits der Veranda weiß bestäubt. Sie streifte sich ihre Jacke und die dicken Handschuhe über und ging hinaus. Der Schnee fiel in feinen Flöckchen. Als sie zu ihrem Wagen ging, waren die Flocken bereits deutlich größer. Fröhlich summend startete sie den Wagen.

Als sie vier Stunden später zurückkehrte und in Richtung Haustür ging, versank sie bereits bis zu den Knöcheln im Schnee. Es war zum Verzweifeln: Jetzt, wo es endlich kalt wurde, schneite es auf einen Schlag viel zu viel! Jede Art von Tierspur würde höchstens zehn Minuten erkennbar sein, danach war es zu spät. Am besten wäre es, wenn die Sonne herauskam und sie dann die Abdrücke …

Abrupt blieb Ella stehen und runzelte die Stirn. Das makellose Weiß vor ihren Füßen war von deutlichen Pfotenabrücken durchzogen. Ein Fuchs? Nein, unmöglich. Dazu waren die Abdrücke zu groß. Ein fremder Hund vielleicht? Die Abdrücke kamen von Jacks Zwinger hinter dem Haus, verschwanden längs der Veranda – wahrscheinlich war das Tier auf den Holzvorbau gesprungen – und führten an der Treppe vorbei in den Wald. »Jack?«, rief Ella und lief zu dem Zwinger. »Jack!« Sie blieb stehen und ging den Zaun entlang, während sie in die Höhle spähte.

»Jack, wo bist du?«

Als sie an der Tür ankam, rüttelte sie daran. Alles verschlossen. Sie ging weiter den Zaun entlang, bis an die Stelle, wo der Draht an der Hinterwand des Hauses befestigt war. Und da sah sie es: ein Loch. Ella kniete sich hin, um die Öffnung zu untersuchen. »Das gibt's doch gar nicht«, murmelte sie. Es handelte sich nicht um Verschleiß und war auch keine beharrliche Beiß- oder Grabarbeit von Jack. Das Loch war in den Zaun hineingeschnitten worden, so groß, dass Jack mit einem Satz aus dem Zwinger springen konnte, es war sogar so groß, dass eine Person hindurchgepasst hätte. Keine Frage – hier, an dieser Stelle, war Jack ausgebüxt. Aber wo war er?

Schnell richtete Ella sich auf und kehrte zur Vorderseite des Hauses zurück, wo sich die Spur in Richtung Wald entfernte.

Hastig schloss sie die Tür auf und griff nach Jacks Leine. Dann begann sie, den Spuren zu folgen. Sie musste sich beeilen. Der Schnee würde sie mit jeder Minute mehr zudecken.

Während sie den Weg entlangeilte, wurde Ella plötzlich übel. Wer war das gewesen? Wer hatte sich an dem Zwinger zu schaffen gemacht und warum? Sie wusste, dass nicht alle Anwohner ihr Vorhaben begrüßten, sie hatte es immer gewusst. Aber das hier war etwas anderes als die Skepsis, mit der man ihr gelegentlich begegnete. Es war offene Feindseligkeit, die laut und deutlich sagte: Geh weg. Wir wollen dich nicht. Wir boykottieren dich. Das war der erste Schritt – warte, es kommen noch mehr!

Und zum ersten Mal, seit sie in die Blockhütte gezogen war, wurde ihr bewusst, wie menschenleer es hier war. Wie einsam. Romantisch – ja, aber offensichtlich längst nicht so sicher, wie sie immer gedacht hatte.

Ein Gefühl, das ihr so fremd war, dass sie es zunächst nicht einordnen konnte, schlich sich leise an sie heran. Während ihre Blicke aufgeregt über das geisterhafte Dunkel der Bäume zuckten, wurde ihr plötzlich klar, was es war. Angst. Pure, nackte Angst.

»Jack?«, rief sie und ihre Stimme zitterte. »Jack, bist du hier?«

Statt einer Antwort hörte sie nur das Knacken eines schneebedeckten Astes. Langsam ging sie weiter.

Wie lange würde es dauern, bis jemand bemerkte, dass ihr etwas zugestoßen war?, fragte Ella sich bang. Wann würden ihre Freunde aus Berlin misstrauisch werden, wann die Kollegen vom Institut? Dass sie nicht an ihr Handy ging, war eher die Regel als die Ausnahme. Während ihrer Exkursionen hatte sie es oft ausgeschaltet.

Josephine würde sich als Erste fragen, was mit ihr los sei, das wusste Ella. Aber zwischen ihrer Sorge um Rafael und den unruhigen Nächten im Restaurant würde wahrscheinlich noch einige Zeit vergehen, bis ihr bewusst wurde, dass sie im Familienrudel fehlte.

Jacks Pfotenabdrücke konnte sie jetzt nur noch schwach ausmachen. Ella blieb stehen und kauerte sich hin, um besser sehen zu können. Hier, an dieser Stelle, war er vom Weg abgekommen. Sie wusste, dass Wölfe gern auf Wegen gingen, aber wahrscheinlich hatte auch Jack sich im Schneegestöber nicht mehr am Pfad orientieren können. Sie klopfte sich den Schnee von ihrer Mütze und den Handschuhen, um zu verhindern, dass die Feuchtigkeit durch das Material drang. Dann verließ auch sie den Weg. Sie stapfte immer tiefer in den Wald hinein und konnte nur hoffen, dass sie irgendwie den Weg zurück finden würde. »Wolfsforscherin spurlos im märkischen Winterwald verschwunden«, murmelte sie vor sich hin. Sie sah schon die Schlagzeilen. Sie musste Jack finden, bevor es jemand anderes tat. Ein Jäger, der ihn für einen streunenden Hund hielt, würde nicht lange fackeln und ihn erschießen. Suchend glitt ihr Blick über das Dickicht. »Jack?«, rief sie, während sie auf eine dichte Schonung zuging, die nicht eingezäunt war.

Jetzt sah sie die Spuren wieder deutlicher vor sich. Erleichtert beschleunigte Ella ihren Schritt. Sie spürte, wie ihr heiß wurde und wie ihr der Schweiß unter der dicken Jacke den Rücken herunterlief, während sich ihre Füße beharrlich weigerten, wärmer zu werden.

Als sie die Böschung erreicht hatte, merkte sie gerade noch, wie neben ihr etwas aus den Sträuchern herausgeschossen kam. Ihr Herz stolperte, sie wirbelte herum und sah, wie Jack auf sie zusprang. Sie wappnete sich gegen den harten Aufprall, aber Jack überraschte sie, indem er weich vor ihr landete und ihr die Pfoten auf die Schultern legte.

»Junge, Junge«, sagte sie abgrundtief erleichtert. »Gott sei Dank!« Sanft machte sie sich von ihm los. Er ließ sich zu Boden fallen und rollte sich in perfekter Demutshaltung auf den Rücken. Sie kniete sich neben ihn in den Schnee und tätschelte ihn liebevoll. »Wer war das? Wer hat dich rausgelassen? Verrat's mir, Alter.« Aber Jack sah sie nur aus seinen treuherzigen braunen Augen an und leckte ihre Hand. Ella griff nach ihrem Rucksack, fischte die Leine heraus und befestigte sie an seinem Halsband. »Komm. Wir gehen nach Hause.« Er sprang auf, und auch wenn er ihr nicht antworten konnte, war Ella sicher, dass er jedes Wort verstand.

Während sie aus dem Verschlag, der sich neben Jacks Behausung befand, Werkzeug und ein Stück Drahtzaun herausnahm und sich an die Arbeit machte, fragte sie sich immerzu, wer für den Schaden verantwortlich war. Kein Zweifel: Jemand wollte sie und ihre Arbeit in Misskredit bringen.

Ihre Hände arbeiteten geschickt, schnitten und bogen den sperrigen Draht zurecht, während ihre Gedanken weiterhin um einen möglichen Schuldigen kreisten. Sie dachte an diejenigen, die nichts von Wölfen hatten hören wollen. Waren sie es, die ihre Arbeit boykottierten?

Ein Grund mehr für Ella, etwas an diesem traurigen Zustand zu ändern. Winzige Enklaven, zumindest auf die Gesamtfläche Deutschlands übertragen, gab es noch, in denen sich Wölfe sicher fühlten, in denen sie ausreichend Wild fanden und in denen trotzdem kaum gejagt wurde: auf Truppenübungsplätzen zum Beispiel. Ausgerechnet!, dachte sie, während sie an dem Zaun bastelte. Die Geräusche von rollenden Panzern und Schüssen, die durch die sandige Landschaft der Mark hallten, machten Wölfen offensichtlich weniger Angst als die Nähe von Menschen. Was sie brauchten, waren nicht unend-

liche Wälder, sondern schlicht und einfach Rückzugsgebiete. Und es gab andere Länder, in denen Menschen und Wölfe dicht zusammenlebten. Die große Angst war anscheinend eine deutsche Angelegenheit. Dabei musste es nicht so sein. Zum Beispiel in Italien, da hatte sich im Lauf der letzten Jahre das Verständnis geändert. Die Wolfspopulation in den Abruzzen nahm beständig zu. Bis vor die Tore Roms wanderten die »lupi« gelegentlich, wo sie auf den Müllhalden nach Abfällen suchten. »Spaghetti-Wölfe« wurden sie genannt. Und trotzdem wurden sie dort weniger verfolgt und vor allem weniger gehasst, Romulus und Remus sei Dank, dachte Ella und rüttelte zur Probe an dem angeflickten Stück Zaun.
Aber richtig feindlich waren nicht viele zu ihr gewesen. Bis auf eine sehr spezielle Fraktion unter den Jägern. Bei einigen war das Geschrei groß gewesen, als es um die Rückkehr des Wolfs gegangen war. In Ellas Augen waren das Ewiggestrige, die in dem Tier die größte Konkurrenz sahen, weil sie selbst Einbußen ihrer Jagderfolge befürchteten. Ihrer Beute. Als ob ihnen allein die Erträge aus dem Wald zustanden, weil sie dafür zahlten. Ungehalten knipste Ella ein letztes Stück Draht ab. Es war eben nicht so, dass die Menschen sich alles untertan machen konnten! Die Natur spielte nach ihren eigenen Regeln und ließ sich erfreulich wenig von Geld oder Besitz beeindrucken. Natürlich, wenn ein Wolf mitjagte, gab es weniger für die Jäger zu tun. Die Abschusspläne gerieten unter Druck, Wildlieferanten wurden unterbeschäftigt, all das traf zu. Und trotzdem gab es auch bei den Jägern solche, die dem Wolf Respekt und Verständnis zollten. Mit einem von ihnen allerdings war sie im letzten Jahr aneinandergeraten, kaum, dass sie ihren Job angefangen hatte. Und auch jede weitere Begegnung mit ihm war ausgesprochen unerfreulich verlaufen. Wie hieß der Mann doch gleich? Ach ja, Dr. Blatt.

»Blatt wie Schuss«, hatte er sich markig vorgestellt, und Ella hatte nicht gewusst, ob sie grinsen oder sich abgestoßen fühlen sollte. Sie waren ins Gespräch gekommen. Der überzeugte Waidmann in flottem Trachtengrün und passendem Hut war ihr wie ein lebendig gewordenes Räuchermännchen vorgekommen. So wie das ihrer Großmutter, das diese zu Weihnachten immer aufgestellt hatte. Josephine und Ella hatten es geliebt, wenn aus dem o-förmigen Holzmündchen eine Rauchwolke aufgestiegen war. Daran hatte sie denken müssen, als sie Dr. Blatt kennenlernte.
Er hatte mit seiner Meinung über ihr Vorhaben nicht hinter dem Berg gehalten und die gesamte Litanei der Wolfsgegner heruntergebetet. Seitdem war Ella froh, wenn sie ihn so wenig wie möglich zu Gesicht bekam. Aber ab und an ließ sich ein Zusammentreffen nicht vermeiden, denn er leitete eine Jagdgenossenschaft, die das Gebiet rund um ihre Blockhütte gepachtet hatte.

Ella hatte die Reparatur inzwischen fertiggestellt und räumte, immer noch tief in Gedanken versunken, das Werkzeug beiseite. Ob Dr. Blatt hinter der Geschichte steckte? Sie hielt mitten in der Bewegung inne. Wenn dem wirklich so war, dann hatte sie für Dr. Blatt und Konsorten eine Überraschung: Es brauchte schon mehr, um sie einzuschüchtern! Und wenn sie ihn das nächste Mal sah, würde sie nicht zögern, ihm das in aller Deutlichkeit klarzumachen. Er war nicht der erste Mann, der versuchte, sich ihr in den Weg zu stellen. Er würde auch nicht der letzte sein. Und bis jetzt war es keinem sehr gut bekommen!
Ihre Augen sprühten wütende Funken, als sie die Stufen zu der Veranda hochsprang und ruckartig die Tür öffnete. Jack, der auf dem Teppich vor dem Ofen gedöst hatte, zuckte zu-

sammen. Rasch sprang er auf und lief auf sie zu. »Du kannst wieder zurück«, sagte sie und streichelte ihn liebevoll. Der vertraute Geruch nach nassem Hund und sein seelenvoller Blick ließen ihre Wut auf einen Schlag verrauchen. »Und gleich gibt's was zu fressen. Versprochen.«

Wenn die Wolfsstunde die Zeit zwischen Nacht und Morgendämmerung war, in der Schlaflose ins Dunkel hinaushorchten und dort wildes Heulen hörten, dann war jetzt genau der entgegengesetzte Augenblick: der Moment, in dem das Licht des Tages in den Abendstunden verglühte, in dem sich die Stille in der Natur ausbreitete. Die Stunde, in der die Nacht bereits in dunklen Schatten lag und darauf wartete, die Erde einzuhüllen.

Endlich hatte es aufgehört zu schneien, aber inzwischen war es zu spät, um noch mal loszufahren. Ella schaltete den Computer ein, ging ins Internet und checkte den Wetterbericht für den folgenden Tag. Was sie auf der Karte sah, stimmte sie so zuversichtlich wie lange nicht mehr. Minusgrade knapp unter null waren vorausgesagt. Zwar war auch von weiterem Schneefall die Rede, aber erst zum Nachmittag hin. Perfekte Bedingungen. Endlich. Glücklich schaute sie vom Bildschirm hoch und sah in die weiße Landschaft hinaus. Heute Abend würde sie einen Wein aufmachen und vergnügt feiern, dass die Zeichen endlich besser standen!

Sie zappte sich durch ihr Musikregister, das sie auf dem Computer hatte, entschied sich für Amy MacDonald und drehte die Lautstärke so sehr auf, dass die Wände ihrer Blockhütte erzitterten. Josephine hatte ihr eine E-Mail geschickt, in der sie berichtete, dass es in ihrer »Seerose« sehr still war und sie endlich Zeit hatte, Severin bei seinem Bauvorhaben zu helfen – er war dabei, eine Ökoferiensiedlung in Valtzow zu errichten. Rafael schrieb, dass sie am Abend zuvor im Internat eine Karaoke-Party gefeiert hatten und dass es »voll krass« gewesen sei. Eine Kollegin vom Naturschutzbund meldete, dass ein weiterer Wolf in der Lausitz erfolgreich mit einem Sender ausgerüstet worden war. Und Fransing wollte wieder ein Detail aus ihrem letzten Report erklärt haben.

Ella setzte gerade zu einer ausführlichen Erläuterung an, als etwas ihre Aufmerksamkeit auf sich lenkte: Draußen vor ihrem Fenster hatte sich etwas geregt. Alarmiert spähte sie in die Abenddämmerung und wartete. Dann sah sie es wieder: Da, wo sie ihren Wagen parkte, hatte sich irgendetwas bewegt. Schlich da jemand um ihre Hütte herum? Schon wieder? Sie machte die Musik leiser und stand auf. Wie im Zeitlupentempo bewegte sie sich durch den Raum, bis sie vor dem Gewehr stand, das sie für alle Eventualitäten hier aufbewahrte. Bis zu diesem Moment hatte sie sich keinen Fall vorstellen können, in dem sie danach greifen würde. Aber plötzlich sah das ganz anders aus.

Sie nahm die Waffe, entschlossen, sich zur Wehr zu setzen, wenn es nötig war. Oder zumindest demjenigen, der hier sein Unwesen trieb, einen gehörigen Schrecken einzujagen. Vorsichtig öffnete sie die Tür. Die kalte Winterluft blies ihr entgegen, als sie behutsam die Stufen hinabstieg, den Blick nach rechts gewandt. Kein Zweifel, hinter ihrem Bus war jemand.

Das Blut rauschte in ihren Ohren, als sie das Gewehr hob, entsicherte und anlegte. »Kommen Sie sofort hinter dem Wagen vor!«

Einen Moment lang passierte nichts. Dann sah sie durch die Scheibe, wie sich jemand aufrichtete. Angestrengt versuchte sie, die Person genauer zu erkennen. Etwas an ihr schien bekannt … Zitternd nahm sie das Gewehr herunter und atmete tief durch.

»Was für ein gottverdammter Idiot sind Sie eigentlich!«, schrie sie Sander Engelbrecht entgegen. »Abends hier rumzuschleichen! Warum klopfen Sie nicht an wie jeder normale Mensch auch? Wissen Sie eigentlich, dass heute Jacks Zwinger aufgeschnitten wurde? Dass meine Nerven blank liegen? Und dass ich richtig Angst hatte, zum ersten Mal, seit ich allein in dieser Scheiß-Einsamkeit hocke? Als ob das nicht schon ohne Sie hier schwierig genug wäre!« Ella war kurz davor zu hyperventilieren und musste sich unterbrechen.

Sander Engelbrecht hatte ihren Wutausbruch regungslos über sich ergehen lassen. Und dann tat er etwas, das Ella vollends irritierte: Er grinste. Langsam zogen sich seine Mundwinkel nach oben, der linke etwas höher als der rechte, und kleine Fältchen zeigten sich unter seinen Augen. Er sah aus, als ob er die Situation durchaus reizvoll fand. Wenn das so weiterging, würde sie bald eine Grinse-Strichliste anlegen müssen, dachte Ella entnervt, als er endlich sagte: »Ich wollte Sie nicht erschrecken. Sorry. Ich habe geklopft, aber die Musik war so laut. Und dann dachte ich, ich überrasche Sie. Damit. Hab ich in Zehdenick gefunden. Gefällt sie Ihnen?« Er wies mit dem Daumen hinter sich, wo ihr Wagen stand. Ella trat ein Stück zur Seite und starrte sprachlos auf ihren alten VW-Bus. Dort, wo ihre alte Tür in den Angeln gehangen hatte, hatte Sander eine neue eingebaut.

»Das ist süß«, sagte sie leise. Offensichtlich hatte Engelbrecht sie von einem alten Hippiebus bekommen: Ein großes Peace-Zeichen war daraufgesprüht, darüber ein leuchtend bunter Regenbogen und darunter der Titel von John Lennons Song *Imagine.*

Ja, imagine, dachte Ella still. Stell dir vor, es gäbe keine Länder, keine Grenzen und keinen Besitz. Und stell dir vor, es gäbe hier Wölfe. Dann drehte sie sich zu Sander um und sagte: »Danke, Herr Engelbrecht.«

Er nickte. »Bitte. Dann geh ich mal wieder. Und noch was …«
»Ja?«, fragte Ella. Sie merkte selbst, wie erwartungsvoll ihre Stimme klang, und sie wäre jede Wette eingegangen, dass Engelbrecht es auch hörte.
»Sichern Sie lieber wieder das Gewehr«, antwortete er. Sein Grinsen war erloschen. Dann schlenderte er zurück zu seinem Wagen, den er hinter dem Bus geparkt hatte, eine abgenutzte Tasche unterm Arm. Wahrscheinlich fürs Werkzeug, dachte Ella, und einen Moment lang schoss ihr der wahnwitzige Gedanke durch den Kopf, ihm hinterherzurufen: »Hey, hast du heute Abend schon was vor? Wenn nicht, bleib doch da! Bei mir ist es schön warm! Wir könnten einen Wein zusammen trinken! Auf Schnee, Minusgrade und neue Autotüren anstoßen! Auf John Lennon, Weltfrieden und den alten Hippie-Trail! Alle Teelichter anzünden! Musik hören! Wie wär's, hast du nicht Lust?«
Aber natürlich tat sie es nicht. Sie stand nur still da und sah ihm hinterher. Inzwischen hatte Engelbrecht seinen Wagen erreicht und stieg ein, ohne sich noch ein Mal zu ihr umzudrehen. Ella seufzte leise. Da wäre jedes Rufen verschenkt. Wirklich wahr.
Ihr Blick fiel auf ihre neue Autotür, und sie lächelte, als ihr die bunten Farben entgegenleuchteten. Wer hätte das gedacht, dass der spröde Herr Engelbrecht so etwas für sie tun würde …
Beschwingt ging Ella wieder in die Hütte und wandte sich erneut ihrem Computer zu. Doch ihre Gedanken wanderten immer wieder zu Sander Engelbrecht und dem unerwarteten Geschenk. Sie konnte sich nicht erinnern, dass ein Mann jemals so etwas Nettes für sie getan hatte. Wenn, dann musste es schon unendlich lange her sein. Und so alt war sie ja eigentlich noch nicht mit ihren dreiunddreißig Jahren …

14. Kapitel

Schwungvoll bog Christiane Engelbrecht mit ihrem Cabrio in die Einfahrt zu ihrer Villa ein. Auf den beiden Rücksitzen schaukelte und ruckelte es, als sich zahlreiche kleinere und größere Topfpflanzen in die Kurve legten. Sie bremste ab und blickte besorgt in den Rückspiegel: Ja, alles stand noch. Kein Zweig des Winterjasmins war abgebrochen, an dem schon die eine oder andere gelbe Blüte aufgegangen war. Auch der Schneeball war unbeschadet. Zwei Stauden Lampenputzergras schwankten zwar wie im Sturm, aber ihre rötlichen Samenstände winkten munter. Gut würden sie bei den historischen Rosen aussehen! Und am wichtigsten: Die vier prachtvollen dunkelroten Eriken standen auch noch auf den dunkelgrauen Ledersitzen.

Als sie am Morgen aufgewacht war, hatte ein für diese Jahreszeit untypischer milder Wind durch Bogenhausen geweht. Sie hatten Föhn, die Erde war offen, es herrschte kein Frost. Also hatte sie beschlossen, in ihre Lieblingsgärtnerei zu fahren. Eigentlich war es für den Garten schon zu spät im Jahr, aber manchmal brauchte sie das einfach. Andere fuhren zum Shoppen in die Maximilianstraße – sie zog das *Himmelsgrün* vor.

Sie hielt und stieg aus. Dann warf sie noch einmal einen Blick in das kleine Autofenster. Schon beim Kauf hatte sie sich überlegt, wo sie die neuen Schätze hinpflanzen würde. Von dem Kompost, den sie zusammen mit Bogdan angelegt hatte, würde sie einiges verwenden. Bogdan war ein Gartenbaustudent, den Jola ihnen vermittelt hatte. Er kam regelmäßig, um bei den schwersten Arbeiten zu helfen. Die Büsche zu beschneiden wurde allmählich mühsam, die große Rasenfläche zu mähen, was ganz früher die Jungen gemacht hatten, ebenfalls. Von schweren Schubkarren und tiefen Pflanzlöchern ganz zu schweigen.

Sie schloss die Tür auf. Kaum hatte sie den Flur betreten, hörte sie von oben eine Stimme. »Christiane? Bist du das?«

»Ja«, antwortete sie.

»Kann du mal die Post checken? Der Briefträger war gerade da. Ich warte dringend auf ein Angebot von diesem Ziegelhersteller. Die Scheichs sitzen mir im Nacken! Aber wie soll ich nach Dubai liefern, wenn ich das Material nicht bekomme? Schon seit einer Woche vertröstet der mich! Wenn's heute nicht da ist, suche ich mir jemand anderen«, rief Georg.

»Ich schau mal.« Christiane legte ihre Tasche ab, nahm den Schlüssel und ging nach draußen. Der Briefkasten war neben der Einfahrt angebracht. Nur ein diskretes »E« stand darauf. Wer sie finden wollte, musste wissen, wo sie wohnten. Sie schloss ihn auf. Ja, Georg hatte recht gehabt, der Briefträger war bereits da gewesen.

Sie sah rasch den kleinen Packen Briefe und Prospekte durch. Für Georg war ein brauner A5-Umschlag dabei – das war sicher das Angebot, auf das er wartete. Seit er Baustoffe auf die Arabische Halbinsel lieferte, boomte das Geschäft noch mehr. Aber auch die Mehrarbeit war beträchtlich. Was versucht er sich eigentlich zu beweisen?, dachte Christiane. Für wen macht er das alles? Es ist ja nicht so, als ob jemand von all dem Geld profitieren würde. Wenn Georg aufhören würde zu arbeiten, was er langsam mal tun sollte, dann haben wir immer noch mehr, als wir jemals ausgeben können. Aber natürlich, wir sind alle auf unsere Art Getriebene …

Ein Magazin für eine Gartenreise fiel ihr in die Hände. Flüchtig blätterte sie es durch. Hm, wie wunderbar diese Gärten in Cornwall aussahen! Georg würde sie nicht dahin locken können, aber vielleicht ihre Gartenfreundin Ingrid … Dann entdeckte sie einen Staudenkatalog. Lauter Pflanzenraritäten. Auch schön. Den würde sie sich später bei einem Kaffee ansehen und vielleicht … Sie runzelte die Stirn, als ihr ein handgeschriebener Name ins Auge fiel: Herr Engelbrecht junior. Was für eine seltsame Anrede. Damit musste wohl Sander gemeint sein. Wer schrieb ihm denn an diese Adresse? Neugierig drehte sie den Brief um. »Bichler« stand da als Absender. Kein Vorname, keine Adresse. Wer das wohl war? Als Sander München verlassen hatte, hatte er alle seine Freunde informiert. Niemand hatte je wieder bei ihnen angerufen oder geschrieben, von gelegentlicher Werbung für Mobilfunknetze oder ähnlichem Blödsinn mal abgesehen. Was ihr Sohn machte, machte er gründlich. Selbst wenn es darum ging, mit seiner Vergangenheit zu brechen.

»Kennst du einen Bichler?«, fragte sie ihren Mann, als sie ihm die Post über den Schreibtisch reichte.

Er schaute von einem aufgeschlagenen Ordner hoch, die Lesebrille gefährlich weit vorn auf der Nase, und griff nach dem Briefpacken. »Ich kenne mehrere Bichlers. In Bayern wimmelt es von denen.«

»Ja, schon. Aber weißt du, ob einer deiner vielen Bichlers mit Sander in Kontakt steht? Er hat einen Brief bekommen.«

Georg griff nach dem silbernen Brieföffner, in dessen Griff ein Jagdmotiv ziseliert war, und schlitzte den braunen Umschlag, in dem er sein Angebot vermutete, auf. Er glättete das Papier und begann zu lesen. Christiane sah, wie sein Blick zu der Gesamtsumme unten links flog.

»Du hörst mir ja gar nicht zu!«, sagte sie scharf. »Das ist doch ungewöhnlich!«
Georg sah sie überrascht und etwas geistesabwesend an. »Was regst du dich denn auf? Lies den Brief, dann weißt du, wer es ist.«
»Ich kann doch nicht Sanders Briefe aufmachen!«
»Dann ruf ihn eben an und frag, ob er diesen Bichler kennt und ob er möchte, dass du ihm den Brief hinterherschickst.«
Christiane verkniff sich eine schnippische Bemerkung. Georg wollte für alles eine praktische Lösung finden. Aber wenn es um Sander ging, war das nicht so leicht. Sie sehnte sich nach ihrem Sohn, verzweifelte aber schier an seiner Reserviertheit, die sie nicht nur in seiner Stimme fand. Georg begriff das einfach nicht. Oder aber er begriff es sehr gut und überließ ihr deshalb die Pflege der kläglichen Beziehung zu Sander.
Christiane nahm den Brief und stand auf. Sie musste überlegen.
»Essen wir zusammen Mittag?«, fragte Georg, als sie den Raum verließ.
»Nein. Ich hab Pflanzen im Auto. Um die muss ich mich erst mal kümmern«, antwortete sie, immer noch ungehalten darüber, dass mit ihm nicht zu reden war. Dass er sie immer wieder alleinließ.

Draußen nahm sie vorsichtig die Töpfe aus dem Wagen und stellte sie in die Schubkarre. Dann fuhr sie damit an den Rand des Staudenbeetes, in dem im Juni und Juli die rosa Rosen blühen würden. Jetzt waren nur noch einige dunkelrote Hagebutten in dem spärlichen Laub zu sehen. Statt sich ans Einpflanzen zu machen, ließ Christiane die Karre stehen, ging zurück zum Auto, setzte sich hinein, warf die Tür zu und fuhr los.

Zehn Minuten später war sie am Ziel. Sie stieg aus, griff nach den vier Erika-Pflanzen, die sich noch immer auf dem Rücksitz befanden, nahm eine stabile Tasche aus dem Kofferraum und stellte die Pflanzen hinein. Dann drückte sie eine schmiedeeiserne Pforte auf und ging einen stillen Weg entlang. Sie sah sich um: Nur sehr wenige Personen waren heute hier. Denjenigen, die ihr entgegenkamen, wich ihr Blick aus.

Schließlich bog sie nach links ab. Sie stellte die Tasche auf die Erde, nahm die erste Pflanze heraus und kniete sich hin. »Guten Tag, mein Liebling«, sagte sie leise.

15. Kapitel

»Ich komm ja schon, ich komm ja schon«, rief Karl Schwarzkopp laut, als er auf den Hof hinaustrat. »Antonius könnte ruhig mal streuen. Hat er wahrscheinlich heut morgen nicht mehr geschafft«, murmelte er. Seit der Weihnachtsmarkt begonnen hatte, fuhr sein Sohn jeden Tag nach Berlin. Aber über Nacht hatte es besonders viel geschneit, und unter der weißen Schicht war das unebene Kopfsteinpflaster gefährlich glatt. Hinter der Scheune hörte er bereits laut die Schafe blöken. Neben ihm schoss Bingo schwanzwedelnd ins Freie. Er biss übermütig in das kalte Nass, rannte vorneweg und verschwand hinter der Scheune.

Karl griff nach einem Eimer mit Kartoffelschalen und winterschrumpligen Äpfeln und ging, so schnell es die Arthrose in seinem linken Knie zuließ, in Richtung Weide. Sehr schnell war er nicht. Seit dem Kälteeinbruch Anfang Dezember wütete ein stechender Schmerz in seinem Bein. Dabei hatte ihm der lange Herbst mit seiner Nässe schon gereicht! Nur wenn er die Staffelei direkt an den Bullerofen stellte, ging es besser. Aber es half alles nichts. Er musste raus, seine Kleinen warteten.

»Ja, ja«, murmelte er besänftigend. »Vatti ist gleich da.« Er bog um die Ecke. Da standen sie dicht gedrängt und blickten ihm entgegen. Gelbgrau sah ihre dicke Winterwolle gegen die blendend weiße Schneedecke aus, auf die nun die Morgensonne schien. Dort, wo die Schafe den losen Schnee noch nicht niedergetrampelt hatten, versanken sie fast bis zum Bauch darin. Karl kniff die Augen gegen das helle Licht zusammen. Winterschafe, dachte er. Das sollte ich mal malen. Für die Wolle nehme ich Eierschalenbeige mit einem Tick Steingrau. Misch ich mir auf der Palette. Fang ich gleich nachher mit an. Dann kann Antonius das auch noch mit zum Weihnachtsmarkt nehmen.

»Nun kommt, ihr Kleenen, kommt mal her!«, rief er dann, aber seltsamerweise setzte die Schar sich nicht wie sonst sofort in Bewegung, wenn sie seine Stimme hörte, sondern blieb laut blökend, dicht aneinandergedrängt unter ihrem Lieblingsbaum stehen und rührte sich nicht vom Fleck. Warum stürmten seine Schafe nicht wie sonst zum Zaun? Lag es vielleicht an dem hohen Schnee? Ja, das konnte sein. An dem Lappenzaun lag es jedenfalls nicht. Der hing schon seit über einer Woche, flatterte mit seinen roten Stofffetzen munter im Wind. Den hatten die Schafe nur neugierig beschnuppert, als Karl ihn nach dem Foto, das diese Wolfstante ihm geschickt hatte, fabriziert und aufgehängt hatte. Einmal rund um die Weide hing er, genau, wie sie's gesagt hatte, und das war für ihn und Antonius eine ganz schöne Arbeit gewesen. Vielleicht hatte er auch dabei sein Knie überanstrengt.

Noch einmal rief er und hielt dann zur Ermunterung den grasgrünen Eimer hoch. Das schien zumindest die schlaue Wollga zu überzeugen. Sie setzte sich in Bewegung, Trotta und Mary, verfressen wie sie waren, rannten ihr hinterher, und schließlich kam die ganze Herde zum Zaun. Er kippte das, was er für sie hatte, zu ihnen hinüber, und drängelnd und schubsend versuchte jedes Schaf, den besten Leckerbissen zu erwischen. Irgendwo bellte Bingo. Einmal, zweimal, dann noch einmal. »Bingo?«, rief Karl. »Kannst kommen, die Kleenen fressen gemütlich!«

Aber Bingo kam nicht. Karl wartete, bis die Schafe aufgefressen hatten und weiterzogen, diesmal wieder zu ihrem angestammten Platz unter dem Baum. Sie hinterließen einen breiten Trampelpfad im Schnee, gesprenkelt mit schwarzen Kötteln. Karl wandte sich ab.

»Bingo?«, rief er noch mal, und hinter der Scheune, wo der Wald anfing, kläffte es erneut. Was hat er denn da, fragte Karl sich und beschloss, dem Hund nachzugehen. »Bingo!«, rief er wieder und folgte dem Bellen, das nun lauter klang. Humpelnd lief er am Weidezaun entlang, bog hinter der stachligen Schlehenhecke ab und gelangte zum Waldweg. Im Sommer versuchte er, ihn zu pflegen, riss gelegentlich die Ahorn- und Kiefernschösslinge heraus, die beständig versuchten, sich auf der freien Fläche anzusiedeln, wo es mehr Wasser und mehr Licht für sie gab als im Dickicht. Jetzt sah der Weg makellos und leer aus – von Bingo abgesehen. Er stand knapp hundert Meter von Karl entfernt, mitten auf dem Weg, mit gespreiztem Nackenfell und bellte ins Leere.

»Komm her, du alter Stromer«, rief er, aber Bingo dachte gar nicht daran. Karl ging das Gekläff allmählich auf die Nerven. Ungehalten ging er auf ihn zu und betrachtete dabei die Spuren, die Bingo im Schnee hinterlassen hatte. Er war mal hierhin, mal dorthin gelaufen, hatte zwischendurch an einer jungen Eiche das Bein gehoben, gescharrt, sich im Kreis gedreht und war dann weiter gerannt. Bis zu der Stelle, an der er jetzt noch stand. Karl schnaufte. Durch den Schnee zu laufen war anstrengend, selbst wenn er langsam ging.

Und dann, endlich, endlich, hatte er Bingo erreicht. Zwischen den Bäumen zu seiner Rechten flatterte es rot: An dieser Stelle war die Weide dem Wald sehr nah. »Was ist denn, Bingo?«, fragte er und beugte sich hinunter, um ihm das Nackenfell zu glätten.

Mitten in der Bewegung hielt er inne. Erschrocken kniff er die Augen zusammen. Nein, das war nicht möglich. Oder doch? Vorsichtig tat er einige Schritte nach vorne und spähte ins Unterholz. Und dann endlich drehte er sich um, griff Bingo, der ihm gefolgt war, ins Genickfell, hielt ihn fest und humpelte so schnell, wie sein arthritisches Knie es zuließ, zurück zum Haus.

16. Kapitel

Lieber Sander,

anbei die ersten Entwürfe für den Spielplatz für ältere Kinder und … na ja irgendwie auch für Erwachsene. Ich habe unsere Ideen noch weiterentwickelt und mich bei dem Material für das entschieden, was mir für die jeweilige Epoche und den jeweiligen Arbeitsgang angemessen schien. Die Kästen für die Handstrich-Ziegel sollten auf jeden Fall in altem Holz gehalten werden, muss mal sehen, wo ich das herkriege. Die Schienen für die Loren sollten aus geschwärztem Metall sein und die Rutschkästen aus Leder, das auf keinen Fall neu aussehen darf. Für den modernen Teil der Anlage (die Räder, die ineinandergreifen und durch Kurbeln selbst arrangiert werden können) habe ich Stahl gewählt. Es soll die Zeit nach der Industrialisierung verkörpern. Jede Assoziation mit Modern Times und Charlie Chaplin ist gewollt! Lass mich wissen, wie dir alles gefällt.

Viele Grüße aus Neuruppin
Max

Gespannt griff Sander in den Umschlag und holte mehrere zusammengefaltete Seiten hervor. Max hätte seine Vorschläge natürlich auch per E-Mail schicken können, aber es passte zu

ihm, die langsame, klassische Variante zu wählen. Und es war einer der Gründe, warum Sander sehr zufrieden mit dem Industriedesigner war, den Karin ausfindig gemacht hatte. Ebenso wie Max glaubte er daran, dass ein gewisses Maß von Langsamkeit mit Qualität und Gründlichkeit Hand in Hand ging. Was nicht hieß, dass es lange gedauert hatte, bis Max die Entwürfe, über die sie neulich gesprochen hatten, fertiggestellt hatte. Im Gegenteil.
Sander faltete die Papiere auseinander und schaute sich die Entwürfe genau an, während er mit der Spitze seines Bleistifts gedankenverloren darauf herumtippte. Das sieht gut aus, dachte er. Sehr gut sogar.
Er griff zu seinem Handy und gab Max' Nummer ein. Doch während die Verbindung aufgebaut wurde, zögerte er plötzlich und drückte sie schließlich wieder weg. Eigentlich müsste ich das hier mit Rafael besprechen, dachte er. Schließlich war es seine Idee. Er sollte die Seiten sehen. Er könnte sie ihm faxen. Dazu brauchte er aber die Nummer der Schule. Und die wiederum kannte nur seine Tante. Ella Ridder.
Er faltete die Seiten wieder zusammen, packte sie zurück in den Umschlag und machte sich auf den Weg, den er inzwischen besser kannte, als er es sich in seinen kühnsten Träumen – damals Alpträumen! – vorgestellt hätte. Er brauchte die Adresse Pimpinellenluch 4 nicht mal mehr in sein Navi einzugeben.

Wegen der nicht geräumten Straßen dauerte die Fahrt etwas länger als bei seinen vorangegangenen Besuchen. Aber nicht viel, denn er hatte bereits die Winterreifen aufziehen lassen und fand nichts dabei, auch bei Schnee zügig zu fahren.
Doch als Sander den Weg entlangfuhr, der zu Ellas Hütte führte, sah er sofort, dass er einen ungünstigen Moment er-

wischt hatte. Die Haustür stand sperrangelweit offen, und heraus stürzte eine aufgelöst wirkende Ella. Kurz bevor sie den Bus erreicht hatte, drehte sie sich abrupt um und rannte wieder zurück ins Haus, als ob sie etwas vergessen hätte. Sie wirkte hektisch, und Sander fragte sich, was wohl passiert sein mochte.

Als Ella ihn schließlich entdeckte, winkte sie ihm aufgeregt zu. »Nicht da parken! Ich muss los!« Ihre Hände machten energische Bewegungen, als wollte sie einen Schwarm Wintermotten verscheuchen.

Den Moment, mir die Faxnummer von Rafaels Schule zu geben, wird sie wohl noch haben, dachte Sander irritiert, aber da hatte Ella bereits die Haustür zugeworfen. »Ich hab überhaupt keine Zeit! Ich will weg!«

Jetzt stand sie so dicht neben dem Wagen, dass er nur noch ihre dunkelblaue Winterjacke sah. »Was wollen Sie denn?«, hörte er sie mit einer Unverblümtheit fragen, die haarscharf am Unhöflichen vorbeischrammte.

»Ich habe die Entwürfe bekommen und wollte sie Ihrem Neffen faxen«, begann er zu erklären, aber da hob Ella bereits ungeduldig die Hand. »Nein, das geht jetzt wirklich nicht«, sagte sie entschieden. »Ich ruf Sie an, wenn ich wieder zurück bin, ja? Dann gebe ich Ihnen alle Daten durch. Ein Faxgerät werden Sie ja wohl selber haben.« Sie drehte sich um und rannte zu ihrem Bus, wobei sie gefährlich ins Schlittern geriet. Resigniert schaltete Sander in den Rückwärtsgang, um ihr Platz zu machen.

Der Motor von Ellas altem Bus heulte gequält auf, doch trotzdem schien es eine Ewigkeit zu dauern, bis sich der Wagen stotternd in Bewegung setzte, wobei er leicht schlingerte.

Fluchend trat Ella auf die Bremse und stieg aus. Schlimmes ahnend lief sie einmal um den Bus herum, und ihr Schrei war

auch durch Sanders geschlossene Tür gut zu hören, als sie wütend gegen den platten Reifen trat. Dann riss sie die Tür auf, stieg wieder ein und blieb regungslos hinter dem Steuerrad sitzen. Ihre dunklen Locken fielen ihr ins Gesicht.
Sander seufzte innerlich. So wie er es sah, hatte er genau zwei Möglichkeiten: Entweder tat er so, als ob ihn das alles nicht interessierte, und fuhr weg, oder aber er ging zu ihr und machte ihr ein höchst unvernünftiges Angebot.
In Gedanken versunken, trommelte er mit den Fingern aufs Lenkrad. Schließlich stieg er aus und ging zu dem schäbigen Bus, der in der hellen Wintersonne noch dreckiger und abgenutzter aussah als sonst. Wenn das überhaupt möglich war.

17. Kapitel

Ella spürte, wie ihr die Tränen kamen. Sie konnte nicht anders. Es war alles so unfair! Da bekam sie endlich den Anruf, auf den sie so lange gewartet hatte, und dann hatte diese Schrottkarre einen Platten! Der alte Schwarzkopp hatte am Telefon ziemlich aufgeregt geklungen, und sie hatte alles stehen- und liegenlassen, um sofort zu ihm zu fahren. Und jetzt? Was sollte sie tun? Ein Reifenwechsel auf diesem eisigen, verschneiten, unebenen Untergrund würde mehr Zeit kosten, als sie hatte.

Sie war gerade dabei, sich mit ihrem Handschuh eine Träne von der Wange zu wischen, als die Autotür geöffnet wurde. Ella starrte Sander Engelbrecht aus geröteten Augen an. Fast hätte sie vergessen, dass er da draußen in seiner schicken silbernen Bonzenschleuder saß und sie wahrscheinlich die ganze Zeit über beobachtet hatte.

»Soll ich dich fahren?«, fragte er vorsichtig. »Dann musst du mir aber sagen, wo's langgeht.«

Ella registrierte überrascht, dass er zum Du übergegangen war. Ein schiefes Lächeln breitete sich auf ihrem Gesicht aus, als sie antwortete: »Danke, das wäre toll. Und klar, kein Problem, ich kenn den Weg.« Dann stieg sie so schnell aus, wie sie konnte, griff nach ihrem Rucksack, warf die Tür hinter sich zu und ging, ohne abzuschließen, zu Sanders Wagen.

»Wie viele Kilometer werden es sein? Der Tank ist halb voll«, fragte er, als sie nebeneinandersaßen.

»Das reicht dicke«, antwortete Ella und schnallte sich an. Schweigend fuhren sie los. Geschlagene zwanzig Minuten sagte sie nichts außer: »Da vorne links«, »da hinten rechts«, oder »die Nächste müssen wir abbiegen«. Zwischendurch schaute sie besorgt aus dem Fenster. Denn inzwischen war die Sonne hinter dichten Wolken verschwunden.

Kurz vor dem Ziel platzte es aus Ella heraus: »Willst du gar nicht wissen, wohin wir fahren?«
Amüsiert sah Sander sie an und schaltete einen Gang herunter. Sie befanden sich auf dem Sandweg. Tiefe Schlaglöcher waren trügerisch mit Schnee bedeckt. »Ich war mir ganz sicher, dass es nur eine Frage der Zeit ist, bis du damit herausrückst.«
»Soll ich es dir sagen?«
»Bitte«, meinte er, aber Ella war verunsichert. Ob es ihm bereits leidtat, dass er den Luxuschauffeur spielte? Langsam sagte sie: »Ich habe vorhin einen Anruf bekommen. Ein alter Künstler, der Schafe hält, glaubt, Wolfsspuren neben seiner Weide entdeckt zu haben!«
Sander stieß einen leisen Seufzer aus. »Ach, darum geht es. Das hätte ich mir denken können. Und? Gespannt?«
»Ja! Natürlich! Darauf warte ich seit über einem Jahr!« Ella rieb sich erwartungsvoll die Hände. Sie hatte ihre dicke Jacke aufgemacht, die Handschuhe ausgezogen und auf ihre Knie gelegt. Die Heizung lief auf Hochtouren. Selbst ihre Füße waren mollig warm.
»Achtung, da vorne ist es«, sagte sie. »Du kannst auf den Hof fahren. Da habe ich letztes Mal auch gehalten.«
In diesem Moment kam Kurt Schwarzkopp auch schon aus dem Gebäude gehumpelt, wie immer mit einem grünen Hut auf dem Kopf. Kaum war Ella ausgestiegen, rief er ihr aufge-

regt zu: »Kommen Sie mit, ich zeig Ihnen die Stelle, wo Bingo so komisch gekläfft hat!«
Ella war schon fast bei ihm angelangt, als sie merkte: Etwas fehlte. Nein, jemand fehlte. Wo steckte er? Sie drehte sich um und sah, dass Sander immer noch im Auto saß. Er machte keinerlei Anstalten auszusteigen. Sie lief zum Wagen zurück, riss die Tür auf und sagte: »Na los, worauf wartest du noch!«
Sie schaute zu Schwarzkopp, der stehen geblieben war.
»Ich möchte eigentlich nicht«, sagte Sander, der sich sichtlich unwohl zu fühlen schien, aber Ella ließ keine Ausrede gelten. Energisch griff sie nach seiner Hand und sagte: »Bitte, Sander! Du hast mich doch extra hierhergefahren.«
Er sah sie wortlos an, dann griff er nach dem Gurt und machte ihn los. »Also gut«, sagte er und stieg aus. Schwarzkopp war inzwischen weitergelaufen. Aber langsam, wie er war, hatten sie ihn noch vor der Scheune eingeholt. »Wie weit ist es?«, fragte Ella aufgeregt.
Er blieb stehen. »Nicht weit. Da fängt gleich der Weg an. Dann noch ungefähr hundert Meter. Die Spur geht quer rüber, hinten, wo die beiden Kiefern schief stehen, sehen Sie? Wenn's recht ist, geh ich inzwischen wieder rein«, sagte er. »Mein Knie tut höllisch weh. Sagen Sie mir dann Bescheid? Ob es das ist, was ich fürchte?«
»Machen wir«, antwortete Ella und suchte bereits aufmerksam die Umgebung ab.
Schwarzkopp humpelte davon und drehte sich auf halbem Weg noch einmal um. »Wir sind dieses Jahr übrigens in Berlin auf dem Weihnachtsmarkt«, rief er ihr zu. »Antonius hat das für uns organisiert. Er fährt jeden Tag hin, und nächste Woche fahr ich mit. Sheep-Art läuft dieses Jahr richtig gut. Am Gendarmenmarkt haben wir den Stand, falls Sie mal in

der Nähe sind!« Ella nickte ungeduldig, während sie auf die Stelle zulief, die Schwarzkopp ihr beschrieben hatte. Abrupt blieb sie stehen und starrte auf den Boden. »Sander, schau«, sagte sie leise und deutete auf die Schneedecke.

In einer langen geraden Reihe perlte die Spur aus dem Wald über den Weg in Richtung Weide. Es waren große, ovale Abdrücke, bestimmt zwölf Zentimeter im Durchmesser, und Ella sah, dass die Hinterpfoten genau in die Abdrücke der Vorderpfoten gesetzt worden waren. Die alles entscheidende Frage war nur: War es ein Hund mit sehr großen Pfoten – oder ein Wolf? Das Tier war nicht herumgetollt oder in Kreisen gelaufen, hatte nicht gespielt, nicht gejagt, hatte nicht den eingeschlagenen Weg verlassen, um neugierig an Bäumen zu schnüffeln. Nein, hier war ein Tier entlanggeschnürt, das nicht zu denen gehörte, die regelmäßig von Menschen gefüttert wurden. Das nicht sorglos mit seiner Kraft umging. Hier war etwas durch den Winterwald gelaufen, das seine Energie optimal ausnutzte. Das seinem Gencode gehorchte, der ihm befahl: Verschwende keine Kraft. Friss, wenn du kannst. Pflanz dich fort. Meide den Menschen.

»Oh Gott, das könnte wirklich einer sein«, sagte Ella mit zitternder Stimme und ohne den Blick abzuwenden. »Vielleicht der, den Rafael und ich neulich gehört haben! Es war ja nicht weit von hier!«

Der Funke der Hoffnung, den sie so lange und so mühselig gehegt hatte, loderte jäh auf und wurde in Sekundenschnelle zu einem wilden Leuchtfeuer. Ihre Arbeit, ihre Suche, ihre Mühe – alles nur für diesen einen Moment! Ella hätte die Welt umarmen können. Sie wirbelte herum und fiel Sander um den Hals, der regungslos hinter ihr stehen geblieben war. »Wie findest du das? Hier gibt es tatsächlich einen Wolf!«, sagte sie. Sie stellte sich auf die Zehenspitzen, küsste ihn links,

rechts und noch mal links auf die glattrasierte Wange. Einfach so, weil alles plötzlich Sinn machte.
In ihrem Überschwang nahm sie kaum wahr, wie Sander sie langsam an sich zog und ihre Umarmung erwiderte.
Es ging wie ein Ruck durch sein Herz. Eben noch war er widerwillig hinter Ella hergetrottet. Und nun flog sie ihm um den Hals, und erstaunlicherweise schien sie genau dorthin zu gehören … Vielleicht lag es an ihrer sprühenden Freude. Vielleicht an ihrer himmelstürmenden Begeisterung darüber, dass ihr privates Wunder gerade wahr wurde. Oder an ihren Locken und dem Strahlen in ihren Augen, ihrer ganzen natürlichen Schönheit, die in diesem Moment heller glänzte als die Sonne. Die unliebsame Suche nach dem Wolf war ihm plötzlich egal. Er tat, was er als Mann eben tun musste.
Der Boden schien leicht unter Ella zu schwanken, als seine Lippen ihren Mund berührten. Die Berührung war zart und federleicht wie ein Lufthauch, doch sie genügte, um ihr unter der dicken Daunenjacke eine Gänsehaut zu bereiten. Sie schloss langsam die Augen. Der Kuss wurde fester, und Ella gab sich dem Winterzauber hin, einer Mischung aus glasklarer Schneeluft und würzigem Männerduft, aus frischer Kühle auf ihrem Gesicht und der wohligen Wärme in ihrem Körper. Noch enger zog Sander sie an sich, während er sie küsste, immer intensiver und inniger, zärtlich und leidenschaftlich zugleich, als wolle er nie wieder aufhören. Eine Hand hatte er in ihren Locken vergraben, die sich unter der Mütze hervorringelten, die andere hatte er sanft auf ihren Rücken gelegt. Sie verschränkte ihre Hände hinter seinem Hals und erwiderte den Kuss heiß, ungestüm und vorbehaltlos, während ihr Gehirn Botschaften wie ein irregeleitetes GPS-System aussandte: »Koordinaten nicht gefunden. Standort unmöglich.« Aber das war ihr egal.

Vorsichtig löste Sander sich aus ihrer Umarmung. Ein Mann, der so überraschend gut küssen konnte, dass es Ella nicht gewundert hätte, wenn zu ihren Füßen der Schnee geschmolzen und das erste Frühlingsgras gesprossen wäre. Auf seinem Gesicht lag ein merkwürdiger Ausdruck, so als hätte ihn sein Verhalten mehr überrascht als sie selbst.
Flüchtig, fast wie aus Versehen, strich er ihr über die Wange und räusperte sich: »Du hast Schneeflocken auf den Wimpern.«
»Ja, und?«, fragte Ella und versuchte so zu klingen, als ob der Kuss das Normalste auf der Welt gewesen sei.
»Es schneit wieder.«
Langsam hob sie den Kopf und blickte in die Wipfel der Bäume. Tatsächlich, es hatte wieder angefangen zu schneien. Sie spürte, wie die feinen Eissterne auf ihr Gesicht fielen und auf ihren flammenden Wangen schmolzen.
Mit einem Mal regte sich etwas in ihr. Es schneit?, dachte sie. Warum schneit es? Ausgerechnet jetzt? Oh Gott!
Hastig griff sie nach ihrem Handy und kniete sich hin. »Ich muss die Spur fotografieren«, erklärte sie, dankbar, dass sie einen Grund hatte, Sander nicht ansehen zu müssen. Geschäftig machte sie ein paar Aufnahmen und legte ein Zentimetermaß, das sie vorsorglich mitgenommen hatte, neben die Abdrücke, um die Spurlänge zu messen.
»Wir müssen los«, sagte sie, als sie sich schließlich erhob, den Schnee von den Knien klopfte und einen raschen Blick auf ihre Armbanduhr warf. »Es ist schon fast zwei.«
»Gut«, antwortete Sander und wandte sich zum Gehen.
»Nein, nicht da lang«, widersprach Ella und packte ihn am Ärmel. »Der Spur nach.«
Sander sah sie an, als hätte sie von ihm verlangt, dass er barfuß zurück zur Roten Burg gehen sollte. Er strich sich den Schnee

von den grauen Haaren, die keine Mütze bedeckte. »Und wie weit?«, fragte er.

»So weit es eben nötig ist«, antwortete Ella nüchtern. Resolut marschierte sie los. Nach ein paar Metern blieb sie stehen, um die Spur, die zwischen zwei Ebereschen entlangführte, zu fotografieren. Die roten Beeren leuchteten wie erstarrte Blutstropfen vor dem weißen Hintergrund.

Ella schätzte die Nähe zur Weide ab, entdeckte den mit den roten Lappen umsäumten Zaun und unterdrückte einen erleichterten Seufzer, als sie knirschende Schritte hinter sich hörte. Sander hatte sich also überzeugen lassen.

Sie beschleunigte den Schritt und war jetzt vollkommen auf ihre Aufgabe konzentriert. Sie wusste, dass sie gegen die Zeit lief. Komm, gib mir noch einen Hinweis, flehte sie innerlich.

Die Spur führte an der Weide vorbei, machte einen großen Bogen über eine anschließende Wiese, lief am Waldsaum und an zwei Hochsitzen vorbei und verschwand schließlich im dichten Gehölz.

»Wir müssen ... hier durch. Hier ist er lang«, keuchte Ella und bahnte sich mühsam einen Weg. Sie bog Äste beiseite und riss sich einen spitzen Zweig aus den Haaren, der sich darin verfangen hatte. Hinter ihr trat Sander auf trockenes Holz, das an dieser Stelle kaum vom Schnee bestäubt worden war. Stillschweigend kämpften sie sich durch das Unterholz, getrieben von Ellas Furcht, die Spur aus den Augen zu verlieren. Immer wieder verschwand sie an einigen Stellen, um nach ein paar Metern wieder aufzutauchen.

»Hier hat er wieder markiert, schau mal«, sagte Ella und zeigte auf einen Fleck im Schnee. Sie liefen und liefen, immer weiter in nördliche Richtung, parallel zur E 28, die fünfzehn Kilometer weiter die Schorfheide durchschnitt. In unmittelbarer Nähe gab es nur zweispurige Landstraßen, die bei diesem Wetter wenig befahren waren. Da das Auto der Hauptfeind für freilebende Wölfe war, fand Ella den Gedanken beruhigend, dass der, der hier entlanggeschnürt war, die Autobahn mied.

Eine gute Stunde später fiel der Schnee immer dichter, und die Spur wurde zunehmend undeutlicher. Sie hatte keine Taschenlampe dabei, um dem Wolf bis in den Abend hinein zu folgen, und bis sie wieder am Auto angelangt waren, würde es längst dunkel sein.
Mitten auf einer freien Fläche blieb Ella so abrupt stehen, dass Sander, der wortlos hinterhergestapft war, in sie hinein lief. Sie schwankte, und er hielt sie, ähnlich wie an jenem ersten Tag im Museum, fest. Doch diesmal lag, ganz anders als damals, Behutsamkeit in seinem Griff. Etwas Zärtliches, dem sie sich nicht entziehen konnte. Unwillkürlich lehnte sie sich kurz gegen ihn.
»Wir müssen umkehren«, sagte sie und konnte die Enttäuschung in ihrer Stimme nur mühsam unterdrücken.
»Wir werden ihn nicht erwischen, oder?«, fragte er, und Ella schüttelte den Kopf. »So ein Wolf kann dreißig, vierzig Kilometer am Stück laufen. Locker. Aber immerhin …«
»Immerhin was?«
»Immerhin kennen wir die Richtung, in die er läuft. Das kann ich den Kollegen mailen. Es war nicht umsonst.«
»Nein, das war es wohl nicht«, sagte Sander, und der Tonfall in seiner Stimme verriet, dass er dabei nicht im Entferntesten an den Wolf dachte. Ella wurde plötzlich ganz kribbelig. Nichts hätte sie lieber gemacht, als ihn ein weiteres Mal zu küssen, herauszufinden, ob es dann immer noch so schön wäre. Aber sie traute sich nicht. Es wäre zu … deutlich. Ein zu großes Eingeständnis, wie er auf sie wirkte. Was sie gern mit ihm machen würde.

»Und warum ausgerechnet Wölfe?«, fragte Sander, als sie wieder im Wagen saßen und langsam den Feldweg entlangfuhren.

Karl Schwarzkopp hatte die Nachricht, dass es sich mit großer Wahrscheinlichkeit tatsächlich um eine Wolfsspur handelte, besorgt aufgenommen. Aber als Ella ihm sagte, dass sich das Tier offensichtlich von dem Lappenzaun hatte abschrecken lassen und weitergezogen war, wirkte er beruhigt. Er hatte Ella versprochen, sich sofort bei ihr zu melden, falls ihm wieder etwas auffiel, und sie hatte im Gegenzug angeboten, dann sofort zu ihm kommen.

Ella zog die Schuhe aus und rieb ihre Füße in der vergeblichen Hoffnung, dass sie wärmer würden. »Kannst du bitte die Heizung ein bisschen höher stellen?«

Sander flippte mit einem Finger lässig einen Schalter hoch. »Kalte Füße?«

»Eiskalt. Immer im Winter. Schrecklich. Wenn's für mich einen Grund gäbe, den Job hinzuschmeißen, dann den. Eisfüße.«

»Also warum? Kannst du mir das verraten?«

»Warum was? Eisfüße?«

»Nein, Wölfe.«

»Ach sooo«, sagte sie. »Das. Die Faszination des Wilden, Ungebändigten, würde ich sagen. Das wird ja allen gern unterstellt, die Wölfe mögen. So falsch ist das nicht. Das Wilde in uns, dafür stehen Wölfe doch irgendwie, oder? Das, was uns antreibt, was wir verfolgen, ohne uns davon abbringen zu lassen. Mir ist auch schon mal vorgeworfen worden, dass ich Wölfe mag, weil ich eine Frau bin. Natürlich war es ein Mann, der das behauptet hat.«

»Wieso das denn?«

Ella zuckte die Schultern. »Ich denke, weil das Wilde das Gegenteil von Unterdrückung und Angst verkörpert. Die Freiheit, das, was man machen will, auch einfach zu tun. Sein Leben mit Leidenschaft zu verbringen. Ungezügelt zu sein. Auf das eigene Drängen zu hören und sich nicht um Konventionen zu scheren. Neue Wege zu wagen. Der Mythos von der Wolfsfrau eben. Das hat schon was mit Feminismus zu tun. Und wahrscheinlich auch mit Sex«, fügte sie nonchalant hinzu.

Für den Bruchteil einer Sekunde warf ihr Sander einen überraschten Blick zu, dann sah er schon wieder auf die Straße. Seine Augen hatten sich zu schmalen Schlitzen verengt.

Ella spürte, wie ihr die Hitze in den Kopf stieg, und fummelte an der Heizung herum. Auf einmal war ihr gar nicht mehr kalt.

»Und was ist mit den Männern?«, fragte Sander weiter.

»Na, man sagt ja gern, dass ein Kerl, wenn er sich in der Meute durchsetzt, ein Alphawolf ist. Es gibt sogar Manager-Seminare, die in Wildparks abgehalten werden. Wusstest du das?«

Sander schüttelte den Kopf.

»Das geht aber auch nur in Wildparks. Bei Wölfen in Freiheit gibt es keine Alphas. Diese Ansicht ist inzwischen überholt. In Freiheit bildet sich ein Paar, das ein Leben lang zusammenbleibt. Völlig gleichberechtigt! Oh, wir können alle viel von den Wölfen lernen!«

Zufrieden lehnte sie sich zurück.

»Dir gefällt es nicht, dass ich an die Rückkehr der Wölfe nach Deutschland glaube und sie gern unterstützen würde«, sagte sie nach einer Weile. »Du findest mich verantwortungslos und unüberlegt, aber das stimmt nicht!«

Während Ellas Füße allmählich auftauten, erwärmte sie sich

mehr für den Gedanken, Sander in ihre Sicht wölfischer Angelegenheiten einzuweihen. »Ich begreife einfach nicht, warum man dem Wolf hierzulande nicht auch freundlicher entgegenkommen kann. Viele sagen, dass er zu gefährlich ist, um frei herumzustreifen. Dabei würde jeder wilde Wolf sofort abhauen, wenn er von einem Spaziergänger im Wald überrascht würde. Vergleich ihn mal mit einem Pitbull: Was macht ein Pitbull, wenn er ausrastet? Wenn ihn irgendein Idiot scharfgemacht hat? Er rennt auf den Spielplatz, fällt Kinder an, beißt halbe Gesichter ab! Und trotzdem haben Menschen selbst heute noch viel mehr Angst vor einem Wolf als vor einem aggressiven Hund.« Sie hielt die Füße dichter an die Heizung. »Andere Kulturen sehen das ganz anders. Die Indianer zum Beispiel haben den Wolf gefürchtet, aber gleichzeitig als mächtiges Totemtier verehrt. Und die Inuit! Für die war er auch ein Rivale, weil er und sie auf dieselben Beutetiere angewiesen waren. Aber trotzdem haben sie ihn respektiert!«

Sander sah sie skeptisch von der Seite an. Es tat ihm schon leid, dass er sie gefragt hatte. Am liebsten hätte er sie gebeten, mit diesem Thema aufzuhören. Es einfach fallenzulassen und über was anderes zu sprechen. Je länger sie darüber sprach, desto unbehaglicher wurde es ihm. Aber er ahnte, da würde noch mehr kommen …

Er beschleunigte, und die verschneite Landschaft rauschte links und rechts als weißes Band an ihnen vorbei. Und richtig. Sie fuhr fort: »Ich finde sogar, er ist jahrhundertelang so was wie ein Klassenkämpfer gewesen.«

»Wer – der Wolf?« Sander runzelte die Stirn.

»Klar! Von wem wurde der Wolf denn im Mittelalter besonders heftig verfolgt? Von den Jagdmeistern der Kaiser, Könige und Fürsten! Weil der Adel alles Wild für sich wollte. Weil

Jagen ein königlicher Sport war. Und weil der Wolf sich in ihren Augen etwas nahm, das nur ihnen aufgrund ihres Ranges zustand. Bauern durften schließlich auch nicht jagen. Feudale Jagd und so. Hochadel, Niederadel, ergo Hochwild und Niederwild. Natürlich wussten die Wölfe das nicht. Denen war das schnurz. Sie wollten einfach nur fressen. Aber das ist ja wieder eines der Mysterien, das sich um sie rankt. Dass wir auf sie Eigenschaften projizieren, die wir bei uns selbst ablehnen. Diese Jagdaufteilung wurde übrigens erst 1848 aufgehoben.«

Sander zuckte zusammen. »Ich weiß«, sagte er.

Aber Ella war so in Fahrt, dass sie nicht auf den gequälten Unterton in seiner Bemerkung achtete. »Ich glaube, es gibt für uns Menschen gewisse Urthemen. Das Meer zum Beispiel. Es ist weit, unendlich und wunderschön. Gleichzeitig aber auch eine Allegorie auf das stürmische Leben mit all seinen Untiefen und Unwägbarkeiten. Oder nimm mal die Nacht! Hinter ihr verbirgt sich nichts Böses. Die Sonne geht unter und fertig. Dennoch hat sie seit Jahr und Tag die Menschen gleichermaßen fasziniert wie abgestoßen durch das undurchdringliche Dunkel, aus dem alles Mögliche auftauchen kann. Sie weckt eine Urangst in uns, etwas Archaisches. Für mich gehört der Wolf zu diesen Urthemen dazu. Das macht es so verteufelt schwer, in der Diskussion um ihn Realität und Fantasie auseinanderzuhalten. Heute noch.«

Sie sah Sanders irritierten Blick nicht, sondern sprach nachdenklich weiter: »Seit Jahrhunderten geht das so. Er wurde mystifiziert. Es ist ein Spiel mit unseren ureigenen Ängsten, bloß dass wir es nicht erkennen. Der Wolf, die Nacht, das gehört zusammen. Wer ihn nachts erblickt, sieht nur die leuchtenden Augen. Unvermittelt taucht er auf, läuft weiter, auf uralten Wolfswegen, die wir Menschen nicht kennen.«

»Eben unheimlich«, sagte Sander, ohne den Blick von der Straße abzuwenden.
»Genau. Er ist überall, in Namen, in Städten, in Pflanzen. Wolfsmilch, Wolfsburg, Wolfgang. Er flößt Respekt ein, er zeigt uns einen Teil der Natur, den wir nicht kontrollieren können und der trotzdem in uns ist. Das eigene wilde Ich, eingebunden ins soziale Gefüge. Wir können ihn mit Gewehren und Fallen und Gift töten. Trotzdem haben es die Menschen nicht geschafft, ihn auszurotten. Im Gegenteil! Er ist wieder auf dem Vormarsch. Kein Wunder. Es ist uns ja auch nicht gelungen, das Wilde in uns selbst niederzumachen.«
Sander bremste und hielt. Sie waren wieder da angekommen, wo sie am späten Vormittag begonnen hatten. Inzwischen war es dunkel. »Du kennst dich gut aus«, sagte er und schaltete den Motor aus. »Nicht nur wildbiologisch, sondern auch kulturhistorisch.«
»Klar! Ich schreibe ja auch eine wissenschaftliche Arbeit darüber!«
Sie schwieg einen Moment, dann fragte sie: »Möchtest du noch auf ein Glas Wein reinkommen?« In ihrer Stimme schwang immer noch die Begeisterung für ihr Thema mit. Aber auch noch etwas anderes. Ella hörte es und war sicher, dass Sander es auch hörte. Und wenn er auch nur halb so sensibel war, wie sie vermutete, wusste er, womit es zu tun hatte. Mit dem Kuss.
Sander zögerte einen Herzschlag lang. »Warum nicht? Dann kann ich dir auch gleich die Unterlagen zeigen, die ich Rafael gern faxen würde.«
Sie stiegen aus, und noch nie war Ella die Waldstille, die sie empfing, vielschichtiger vorgekommen. Laut und leise, feindlich und willkommen heißend zugleich. Sie schloss die Hütte

auf, schaltete das Licht an und sagte: »Ich schau nur mal schnell nach Jack.«

Als Jack ihre Schritte hörte, kam er aus seiner Hütte gekrochen und trottete gemächlich auf sie zu. Er gähnte herzhaft, und Ella lachte. »Gepennt, die ganze Zeit? Mach weiter. Wir gehen nachher noch eine Runde.«

18. Kapitel

»Rot oder weiß?«

»Rot«, antwortete Sander. Er war noch keine fünf Minuten in dem Holzhaus und fragte sich bereits, ob er gerade dabei war, einen gewaltigen Fehler zu machen. Nicht, dass es nicht angenehm war, mit Ella zusammen zu sein. Keineswegs. Sie war klug und hatte Humor. Und hübsch war sie auch noch, auf eine ganz bestimmte lockig-frische Art, die keinerlei Make-up brauchte, um zu wirken. Überhaupt war es seltsam, dass so eine attraktive Frau hier so ganz allein wohnte, keinen Mann in ihrem Leben hatte ... Es war leicht, sich mit ihr wohl zu fühlen. Leichter, als es ihm in den letzten Jahren bei jeder anderen Person gefallen war. Aber genau das war es ja: Wollte er das? Wollte er Nähe? Wollte er diese – diese stetige Erinnerung an Wölfe? Das hättest du dir besser *vor* dem Kuss überlegt, Dummkopf, raunte ihm eine Stimme zu, die nur er hören konnte.

»Hier«, sagte sie und drückte ihm ein Glas in die Hand. Er nahm einen Schluck von dem Wein: Merlot. Der sorgfältig bestückte Weinkeller in München war ihm ein guter Lehrer gewesen. Als Ella hereingekommen war, hatte sie sofort ein paar Holzscheite in den Ofen geworfen. Die Restglut hatte das trockene Material entzündet, und die Wärme strahlte bis hin zu dem Tisch, auf dem er gerade Max' Entwürfe ausbreitete. Die Wärme im Raum und der Wein bewirkten, dass ihm warm wurde. Er zog die Jacke aus und hängte sie über einen schlichten Korbstuhl. Ella trat neben ihn und stellte ihr Rotweinglas neben den Unterlagen ab, die auf dem Holztisch lagen. Dann griff sie nach einem Feuerzeug und zündete drei dicke weiße Kerzen an, die auf einem Tischchen neben der Couch standen. Sanft erstrahlte ihr Schein, und Sander wurde plötzlich bewusst, dass am nächsten Tag Nikolaus war.

»Gute Zeichnungen sind das«, meinte sie mit schiefgelegtem Kopf. »Und das hat sich wirklich alles Rafael ausgedacht?«

»Nicht alles«, antwortete Sander und nahm einen weiteren Schluck aus seinem Weinglas. »Aber er hat eine Menge Impulse gegeben.«

Ella kramte in einem Stapel Notizzettel. Sie nahm einen Bleistift und schrieb eine Nummer in eine Ecke der Entwürfe. Ihre Schrift war klein und ein bisschen unordentlich, fand Sander.

»Hier, das ist die Faxnummer seiner Schule.« In diesem Moment knackte es an der Tür. Alarmiert schaute sie auf. »Ich darf nachher nicht vergessen abzuschließen«, murmelte sie.

»Hast du manchmal Angst hier? So ganz allein?«, fragte Sander unvermittelt.

»Eigentlich nicht. Ich bin nicht so der ängstliche Typ.« Ella zuckte mit den Achseln. Dann zögerte sie, als ob sie sich erst zu einer Antwort durchringen musste. »Aber seit das mit Jacks Gehege passiert ist, achte ich viel mehr auf Geräusche. Die Sicherheit ist irgendwie verschwunden, verstehst du?« Sie schwieg einen Moment. Sander wusste, dass sie noch nicht fertig war. Schließlich sagte sie: »Ich bin mir sicher, dass ein Jäger dahintersteckt. Dr. Blatt heißt er. Ich bin schon mehrmals mit ihm aneinandergeraten. Der würde alle Wölfe am liebsten abknallen, glaube ich. Kommt mir wie einer vor, der richtig heiß auf eine Trophäe ist. Auf einen ausgestopften Wolfskopf mit Glasaugen an der Wand! Der fürs Jagen über Leichen geht. Bescheuert, oder? Kann ich nicht leiden, diese

Sorte. Gibt's solche Leute eigentlich auch in München?« Mit einer heftigen Bewegung griff sie nach ihrem Glas und nahm einen großen Schluck.

Sander starrte Ella an. Ihre Augen glitzerten, wahrscheinlich vor Wut und Temperament, und sie hatte, ohne es zu merken, die Stimme erhoben. Doch ihre letzten Worte nahm er kaum mehr wahr. In seinen Ohren rauschte es, und er begann heftig zu schwitzen.

»Sander, ist alles okay mir dir?« Besorgt sah Ella ihn an.

Abrupt stellte Sander sein Glas ab und fegte mit einer einzigen Bewegung die Blätter auf dem Tisch zusammen. Er riss seine Jacke von der Lehne und schlüpfte hinein. »Ich gehe jetzt besser«, sagte er.

Ella schaute ihn verblüfft an. »Warum?«, fragte sie verständnislos. Sander sah die Enttäuschung über seine Zurückweisung in ihrem Gesicht. Er hatte sie verletzt. Egal. Er wollte nichts mehr hören. Nicht über Jäger und erst recht nicht über Wölfe.

»Was ist denn?«

»Das willst du nicht wissen.« Da war er schon bei der Tür, riss sie auf, verschwand in der Dunkelheit der einbrechenden Nacht und hinterließ in dem warmen Zimmer nichts als einen kalten Lufthauch.

Als sie die Jagdhütte hinter Mittenwald erreichten, hatte es aufgehört zu schneien. Der Schnee war hier oben, anders als auf der Autobahn, als geschlossene Schicht liegen geblieben. Mindestens dreißig Zentimeter, schätzte Sander. Der Abend war hereingebrochen. Die Gipfel, die hinter den Tannenwäldern aufragten, hoben sich schwarz und majestätisch gegen das dunkle Samtblau ab. Der Vollmond war aufgegangen, und sein Licht schimmerte auf dem Schnee, der hellblau glitzerte.

Valentin erwachte, als Sander bremste. Die Reifenspuren vor ihnen verrieten, dass der Schneepflug vom Dorf weiter unten bis zum Ende der Straße gefahren war und dann gewendet hatte. »Wir müssen erst mal schippen, um überhaupt zum Haus zu kommen«, stellte Valentin fest, während er aus dem Autofenster schaute.

»Na dann, worauf warten wir«, sagte Sander und öffnete die Tür.

»Ich habe keine Stiefel mitgenommen«, meinte Valentin wenig bedauernd.

»Du hast gar nichts mitgenommen«, sagte Sander halb amüsiert, halb verärgert. »Weil du ein fauler Sack bist und mir die ganze Arbeit überlassen willst.« Er stieg aus und stapfte durch den Schnee aufs Haus zu. Als er es aufschloss, schlug ihm eine angenehme Wärme entgegen: Georg ließ die Heizung grundsätzlich laufen. Sander klopfte sich ab, dann ging er zu einem Wandschrank, griff sich ein Paar Stiefel und eine dunkelgrüne Jacke. Wieder am Wagen, warf er Valentin die Sachen zu, der sie geschickt auffing. »Hier.«

In dem Schuppen neben dem Haus, in dem auch das Kaminholz hochgestapelt war, fanden sie zwei Schaufeln. Die beiden Brüder machten sich an die Arbeit.

Ein heimlicher Beobachter hätte sie für einen einzigen Mann halten können, wie sie mit absichtslos synchronisierten Bewegungen den Schnee links und rechts des Pfades zur Seite warfen, wie sich ihre Schatten im Mondschein spiegelverkehrt auf der Fläche abzeichneten.

Eine Viertelstunde später waren sie fertig. Valentin verschwand im Haus und kehrte mit einem leeren Weidenkorb zurück, um Holz zu holen, während Sander den Wagen ranfuhr und Kiste und Tasche hineintrug. Als er zum zweiten Mal in die Hütte kam, loderten bereits Flammen im Kamin. Er packte die Lebensmittel aus und legte zwei Baguettes in den Herd.

Valentin stand an der Bar. »Whiskey, Rot- oder Weißwein?«, fragte er.

»Rot«, antwortete Sander.

»Weißt du noch, die Sache mit dem Tennisplatz?«, sagte Valentin gedankenverloren und ließ den Whiskey in seinem Glas herumwirbeln. Er hielt es gegen das Feuer, und der Drink leuchtete gegen die Flammen wie glühender Bernstein.

Sie saßen in den Ledersesseln vor dem Kamin, die Beine weit ausgestreckt. Sander spürte, wie ihm der Rotwein allmählich zu Kopf stieg. Es passte zu dem Abend, zu der Atmosphäre. Er lehnte sich zurück. Vor ihm lagen die Felle verschiedener Tiere auf dem Boden, über der Couch hing ein mächtiges Elchgeweih. Vater hatte es von einer Jagd in Karelien mitgebracht. Über der Eingangstür war das Geweih des größten Rothirsches angebracht, den er in den Alpen geschossen hatte, ein kapitaler 24-Ender. Fast zehn Kilo brachte es auf die Waage. Dann waren da noch die vielen präparierten Gewaffe, Eckzähne der Wildschweine, auf Holz aufgebracht, und schließlich das gedrehte Gehörn der Elenantilope. Einer seiner Jagdgenossen hatte in Namibia eine Farm und ihn dorthin eingeladen.

Sander fühlte sich leicht und unbeschwert wie schon lange nicht mehr. Es ist die richtige Entscheidung gewesen, mit Valentin hierherzufahren, dachte er. In den letzten Monaten in der Firma zwischen Meetings, Werbeetats und Verpflichtungen neuer Lieferanten hatten sie nur das Nötigste gesprochen. Manchmal lief ihre Zusammenarbeit rund, aber gelegentlich war ihm der Bruder mit seinen Entscheidungen fremd vorgekommen. Einem Palettenhersteller in Thüringen knallhart zu kündigen, mit dem sie seit Jahren gut zusammenarbeiteten, nur weil er ein paar Cent teurer war als einer, den er im Osten von Polen aufgetan hatte? Das war Sander gegen den Strich gegangen. Langjährige Treue und Verlässlichkeit mussten doch auch etwas wiegen, fand er. Vom ökologischen Gesichtspunkt her, was es an Sprit kostete, die Paletten anzuliefern, ganz zu schweigen. Sie hatten gestritten, aber er hatte sich nicht gegen Valentin durchsetzen können. Und das war nicht die einzige Entscheidung gewesen, die er abgelehnt hatte. Aber er wusste natürlich, warum sein Bruder in der letzten Zeit diese besondere Härte an den Tag gelegt hatte. Die große Entscheidung rückte näher.

»Ja, ich erinnere mich an den Tennisplatz«, sagte er jetzt. »Du hattest die verrückte Idee, ihn umzugraben. Wir haben die ganze Nacht geschuftet. Er sah danach aus wie frisch gepflügter Acker. Nur Blödsinn im Kopf hattest du.«

»Und du hast gern mitgemacht.« Valentin prostete ihm stumm zu. »Wie bescheuert man mit fünfzehn sein kann! Waren wir da noch auf Schloss Ising?«

»Nein«, widersprach Sander. »Das war schon in Salem.«

»Da mussten wir aber auch runter.«

»Dann schon. Und Vater hat es eine Stange Geld gekostet, das wieder in Ordnung zu bringen. Wir waren echte Schlingel«, sagte Sander und streifte seine Pulloverärmel hoch. Ihm war warm. »Hoffentlich werden unsere Kinder nicht so schrecklich wie wir.«

»Welche Kinder? Denkst du etwa ans Heiraten? Doch nicht etwa die zahme Sonia?«, fragte Valentin ungläubig.

»Wenn, dann rein theoretisch«, antwortete Sander. »Mit der zahmen Sonia ist Schluss. Bin solo im Moment. Jetzt bist du der Hoffnungsträger.«

Valentins hellbraune Augen funkelten im Licht des Feuers, und der warme Schein verlieh seinen klaren Gesichtszügen und dem dunklen Haar eine rötliche Färbung. Sander hatte das seltsame Gefühl, in einen Spiegel zu schauen. »Alice heißt sie. Ein tolles Mädchen, ich kann dir sagen! Rothaarig, die kleine Hexe, und verrückt nach mir. Absolut verrückt. Wir haben uns in Schwabing getroffen. Eine ganz heiße Maus. Sie will wirklich jeden Tag …«

»… oh bitte«, unterbrach Sander ihn grinsend. »Keine schlüpfrigen Details. Was macht denn Alice so?«

»Erst hat sie Kunst studiert, dann hat sie eine Ausbildung zur Heilpraktikerin angefangen, aber nicht zu Ende gemacht. Im Moment bastelt sie erotischen Schmuck für Boutiquen, modelt für Dessous und jobbt in einem afrikanischen Restaurant. Sie ist ein bisschen, wie soll ich sagen, flatterhaft. Kapriziös. Driftet durchs Leben. Aber sehr anhänglich. Und sehr süß.

Neulich habe ich sie hierhergebracht. Sie fand es toll hier. Das war … intensiv. Ist total auf all das hier abgefahren.« Er machte eine vage Handbewegung in Richtung Trophäen und Waffenschrank.
Sander war überrascht. Er hatte nicht gewusst, dass Valentin allein oder mit einer seiner Freundinnen in die Jagdhütte fuhr. Aber warum auch nicht? Es war nicht, dass Valentin es tat, was ihn erstaunte, sondern dass er nichts davon wusste, realisierte Sander. Dass weder Valentin noch der Vater es ihm gesagt hatten.
Im Kamin knackte es, und beide schauten zum Feuer, das inzwischen heruntergebrannt war. »Trotzdem: Heiraten – ich? Vergiss es!«, fügte Valentin hinzu und hob beide Hände so abwehrend, dass der Whiskey aus dem Glas spritzte. »Dafür bist du viel eher der Typ. Der Verlässliche.« Ein Hauch Spott lag in seiner Stimme.
»Kein Holz mehr«, sagte Sander und stand auf. »Ich hole noch mal was rein.«
Er nahm den leeren Korb, schlüpfte in die Stiefel und trat in die Nacht hinaus. Tief atmete er den würzigen Tannenduft ein, der in der klaren Luft hing. Der Mond schien wie gesplittert zwischen den Bäumen hindurch. Dafür war jetzt der Himmel mit Sternen übersät. Kein Kunstlicht der Stadt schwächte ihren Schein, und deutlich war das helle Band der Milchstraße zu sehen.
Es war kalt, aber nicht eisig. Knapp unter null, schätzte Sander. Die verzogene Schuppentür quietschte laut, als er sie öffnete. Er trat in den Schuppen und griff im Dunkeln nach dem ersten Kloben, als etwas aus dem Holzstapel auf ihn zuschoss. »Hey, was zum Teufel …!«, murmelte er erschrocken und riss die Hände hoch. Etwas streifte sein Gesicht, flatterte und krallte sich in seine Haare, verfing sich darin und riss daran. Instinktiv wollte Sander danach schlagen – und hatte plötzlich eine Fledermaus in der Hand. Sie drehte und wendete sich hektisch in dem Versuch, die ledrigen Flügel aufzuspannen und seinem Griff zu entkommen. Bevor sie ihn beißen konnte, ließ Sander sie rasch los. Mit unsicheren Bewegungen flatterte sie durch die Tür und in die Winternacht hinaus, ihre unruhige Sil-

houette dunkel und groß vor dem Schnee. Sander blickte ihr nach, bis sie den nahen Waldrand erreicht hatte.

Dann war sie weg.

Dafür sah er etwas anderes.

An der Stelle, wo die Fledermaus verschwunden war, stand regungslos ein Tier zwischen den Bäumen und schaute in seine Richtung. Dann trat es aus dem schützenden Dunkel heraus und setzte sich in Bewegung. Mit federndem Gang lief es los, keine dreißig Meter an Sander vorbei. Im Sternenlicht leuchtete das dichte, graue Fell silberhell, der Körper war muskulös und kräftig, mit den langen Beinen und den breiten Pfoten schnürte es in perfektem Takt über die Schneedecke und schien sie zugleich kaum zu berühren. Einen Moment lang schien es Sander, als würde ihm das Tier den breiten dreieckigen Kopf zuwenden und einen gleichmütigen Blick zuwerfen. Aber da war es schon weiter und über den Hang hinaus hinter dem Haus verschwunden.

Ein Wolf, dachte Sander verblüfft. Das war ein Wolf. Hier am Alpenrand. Wie kann das denn sein? Hier gibt es keine Wölfe. Das ist unmöglich.

Er packte das Holz in den Korb. Aber was weiß ich schon?, fragte er sich. Als er langsam zurück zur Jagdhütte ging, war er plötzlich nicht mehr sicher, ob er sich diese seltsame Erscheinung nur eingebildet hatte. War es vielleicht doch ein großer Hund gewesen, dessen Fell im Mondlicht hellgrau ausgesehen hatte?

Er betrat den Raum, und Valentin, der in der Wärme des Kaminfeuers eingenickt war, fuhr hoch. »Weißt du, was für ein Tier ich eben gesehen habe?«, fragte Sander und ging zum Kamin.

»Rotwild? Steinbock? Hoffentlich was zum Jagen«, antwortete Valentin, wieder hellwach, und warf einen Blick zu dem Metallschrank, der in einer Ecke des Zimmers stand. »Vater hat mir den Schlüssel für den Waffenschrank mitgegeben. Ich würd morgen gern mal seine neue Krieghoff ausprobieren.« Er legte ein imaginäres Gewehr an, zielte auf den Elchkopf mit den starren Glasaugen und krümmte den Zeigefinger, als wolle er dem Tier posthum zum zweiten Mal eine Kugel in den Körper jagen.

Sander stellte ruckartig den Korb ab, griff nach einem Stück Holz und warf es in die Glut. Schweigend stand er da, den Rücken zu Valentin gewandt, während er beobachtete, wie die Flammen sich gierig über ihre neue Nahrung hermachten, blau an der Borke aufloderten.

Dann sagte er, ohne sich zu Valentin umzuwenden: »Nein. Ich habe kein Wild da draußen gesehen. Nur eine Fledermaus. Im Holzschuppen.«

Valentin antwortete ihm nicht. Stattdessen hörte Sander ihn nur laut gähnen.

19. Kapitel

Die zweite Dezemberwoche war angebrochen. Aber niemals hatte es in der nördlichen Mark Brandenburg weniger weihnachtlich ausgesehen als in diesen Tagen. Der Schnee war nach einem plötzlichen Temperaturanstieg getaut und hatte große Pfützen hinterlassen. Wohin man auf dem Museumsgelände auch ging, trat man in sandigen oder lehmigen Matsch. Morgens war es neblig, mittags diesig und abends verhangen, bevor der Tag in eine düstere Nacht überging. Zwischendurch regnete es ausgiebig. Die Sonne hatte sich seit Tagen nicht mehr blicken lassen. Es war ein Wetter, das dem Begriff »Winterdepression« eine neue Definition gab.

Erst einige Tage waren seit dem Moment in Ellas Hütte vergangen, aber Sander kam es viel länger vor: Er fühlte sich unausgeglichen, fahrig und nervös. Mit Mühe konnte er sich auf seine täglichen Aufgaben konzentrieren, wobei es im Wesentlichen um Konzeptionen fürs nächste Jahr ging. Aber er hatte kaum Ideen, und wenn, dann überzeugten sie ihn so wenig, dass er sie nicht mal mit Karin besprechen wollte. Er wünschte, er hätte mehr zu tun. Das hätte ihn wenigstens abgelenkt. Was wiederum die Frage aufwarf, wovon er eigentlich abgelenkt werden wollte.

»Hast du Rafael Gill die Entwürfe gefaxt?«, fragte er Karin, die ihm gegenüber am Computer saß. Obwohl es erst zwei Uhr nachmittags war, war es draußen so düster, dass er von seinem Schreibtisch aus nicht mal den ersten Tonstich erkennen konnte. Ihre beiden Schreibtischlampen malten helle Kreise auf die Arbeitsfläche.

»Dem Jungen in Berlin? Natürlich«, antwortete sie. »Gleich am nächsten Tag, nachdem du sie bekommen hattest.«

Er schwieg einen Moment, dann sagte er: »Wie geht es eigentlich deiner jüngsten Tochter? Jeanette heißt sie, oder?«

Karin nahm die Hände von der Tastatur und sah ihn an, als ob er vom Mond käme. »Wieso fragst du?«

»Weil ich sie neulich am Telefon hatte und sie mich einen Sandmann mit Engeln genannt hat.«

Karin lächelte flüchtig. »Hat sie das? Sie heißt übrigens Jessica, nicht Jeanette. Es geht ihr ganz gut, mal abgesehen von ihrer Neurodermitis, die im Winter immer schlimmer wird. Wegen der trockenen Heizungsluft. Und, na ja, sie hat wohl auch logopädischen Förderbedarf, sagt ihre Erzieherin in der Kita. Das Aussprechen mancher Buchstaben fällt ihr schwer. Das sch-w und das s-t. Also Schwein und Straße, zum Beispiel. Aber das wird schon«, sagte Karin zuversichtlich.

Dann rollte sie mit ihrem Schreibtischstuhl gekonnt zur Seite und nahm einen Aktenordner zur Hand. Sander sah, dass sie lächelnd darin blätterte, in Gedanken wahrscheinlich noch bei Jea … Jessica.

Er wusste, warum sie so erstaunt über seine Frage gewesen war. Seit sie zusammenarbeiteten, hatte er noch kein einziges Mal nach ihrer Familie gefragt. Nicht nach ihrer Tochter und auch nicht danach, wie es mit dem Job ihres Mannes lief. Sie hatte mal erwähnt, dass er im Westen Deutschlands arbeitete. Was es eigentlich für sie bedeutete, dass sie ihn nur an den Wochenenden sah. Er wusste nicht, ob sie ein eigenes Haus hatte oder zur Miete wohnte. Und er konnte sich nicht mal an den Monat erinnern, in dem sie Geburtstag hatte, geschweige denn das Datum nennen. Plötzlich schämte er sich.

»Und wie geht es dieser Wolfslady?«, fragte Karin unvermittelt und ohne von dem Ordner hochzuschauen.
»Wieso?«, antwortete Sander einsilbig.
»Weil es doch ihr Neffe ist, dieser Rafael.«
»Keine Ahnung, wie es ihr geht«, antwortete Sander kurz angebunden.
»Ehrlich gesagt, fand ich sie zuerst ein bisschen zickig«, plauderte Karin weiter und blätterte die Seite um. »Aber dann, als wir hier den Kaffee getrunken haben, auch ganz nett. Sie sieht hübsch aus. Augen wie ein Husky, finde ich.« Sie machte eine kurze Pause, dann fuhr sie fort. »Ihren Job möchte ich nicht haben. Ich meine, immer diese Wölfe zu suchen, die's hier kaum gibt. Zum Glück. Ich würde Jessy nicht allein draußen spielen lassen, wenn da Wölfe rumstromern. Wie wohnt sie eigentlich, die Wolfslady? Du warst doch da. Hat sie einen Mann?« Erwartungsvoll schaute Karin ihren Chef an.
»Sie wohnt einsam. Ausbau Bebensee. Ohne Mann«, sagte er abwesend.
»Ah, am Großen Gollinsee. Hübsch ist es da«, antwortete Karin. Schweigend arbeiteten sie beide weiter. Bis Sander plötzlich den Stift hinwarf, den er in der Hand gehabt hatte. Auf der glatten Schreibtischplatte sprang er hoch, wirbelte durch die Luft, rollte weiter und stoppte schließlich an einem Stapel Kataloge. Ständig bekam Sander Kataloge und Prospekte zugeschickt. Offenbar war er auf irgendwelche Mailinglisten geraten. Eigentümliche Dinge hatte er in einem dieser Kataloge entdeckt, von solarbetriebenen Zwiebelschneidern bis zu buntem Konfetti aus Seifenflocken, mit dem man unter der Dusche Karneval feiern konnte. Wenn man das wollte.
Reflexartig griff Karin nach dem Stift, bevor er weiterrollen konnte. Sie sah Sander merkwürdig an, als er aufstand und seinen Stuhl mit einer heftigen Bewegung zurückschob. »Ich

mach für heute Schluss«, sagte er entnervt. »Du kannst auch gehen, wenn du willst. Wir sehen uns dann am Montag.«
Er verließ den Raum. Karin hörte, wie er die Treppen hochging. Sie wusste, was jetzt kommen würde. Es war nicht das erste Mal während der letzten Wochen. Sie lauschte und dann … Ja, da war es. Er spielte wieder Gitarre.
Sie fuhr den Computer herunter und griff nach ihrem Mantel. Was hat der Chef nur?, fragte sie sich. In letzter Zeit verhielt er sich ausgesprochen merkwürdig. Längst nicht mehr so kühl wie am Anfang, als er sie eingestellt hatte. In den ersten Wochen hatte sie sich insgeheim gewundert, ob sie es mit diesem Münchner Eisblock aushalten würde, der die Zähne nicht auseinanderbekam. Inzwischen kam er ihr direkt menschlich vor. Aber auch deutlich – unberechenbarer. Launischer. Impulsiver. Und seit wann wollte er wissen, wie es ihrer Tochter ging? Besorgt fragte sie sich, was hinter seiner Veränderung stand und wohin das führen würde. Sie konnte nur hoffen, dass es nichts mit dem Museum zu tun hatte. Dass er sich nicht finanziell bei den Investitionen übernommen hatte und den Laden schließen würde, bevor sie eine echte Chance hatten. Es war nicht leicht gewesen, den Job hier zu finden, mit vernünftigen Arbeitszeiten und einer fairen Bezahlung. Wenn es nach ihr ging, würde sie gern bleiben. Eine neue Arbeitslosigkeit wäre wirklich das Letzte.
Sie sah auf die Uhr. Wenn sie sich beeilte, könnte sie Jessica noch vor dem Mittagsschlaf in der Kita abholen. Die Kleine würde sich freuen. Als Ulf letzten Sonntag weggefahren war, hatte sie so geweint, und Karin hatte sich gefragt, ob es ewig so weitergehen würde, dass ihre kleine Familie Woche für Woche aufs Neue auseinandergerissen wurde. Aber sie hatten keine andere Wahl. Solange Ulf in Hannover bei der großen Baustelle als Ingenieur für Sicherung arbeiten konnte, würde

er es tun – müssen. Heute, wenn Jessica schon schlief, würde er wieder todmüde eintrudeln. Vielleicht würde sie der Kleinen erlauben, so lange wach zu bleiben.
»Ich geh dann mal. Bis Montag!«, rief Karin die Treppe hoch. Aber sie bekam keine Antwort.

Als die schwere Tür unten ins Schloss fiel, wusste Sander, dass er allein in der Roten Burg war. Da war sie wieder, die Einsamkeit, nach der er sich gesehnt hatte. Und trotzdem fühlte es sich nicht mehr richtig an. In seiner Seele war etwas ins Rutschen geraten. Die ersten Bewegungen hatte er noch mit einer lässigen Handbewegung weggewischt. Aber nun wurde es mit jedem Tag schlimmer.
Er legte die Gitarre weg. Selbst zum Spielen, das ihm sonst immer half, fühlte er sich zu ruhelos. Vor drei, vier Jahren hätte er jetzt seine Reisetasche gepackt und wäre irgendwohin gefahren. Egal wohin. Es hatte ihn eine ganze Weile gekostet, um zu erkennen, dass er nicht vor sich selbst fliehen konnte. Seine Erinnerungen kamen immer mit, egal wo der nächste Flieger aufsetzte. Seit er das begriffen hatte, hatten sich auch die spontanen Trips erübrigt. Müde wie ein alter Mann erhob er sich aus dem Sessel und trat vor das Foto von Valentin. Er wusste noch genau, wann er es aufgenommen hatte: als Valentin bei einem Autorennen mitgemacht hatte, kurz bevor sie beide in die Firma eingestiegen waren. Er war damals extra aus der Ukraine, wo er für einen deutschen Betrieb ein Bauprojekt geleitet hatte, nach Mailand geflogen. Valentin hatte damals schon bei einem Zulieferer für den Baustoffhandel in Baden-Württemberg gearbeitet. Wie dunkel sein Haar damals war! Ob Valentin jetzt inzwischen so grau gesträhnt wäre wie er selbst? Wahrscheinlich nicht. Innerhalb einiger Wochen war er grau geworden, damals, in jenem Winter. Und wie

Valentin auf dem Foto lachte! Kein Wunder: Er hatte ja das Rennen, das sein Autoclub in Monza arrangiert hatte, gewonnen. Ein Rausch aus Spaß und Freude war es gewesen. Und aus Geschwindigkeit, die für sie beide wie ein Synonym für die wilde, ausgelassene Seite des Lebens gewesen war.

»Valentin«, murmelte Sander. »Mir ist nicht gut. Ich fühle mich so allein. Was soll ich nur machen?«

Doch der Mann auf dem Foto antwortete nicht. Stattdessen lachte er unbeeindruckt weiter, breit und bewegungslos. Er war lebendige Vergangenheit, übergegangen in eine regungslose Gegenwart, in eine tote Zukunft. Er lachte, als habe er allein das Rezept für Glück, für Siege, Eroberungen, Firmenübernahmen und Mädchengeschichten, für den Spaß am Leben und an der Liebe. Und vielleicht lachte er ihn auch aus. Weil er, Sander, weiterleben musste mit diesem Gefühl, im entscheidenden Moment die falsche Wahl getroffen zu haben. Wofür er mit einem Schmerz zahlen musste, der immer bohrender wurde, immer unerträglicher. Was, wenn ihre Rollen vertauscht worden wären, fragte sich Sander. Würde dann Valentin hier stehen? Wohl kaum. Er wäre in München geblieben, hätte Vater mit seinen Entscheidungen überrascht, hätte versucht, das Leben auch ohne ihn leichtzunehmen, hätte schöne Frauen umworben, ihnen Geschenke gemacht …

Hm. Geschenke? Das war eine Idee.

Wenn Sander sich selbst gegenüber ehrlich war, wusste er, dass seine zunehmende Ruhelosigkeit nicht nur Valentin zu verdanken war. Sondern auch Ella. Es war nicht okay gewesen, dass er ohne Erklärung aus ihrer Blockhütte gestürmt war, als ihn die Erinnerung in diesem Moment eiskalt erwischt hatte. Und noch viel weniger akzeptabel war es, dass er sich seitdem nicht mehr bei ihr gemeldet hatte. Er hatte sie verletzt, und das tat ihm leid. Sie war so glücklich gewesen an diesem Tag, und er … einen unvergesslichen Moment lang auch. Was also, wenn er sich entschuldigen würde – mit einem Geschenk? Aber was könnte er Ella schenken?

Er starrte auf das Foto.

Was wusste er von ihr, außer, dass sie anscheinend Tag und Nacht an die Säugetiere dachte, die auf seiner Beliebtheitsskala den Schlussplatz einnahmen? Sie mochte Tee und Rotwein. Sie lachte gern. Sie war spontan. Sie hatte Locken, dunkle Wimpern und diese unmöglich hellen Augen, die sich beim Küssen wie in Zeitlupe schlossen … Was noch? Sie hatte einen sehr sympathischen Neffen. Und sie hatte oft kalte Füße.

Kalte Füße. Moment mal. Da hatte er doch vorhin was gesehen.

Sander wandte dem Foto den Rücken zu und ging ins Büro, um einen Katalog zu holen, der, wie er wusste, auf seinem Schreibtisch lag.

20. Kapitel

Eine Windböe peitschte den Schneeregen gerade besonders heftig gegen das kleine Sprossenfenster, als das Telefon klingelte. Es lag direkt neben dem Computer, und Ella griff danach. »Ridder«, sagte sie. Aber niemand antwortete. »Hallo? Ist da wer?«, fragte sie noch einmal. Kein Geräusch am anderen Ende. Sie unterbrach die Verbindung und legte das Mobilteil stirnrunzelnd zurück. Komisch. In letzter Zeit klingelte das Telefon viel häufiger, und wenn sie ranging, war da immer diese Stille. Wahrscheinlich ein Problem mit der Festnetzleitung, sagte sie sich und griff nach ihrer Tasse mit dem Zimt-Mango-Tee. Ihre Füße waren wieder mal so kalt, dass sie sie am liebsten in den Tee gehängt hätte. Stattdessen nippte sie an der goldbraunen Flüssigkeit und schaute abwesend aus dem Fenster. Wenn das Wetter ein bisschen besser war, würde sie sich um den Bus kümmern müssen: Reifenwechsel. Zum Glück hatte sie neulich gleich einen zweiten Ersatzreifen gekauft. Gestern Morgen hatte sie entdeckt, dass sie schon wieder einen Platten hatte. Ein fetter Nagel hatte darin gesteckt. Sie hatte keine Ahnung, wie er da reingekommen war. In letzter Zeit war sie nur über sandige Feldwege gefahren. Misstrauisch hatte sie sich gefragt, ob das etwa auch auf Dr. Blatts Konto gehen konnte, um sich dann energisch zurechtzuweisen: Dr. Blatt mochte unsympathisch sein, aber diesmal hatte sie keinen Grund, Gespenster zu sehen. Was hätte er denn davon, wenn sie einen Platten hatte?

Weil es draußen so trüb war, war es auch im Zimmer nicht gerade hell. Sie knipste die Schreibtischlampe an, die neben dem Laptop stand. Der helle Schein fiel auf die Tastatur. Dann stopfte Ella sich ein Kissen in den Rücken und wandte sich wieder dem Text zu, an dem sie arbeitete. In Gedanken feilte sie an einem Satz herum, der verständlich und wissenschaftlich zugleich klingen sollte. Als sie sich für eine Formulierung entschieden hatte, stellte sie die Tasse ab und tippte ihn ein, bevor er ihr wieder entfallen konnte.

Seit das Wetter umgeschlagen hatte, arbeitete sie zwölf Stunden am Tag an ihrer Arbeit. Arbeit half ihr fast immer, hatte sie festgestellt: gegen den Frust, wieder an die Hütte gefesselt zu sein und nicht länger nach Spuren suchen zu können. Gegen das Unbehagen, immer noch nicht mit Dr. Blatt gesprochen zu haben, weil sie ihn seit einigen Wochen nicht mehr in der Nähe gesehen hatte, was sie verdächtig fand: Wahrscheinlich hatte er ein schlechtes Gewissen. Gegen die Verwunderung, dass sie von Fransing trotz der sensationellen Neuigkeiten noch keine Rückmeldung erhalten hatte.

Die Arbeit half auch gegen die Erinnerung an gewisse hellbraune Augen, die so unverschämt spöttisch blicken konnten, dass sie einen schon mal zu einer höchst unbedachten Handlung hinreißen konnten.

Sie half allerdings nicht gegen die Wut, die sie immer noch darüber empfand, dass in diese wunderschönen Augen, die ihr gerade so vertraut geworden waren, wieder die alte Distanz getreten war.

Mistkerl.

Sie haute so kraftvoll in die Tasten, als sei ihr Laptop eine antiquierte Schreibmaschine, eine von der Sorte, die früher bei jeder Sekretärin über kurz oder lang schmerzhafte Sehnenscheidenentzündungen hervorgerufen hatte.

Und dann hörte sie, wie sich ein Wagen näherte.
Einen Herzschlag lang glaubte sie, es sei Sander. Einen zweiten Herzschlag lang überlegte sie, wie sie reagieren sollte, würde er lässig das Haus betreten, als sei nichts gewesen. Ihn anschreien? Ihn rauswerfen? Sich kühl und distanziert verhalten, als sei er ihr großer Lehrmeister in allen Fragen der subtilen Ablehnung?
Beim dritten Herzschlag allerdings erkannte sie ihren Irrtum. Denn ein dunkelgrüner Lieferwagen, den sie noch nie zuvor gesehen hatte, fuhr vor. Die hellgrüne Aufschrift an den Seiten verriet, dass er zu einer Firma in Cottbus gehörte, von der Ella noch nie gehört hatte.
Ein Mann stieg aus und kam, gegen den Schneeregen geduckt, auf die Veranda zugerannt.
Ella erhob sich langsam. Wahrscheinlich hatte er sich verfahren und wollte von ihr den richtigen Weg wissen.
Sie öffnete gerade die Tür, als der Mann die Stufen hochkam und aufatmend unter dem Dach stehen blieb. Er hatte kurze, dunkelblonde Haare, die ihm nass am Kopf klebten. Er war ein überaus kräftiger Kerl: Der dicke Kopf ging in einen ebenso dicken Hals über. Über seinen Jeans wölbte sich ein beträchtlicher Bauch, den die Lederweste, die er anhatte, nicht bedecken konnte. Seine Hände, in denen er mehrere Papiere hielt, waren rot vor Kälte. »Da wären wir mit der Lieferung«, sagte er.
»Welche Lieferung?«, fragte Ella. »Das muss ein Irrtum ein. Zu wem wollen Sie denn?«
»Pimpinellenluch 4, Ausbau Bebersee, da sind wir doch richtig«, antwortete der Mann und zeigte auf das Nummernschild neben der Tür.
»Ich habe aber nichts bestellt«, erklärte Ella. »Ich glaub kaum, dass Sie hier richtig sind.«

»Empfängerin Frau Ella Ridder«, las der Mann auf dem Blatt, offensichtlich ein Lieferschein. »Wohnt die hier, oder wohnt die hier nicht?«

»Die wohnt hier, das bin nämlich ich«, meinte Ella erstaunt. »Was wollen Sie denn liefern?«

»Hab ich doch gleich gesagt, dass wir hier richtig sind«, sagte der Mann, ohne ihre Frage zu beantworten, dafür aber so selbstzufrieden, dass Ella ihm am liebsten die Tür vor der Nase zugeschlagen hätte. »Jungs!« Er drehte sich zum Wagen um und pfiff schrill auf zwei Fingern. Eine Autotür wurde geöffnet. »Ausladen!«

»Hey, Moment mal!«, sagte Ella und spurtete hinter ihm her, als er wieder zum Lieferwagen ging. Eine eisige Böe schlug ihr entgegen. »Was immer Sie da ausladen wollen, ich will es nicht!«

»Würd ich mir noch mal überlegen«, sagte der Mann gemütlich. »Ist absolut die Luxusklasse. Unser bestes Stück. Wird Ihnen garantiert Spaß machen.«

»Die Luxusklasse *wovon*?«, rief Ella entnervt. Aber sie bekam keine Antwort. Stattdessen wurde die Heckklappe geöffnet, und die Männer begannen zu dritt, einen riesigen Karton aus dem Auto zu wuchten. »Wo soll das gute Stück denn hin?«, fragte einer der anderen beiden keuchend, ein drahtiger Typ mit einer dicken Jacke.

»Am besten da an der Seite«, antwortete der Dicke ächzend unter der Last. »Da ist ein Wasseranschluss. Und Privatsphäre, wenn man mal zu zweit ...« Mit hochrotem Kopf blinzelte er Ella zu, während sie schwer beladen zu der Seite der Blockhütte gingen, wo Ella im Sommer zwei Tomatenpflanzen gesetzt hatte. Eben weil dort der Wasseranschluss war.

Mittlerweile stach der gefrorene Regen auf ihrem Gesicht wie tausend Nadeln. Flüchtig überlegte Ella, ob es Sinn machen würde, sich den Männern in den Weg zu werfen, um diese mysteriöse Lieferung zu verhindern, entschied sich aber dagegen: Zum einen war der Boden entschieden zu nass. Und zum anderen würden die drei wahrscheinlich einfach um sie herumgehen, so entschlossen, wie sie schienen. Oder schlimmstenfalls auf sie drauftreten.

Inzwischen waren sie an der Stelle angekommen, die sie für die richtige erachteten, wofür auch immer. Aufatmend setzten sie das Riesenpaket ab. Der Dicke zog ein Taschenmesser aus seiner Lederweste und begann, die Pappverkleidung zu zerschneiden, während die anderen beiden sie abrissen und die Pappe ordentlich übereinander stapelten.

»So!«, sagte er stolz. »Da ist der Pott. Was sagen Sie nun?«

»Was ist das?«, fragte Ella verwirrt.

»Ein Schwedenpott! Ein *Hot Tub*, der Star in unserem Programm! Treten Sie mal näher, junge Frau, damit ich Ihnen das erklären kann. Keine Angst, der beißt nicht! Also das hier ist der Ofen, Edelstahl.« Er klopfte mit den Fingerknöcheln dagegen. »Da kommt das Holz rein. Hier die Sitzbänke, passen locker sechs Leute rauf. Aber vielleicht wollen Sie ja lieber allein oder zu zweit ein heißes Bad nehmen? Romantisch genug ist es hier ja.« Wieder blinzelte er ihr anzüglich zu. »Alles aus feinstem Kiefernholz! Sie müssen nur noch Wasser reinlaufen lassen und den Ofen befeuern, und ab geht's! Kinderleicht! In einer halben Stunde können Sie sich so richtig durchglühen lassen.«

Ella starrte ihn an. »Das ist eine Art Draußenbadewanne, ja?«

»Jawohl! Perfekt, wenn's kalt ist! Sollte eine Überraschung von dem Kunden für Sie sein. Extra Anweisung, steht hier! Entschuldigung, dass ich Ihnen das nicht gleich gesagt habe. Aber dann wär's ja keine Überraschung, nicht wahr? Da muss es aber jemand sehr gut mit Ihnen meinen, das ist kein billiger Spaß.«

Er zwinkerte ihr zum dritten Mal zu. Dann sagte er: »Jungs! Wir sind fertig! Das hübsche Fräulein hier kann jetzt baden gehen!« Er drückte Ella die Papiere in die Hand und wandte sich zum Gehen.

»Aber von wem ist das denn?«, rief Ella ihm hinterher.

»Oh, da liegt 'ne Karte bei!«, antwortete er. Die drei Männer stiegen in ihren Wagen, wendeten und brausten durch den Schneeregen davon. Ella sah ihnen verblüfft hinterher. Dann begann sie, in den Unterlagen nach der Karte zu suchen. Schließlich fand sie sie: Es war eine Postkarte, die ungefähr vierzehn ausgelassene Leute in unterschiedlich bekleidetem Zustand in diesem merkwürdigen Pott beim Feiern zeigte. Mindestens. Es schien hoch herzugehen. Darin musste es so eng sein, dass kaum noch Platz für Wasser war, aber das schien niemanden auf dem Bild ernsthaft zu stören. Im Gegenteil. Offensichtlich gehört es dazu, dass dieser Schwedenpott mitten in einem verschneiten Wald aufgestellt wird, dachte Ella und betrachtete die Aufnahme. Fehlt nur noch ein Elch zwischen den Bäumen, der das muntere Treiben beobachtet. Oder ein Wolf.

Sie drehte die Karte um und las, was auf der Rückseite in schwungvoller Handschrift stand. Einen Moment schaute sie verdutzt auf die fünf Worte, dann begann sie so laut zu lachen, dass Jack in seinem Gehege zu heulen anfing. Denn auf der Karte stand: »Gegen kalte Füße! Entschuldigung. Sander.«

»Du bist ja komplett verrückt, Sander«, sagte sie, immer noch lachend und statt einer Begrüßung, als er ans Telefon ging. »Blumen habe ich schon öfter geschenkt bekommen. Aber so was? Noch nie. Danke!«

»Gefällt er dir?«, fragte Sander so ruhig, als sei es das Normalste von der Welt, dass er Schwedenpötte gegen kalte Füße verschenkte.
»Oh, sicher! Ich freu mich schon aufs erste Mal«, antwortete Ella. »Er ist so – hölzern! So – Edelstahl! Hey, willst du nicht zur Schiffstaufe dabei sein? Er ist ja fast so groß wie ein Dampfer …«
Eine winzige Pause lang schien Sander zu überlegen. Dann sagte er vorsichtig: »Ich dachte eher, du schmeißt den Ofen an, wenn Rafael mal wieder da ist.«
»Das Teil ist so groß, da kann er seine halbe Klasse mitbringen«, erwiderte Ella. Das Lachen war ihr vergangen. Offensichtlich war sie mit ihrer Einladung an eine unsichtbare Grenze gestoßen. Dann gehen wir eben nicht zusammen baden, dachte sie trotzig. Aber so leicht kommst du mir nicht davon. Du kannst mir nicht Riesengeschenke machen und so tun, als sei nichts. Beim Stichwort Rafael war ihr etwas anderes eingefallen. »Sander, Rafael und ich wollen den Weihnachtsmarkt auf dem Gendarmenmarkt besuchen. Hast du nicht Lust, uns zu begleiten? Rafael würde sich sicher freuen. Und ich mich auch«, fügte sie entschlossen hinzu.
»Wann wollt ihr denn hin?«, fragte Sander. Ella hätte ihn am liebsten geschüttelt. Einmal ein spontanes Ja, wie schön wäre das, dachte sie. Was hält dich nur davon ab? Warum immer dieses Vielleicht, dieses Jein?
»Nächsten Freitag. Bis dahin soll das Wetter auch wieder ein bisschen besser sein.«
»Gut. Ich komme mit. Wann soll ich dich abholen?«
Na bitte, das geht doch, dachte Ella, plötzlich sehr zufrieden. »Um eins. Ich will mich mit Rafael um drei am U-Bahnhof Französische Straße treffen. Zwei Stunden müssten bis nach Berlin gut reichen. Passt dir das?«

»Ich bin um eins da«, sagte Sander. »Wir fahren mit meinem Wagen. Diskussionen zwecklos. Bis dann.« Er legte auf, und einen Moment lang überlegte Ella, ob sie zurückrufen sollte. Um ihn anzuschreien. Diskussionen zwecklos? Was sollte denn dieses Machogehabe? Da hatte sie ja wohl ein Wörtchen mitzureden, wann über was diskutiert werden würde! Sie beschloss, gleich mal am Freitag diesen Punkt klarzustellen. Auf der anderen Seite: Er hatte natürlich den deutlich schöneren Wagen.

»Ihr könntet in Florians Atelier übernachten, falls es in Berlin spät wird«, sagte Josephine nonchalant. »Er hat es uns angeboten, als er das letzte Mal hier war. Muss schön sein, mitten im Kreuzberger Kiez. Im Dachgeschoss, ganz romantisch. Wir wollen dort vielleicht Silvester feiern.« Florian, ein Bildhauer, war mit Severins Schwester Tinke verheiratet. Vor zwei Jahren war er zu Tinke nach Langeoog gezogen, wo sie eine Gärtnerei betrieb, hatte aber sein Atelier in Berlin behalten.

»Bis du verrückt?«, antwortete Ella. »Ich will nicht im Atelier von deinem Schwippschwager in Berlin schlafen, sondern hier, und zwar allein! Wir gehen nur auf den Weihnachtsmarkt und nicht zusammen ins Bett!«

»Hey, Ella, bleib auf dem Teppich. Das war ein Spaahaaß.«

»Außerdem ist Sander nicht der Typ dafür«, fügte Ella hitzig hinzu.

»Wenn ihr nicht gerade im Winterwald knutscht«, sagte Josephine trocken.

Ella verfluchte sich, dass sie ihrer Schwester von jenem romantischen Wintertag erzählt hatte. »Sei nicht so frech!«

»Jedenfalls wissen wir jetzt, dass er nicht schwul ist«, fügte Josephine beschwichtigend hinzu.

»Das habe ich dir gleich gesagt. Wir wissen aber immer noch nicht, warum er nicht aus der Hüfte kommt.«
»Was, wenn es irgendwo eine Frau gibt, die ihn davon abhält?«, spekulierte Josephine.
»Glaub ich nicht«, sagte Ella im Brustton der Überzeugung.
Aber auch als das Telefonat mit ihrer Schwester schon längst beendet war, musste sie an Josephines Bemerkung denken. Gab es irgendwo auf der Welt eine Frau, die sein kühles Herz mehr in Wallung brachte als sie? Selbst der eine Kuss war schließlich nicht von ihm ausgegangen, sondern von ihr.
Ella schaltete den Computer an. Wenn sie nach Berlin fuhren, könnten sie auch gleich am Institut halten. Kurz mal Fransing sprechen, wie die Situation so war, wie ihm ihre letzte Sendung gefallen hatte. Manche Dinge ließen sich von Angesicht zu Angesicht einfach besser erläutern.
Entschlossen nahm sie sich vor, den Tag in Berlin auch dazu zu nutzen, mehr über Sander Engelbrecht herauszufinden. Vor allem, was sein Liebesleben anging. Sehr diskret werde ich vorgehen, nahm sie sich vor. Er wird überhaupt nicht merken, dass ich ihn ausfrage.

21. Kapitel

Der Wagen stand im Parkhaus, und Rafael hatte, einen blau-weiß geringelten Hertha-Schal um den Hals gewickelt, bereits am U-Bahnhof auf sie gewartet. Der Gendarmenmarkt bemühte sich, seinem Ruf als schönster Platz Europas gerecht zu werden. Die Kuppeln des Französischen und Deutschen Doms bildeten die malerische Kulisse, und das Traditionshaus *Lutter und Wegner* wurde von tausend kleinen Lämpchen erstrahlt, deren Licht auf die Bronzefiguren und die Freitreppe des klassizistischen Schauspielhauses fiel.

Der Schriftzug über dem Eingang des Marktes versprach »Weihnachtszauber«, und ein rot-golden geschmückter Weihnachtsbaum reckte sich dem Himmel entgegen. Die Stände hatten spitze weiße Dächer, von denen jedes mit einem goldenen Stern versehen war, als wolle es dem Besucher den Weg nach Bethlehem weisen. Alles, was das Herz in der Advents- und Weihnachtszeit begehrte, konnte man hier kaufen.

Jedenfalls ein Herz, das vor Kitsch und Konsum nicht zurückschreckt, dachte Sander, während sie den ersten Gang entlangschlenderten. »Irgendwer gebrannte Mandeln?«, fragte er, holte sein Portemonnaie aus der Tasche seiner Jeans und trat an den Stand heran, hinter dem eine verfroren aussehende ältere Frau auf einem Klappstuhl saß.

»Gern«, sagte Rafael neben ihm. Ella antwortete nicht. Sie war nicht mehr da. Sander drehte sich suchend nach ihr um.

Da stand sie, einige Stände weiter, in ein lebhaftes Gespräch mit einer jungen Verkäuferin vertieft.
Den Kragen ihres dunklen Mantels hatte sie hochgeschlagen. Ungewöhnlich, sie in etwas anderem als ihrer Wind- und Wetterjacke zu sehen, aber keine Frage: Sie sah hübsch darin aus. Noch hübscher als sonst. Der schwarze Kunstfellkragen streichelte ihre Wangen, und ihre Locken quollen unter einer roten, gehäkelten Wintermütze hervor. Bei jeder anderen Frau hätte die Mütze wie ein verunglückter Teewärmer gewirkt – bei Ella sah sie hinreißend aus. Temperamentvoll fuchtelte sie mit den Händen, die in roten Lederhandschuhen steckten, vor der Verkäuferin herum, bis diese vorsichtig einen Schritt zurücktrat und irgendetwas sagte. Ella legte den Kopf schief und lachte. Dann trat sie wieder dichter an den Tresen heran, auf dem allerlei seltsame Gerätschaften ausgebreitet lagen, und zeigte auf eines der Geräte.
»Vier Euro zwanzig«, sagte eine Stimme zu Sander. Er riss sich von Ellas Anblick los. Bis er bezahlt und das Wechselgeld bekommen hatte, war sie wieder neben ihm. »Ich dachte schon, ich hätte ein passendes Weihnachtsgeschenk für Josephine gefunden«, sagte sie vergnügt. »Aber ein kubanischer Fellabzieher für Kaninchen – ach, ich weiß nicht. Hm, gebrannte Mandeln!« Sie griff in die Tüte, die Sander in der Hand hielt, und schnappte sich ein paar Mandeln. Dann hängte sie sich bei ihm unter. »Es ist himmlisch hier. Manchmal vermisse ich Berlin total! Da draußen sehe ich ja den Wald vor Bäumen nicht.« Sie grinste ihn an, als hätte sie einen fabelhaften Witz gemacht. »Gefällt's dir auch, Rafael?«
Ihr Neffe konnte nicht antworten, weil er sich gerade eine Handvoll gebrannter Mandeln in den Mund gestopft hatte. Stattdessen nickte er.
Und so ging es weiter. Ella war mal hier, mal da, schaute

sich lachend oder skeptisch Dinge an, an denen Sander normalerweise einfach vorbeigegangen wäre. Hingerissen blieb sie vor einem Stand mit buntem Weihnachtsschmuck stehen, kaufte einen winzigen Blechkolibri zum Aufziehen, weil sie ihn einfach haben *musste*, und genoss sichtlich jede Sekunde.

Immer wieder spähte Sander nach ihr aus, wenn sie verschwand. Und immer wieder hatte er dieses seltsame Gefühl, wenn sie endlich wieder auftauchte. So, als ob in diesem Moment für ihn die Sonne aufging. Dabei wurde es inzwischen längst dämmrig. Ein Duft von Glühwein und Bratwurst hing in der Luft. Die Klänge eines Leierkastens wehten quer über den Gendarmenmarkt.

Ella war mal wieder zurückgeblieben, dieses Mal, um sich mexikanischen Schmuck anzuschauen und grellorange, exotische Ohrringe anzuprobieren, die ihr bis auf die Schultern herunterhingen. Rafael beobachtete einen Mann, der aus weichem Lindenholz Krippenfiguren schnitzte. Langsam schlenderte Sander weiter. Vor einem Stand, der in Weidenkörbe dekorierte Weihnachtskugeln aus mattem weißen Porzellan anbot, blieb er stehen. Die zarten Punkte auf den Kugeln ergaben ganze Worte. Gleich die erste Kugel, die er las, weckte in ihm eine Erinnerung. Behutsam hielt er das zerbrechliche Teil in seinen Händen und las ein zweites Mal, was darauf stand:

Ein Stern ist auf meinen Wimpern, es ist so hell, ich kann nicht schlafen.

»Die nehme ich.« Er hielt die Porzellankugel der Verkäuferin hin, die sie ihm vorsichtig abnahm, um sie sorgfältig einzuwickeln. Gerade griff er nach der Tüte, die sie ihm über den Stand reichte, als Ella wieder neben ihm auftauchte. »Schau mal, wer da ist!«, sagte sie und zeigte zum Ende des Gangs. »Karl Schwarzkopp. Und jede Menge Sheep-Art!« Sie lachte und lief vor, Sander folgte ihr etwas langsamer. Selbst der alte Mann hinter dem Stand weckte wieder die Erinnerung daran, was an jenem Tag im Wald passiert war. Sander dachte an Schneeflocken auf dunklen Wimpern, spürte etwas, das er gern vergessen wollte und nicht konnte.

Munter plauderte Ella mit dem alten Künstler drauflos, der währenddessen auf verschiedene Bilder zeigte.

Und dann sah Sander, wie ein schlanker Mann neben den Alten trat. Sein langes, leicht gewelltes Haar hatte er zu einem Pferdeschwanz gebunden. Die ausgeprägte Nase und die dunklen Augen gaben ihm vage das Aussehen eines Indianers. Das Lederband, das er um den Hals trug, verstärkte diesen Eindruck. Er trug eine braune Weste und eine dunkle Hose aus abgewetztem, speckigen Wildleder. Er sah so aus, als ob er sich geschmeidig auf ein Pinto-Pferd werfen und durch die nordamerikanische Steppe galoppieren könnte, abenteuerlich und freiheitsliebend. Zugleich aber auch sensibel und jungenhaft, eine seltsame Mischung, die aber vermutlich auf Frauen durchaus anziehend wirkte, spekulierte Sander. Da, ich hab's ja gewusst, sagte er sich, als er die interessierten Blicke eines jungen Mädchens bemerkte, das gerade vorbeischlenderte und sich sogar noch einmal nach dem Mann hinter dem Stand umdrehte.

All das störte ihn überhaupt nicht. Was ihn allerdings störte, war, wie dieser Fremde Ella ansah. So, als hätte er auf dem ganzen Weihnachtsmarkt noch nichts Netteres entdeckt als sie. Sie hatte ihm die Hand gereicht, und er schien nicht die Absicht zu haben, sie in absehbarer Zeit wieder loszulassen. Sander beschleunigte seinen Schritt und hörte, wie Ella erstaunt sagte: »Ach, Sie sind Antonius Schwarzkopp? Ich habe Sie mir ganz anders vorgestellt!«

»Antonius stimmt schon, aber Schwarzkopp nicht. Merano«, sagte er. »Nach meiner Mutter.«

Ella nickte. »Und Ihre schönen Wasserbilder, die stellen Sie heute nicht aus?« Sie sah sich suchend um.

»Nein.« Er strich sich eine Strähne seines langen Haares zurück. An seiner feingliedrigen Hand leuchteten mehrere Silberringe. »Auf diesen Weihnachtsmarkt passen Schafe einfach besser. Aber wenn Sie sich meine Bilder noch mal in Ruhe anschauen wollen, können Sie gern jederzeit ins Atelier kommen«, sagte er, scheu und charmant zugleich. Er lächelte Ella an.

Sander runzelte die Stirn. Versuchte dieser Winnetou-Verschnitt etwa mit Ella zu flirten? Warum schaute er Ella überhaupt so interessiert an? Am liebsten wäre Sander dazwischengegangen. Er war heute mit Ella hier! Und was sollte überhaupt das Gerede von einem Atelierbesuch? Er spürte, wie hitziger Ärger in ihm aufwallte. War er etwa eifersüchtig? Blödsinn. Eifersüchtig konnte man nur sein, wenn man Angst hatte, jemanden zu verlieren. Und wie sollte er jemanden verlieren, den er noch nie gehabt hatte?

»Ich muss los«, sagte Rafael mehrere Gänge, zwei Bratwürste und einen kandierten Apfel später. »Wir haben nachher noch Probe.«

»Was probst du denn?«, fragte Ella.

»Wir haben eine Band gegründet. Leo singt, ich bin am Schlagzeug. Kann ich aber nicht so gut. Zu Weihnachten wünsche ich mir Gitarrenunterricht, hab ich Mama schon gesagt. In der Schule kann ich mir eine Gitarre leihen.«

»Super, Rafael!«, meinte Ella. In ihren Ohren klang das deutlich besser als DSDS.

»Sag Bescheid, wenn ihr das erste Mal auftretet«, sagte Sander. Sein Unmut war verflogen.
»Würdest du denn kommen?«, fragte Rafael.
»Klar. Ich spiel selbst Gitarre.«
»Schade, dass du schon so alt bist«, meinte Rafael. »Sonst könntest du glatt bei uns mitmachen. Also, tschüss dann. Tante Ella, du kommst doch Weihnachten nach Valtzow?«
»Natürlich!«, sagte Ella. »Ich kann doch am Heiligabend nicht allein in der Hütte hocken! Das musst du doch nicht fragen, Rafael.«
»Bis bald«, sagte Sander und reichte ihm die Hand.
»Ja, gern«, sagte Rafael. »Kommst du Weihnachten auch zu uns?«
Hat er wahrscheinlich nicht gehört, dachte Rafael, als er keine Antwort erhielt. Und weil die Ampel gerade grün wurde, flitzte er los in Richtung U-Bahnhof Französische Straße. Leo wartete sicher schon.

»Komisch, ich dachte, dass Schwarzkopps Sohn viel älter ist«, sagte Ella. »Was meinst du, Antonius ist bestimmt keine dreißig, oder? So siebenundzwanzig, achtundzwanzig schätze ich ihn. Und irgendwie total – cool. Direkt szenemäßig. Dass der sich da in der Einsamkeit vergräbt! Der passt doch viel besser nach Berlin, Künstler und so. Findest du nicht?«
»Hmhmhm«, machte Sander. Mit Unwillen registrierte er ihren Enthusiasmus für diesen Antonius und tat so, als müsse er sich auf den Weg zu ihrem Institut konzentrieren. »Aber ich weiß ja auch nicht, wie alt Schwarzkopp ist«, fuhr sie fort. »Zahnlücken machen irgendwie schrecklich alt. Na ja, graue Haare auch.« Sie lachte, als sie seinen empörten Blick auffing. »Halt, hier ist es schon!«, rief sie dann.
Sie hatten Ellas Institut erreicht. Es lag keine fünf Minuten

vom Gendarmenmarkt entfernt. »Da oben ist es«, sagte sie und zeigte zu einem erleuchteten Fenster im dritten Stock eines schmutzig grauen Altbaus, an dem die lebhaften Sanierungsmaßnahmen von Berlin Mitte spurlos vorbeigegangen waren. »Ah, prima, in Fransings Büro brennt noch Licht! Kannst du hier warten? Es dauert nicht lange. Ich will ihn nur fragen, wie er das findet, was ich ihm neulich gemailt habe.«

»Lass dir Zeit«, sagte Sander und schaltete das Radio an.

Aber er wurde doch ungeduldig, als die Zeit verging und Ella nicht zurückkam. Nach einer Viertelstunde fragte er sich, was sie mit diesem Fransing eigentlich trieb. Unterhielten sie sich so angeregt, dass sie ihn hier unten einfach vergessen hatte? Da war es wieder, das ärgerliche Gefühl von aufkommender Eifersucht …

Eine Viertelstunde später überlegte er sich, ob er nach oben gehen und nach Ella suchen sollte, aber bei dem Gedanken, durch einsame Flure zu streifen und vielleicht auch noch nach ihr zu rufen, kam er sich ausgesprochen dämlich vor.

Nach vierzig quälend langen Minuten öffnete sich endlich die Tür zu dem Gebäude, die er keine Sekunde aus den Augen gelassen hatte. Heraus trat Ella. Um ein Haar hätte er sie nicht erkannt, so verändert sah sie mit den gebeugten Schultern, dem gesenkten Kopf aus. Sander riss die Tür auf, stieg aus und ging hastig auf sie zu. »Was ist passiert?«, fragte er, noch einige Meter von ihr entfernt. Da war sie auch schon bei ihm und fiel ihm weinend um den Hals. Es schüttelte sie so heftig, dass er sie fest an sich ziehen, sie einfach halten musste.

»Ella, Ella«, murmelte er und streichelte ihren bebenden Rücken. »Sag doch, was ist denn? Hat dir jemand was getan? Bist du verletzt?« Ein schreckliches Bild drängte sich auf: ein dunkles Büro, in dem jemand sie in die Ecke drängte, sie festhielt und ihre Schreie mit grober Gewalt erstickte.

Aber sie schüttelte nur den Kopf, die Stirn gegen seine Jacke gepresst. Einige Minuten standen sie so umschlungen unter einer Laterne. Einzelne Schneeflocken fielen und blieben auf dunklen Locken liegen, aber noch nie schien Ella von Sternenlichtromantik weiter entfernt zu sein als in diesem Moment.

»Ich fand Fransing immer schon blöd«, sagte sie mit zitternder Stimme und putzte sich die Nase. In ihrem Schoß lagen mehrere feuchte Tempos. »Aber dass er so ein abgrundtiefes Schwein ist, hätte ich nicht gedacht. Niemals.«

»Was ist denn nun passiert?«, fragte Sander, eine Spur ungeduldig.

»Ich erklär's dir. Aber fahr erst mal los. Keine Sekunde kann ich hier länger bleiben!«

»Sicher, dass ich nicht hochgehen und diesem Fransing eins aufs Maul geben soll?«, fragte Sander angelegentlich und ließ den Motor an. Ella lächelte ihn unter Tränen an. »Das wäre natürlich eine gute Idee. Aber lieber nicht. Obwohl, verdient hat er's.«

Sander bog in die Straße Unter den Linden ein, deren gestutzte Bäume mit Lichterketten überzogen waren und romantisch den Mittelstreifen beleuchteten. Aber weder er noch Ella würdigten die schöne Weihnachtsdeko eines Blickes.

»Fransing war nicht da«, erklärte sie. »Aber die Bauschers hat gesagt, ich kann auf ihn warten. Es würde nicht lange dauern.«

»Wer ist ›die Bauschers‹?«

»Die Sekretärin, die fürs ganze Institut zuständig ist.« Ella wischte sich die Tränen ab, die immer noch flossen. »Also bin ich in sein Büro rein. Und er hatte seinen Computer angelassen. Ich wollte nicht schnüffeln, echt nicht, nur mal einen Blick auf den Text werfen, der da stand.«

»Und?«

»Gleich der erste Satz kam mir so bekannt vor. Dieser Arsch! Weißt du, was er gemacht hat?«

»Nein«, sagte Sander vorsichtig.

»Er hat meine gesamte Arbeit, die ich während des letzten Jahres geschrieben habe, abgekupfert! Wort für Wort! Alle Thesen, die ich aufgestellt habe, hat er für sich genutzt, jede Mail, die ich geschickt habe, einfach mit ›Kopieren‹ und ›Einfügen‹ in sein Dokument eingebaut. Und ich blöde Kuh fand seine Fragen auch noch gut! Dabei hat er nur nachgefragt, um noch mehr Infos für sein eigenes Buch zu haben! Ich hab es kurz quergelesen. Da stammt wirklich fast nichts von ihm selbst. Und dann, nach einer ganzen Weile, ist die Tür aufgegangen, und er kam rein.«

»Oh, oh«, sagte Sander, und einen winzigen Moment lang hatte er Mitleid mit dem betrügerischen Fransing.

»Was hat er denn zu den Vorwürfen gesagt?«, fragte er.

»Er hat sie rundweg abgestritten!«, fuhr Ella wütend fort. »Er hat mich naiv genannt, weil es selbstverständlich sei, dass Assistentinnen ihren wissenschaftlichen Vorgesetzten zuarbeiten. Dann hat er noch gemeint, ich solle doch stolz sein, dass immerhin einige wenige meiner Ideen so gut sind, dass er sie ansatzweise für sein Buch nutzen kann. Und dass die Vorverkaufszahlen schon sehr ansehnlich sind! Ansatzweise! Und dass er mich im Nachwort erwähnen wird, wenn ich mich nicht weiter so aufspiele. Oh, ich könnte ihn umbringen!«

»Dagegen kannst du dich doch wehren«, sagte Sander entschieden. »Das ist Plagiarismus. Schnöder Ideenklau. Damit gefährdet er seinen wissenschaftlichen Ruf.«

»Ach ja, und was soll ich dagegen bitteschön machen? Wenn

er eine Doktorarbeit geschrieben hätte, wäre er dran gewesen! Aber nirgends steht, dass man für ein populärwissenschaftliches Buch ausschließlich eigene Gedanken verwenden darf«, antwortete sie erbittert. »Außerdem hat er gesagt, wenn ich mich nicht kooperativ zeige, dann wäre für ihn unser Arbeitsverhältnis zerrüttet. Der hat durch die Blume gedroht, mich zu entlassen! Und das kann er sogar, denn wir hängen da nur zu zweit drin. Das hat er ganz raffiniert eingefädelt, Mistkerl, der …« Sie schwieg.

»Wieso hängt ihr da nur zu zweit drin?«, wollte Sander wissen. »Ich denke, ihr seid beide an einem Institut angestellt?«

»Eben nicht. Das ist ein Sonderfall. Wir sind so eine Art finanziell unabhängige Splittergruppe. Fransing kennt die Leute in der Firma, die das Projekt finanzieren. Das läuft alles über ihn.«

»Welche Firma ist es denn?«

»Ach, dieser Autohersteller, der sich für Ökofragen starkmacht.« Sie nannte den Namen, zuckte entmutigt mit den Schultern und lehnte dann den Kopf zurück. Sie schloss die Augen, als ob sie zu erschöpft sei, sich noch weiter aufzuregen.

Sander fuhr weiter. Er verzichtete darauf, das Radio wieder anzumachen. Nur das leise Geräusch des Motors war zu hören. Als er auf den Berliner Ring eingebogen war, streckte er die rechte Hand nach Ella aus. War Ella eingeschlafen? Sie zuckte bei der Berührung zusammen, aber öffnete die Augen nicht, auch dann nicht, als er sie zu streicheln begann. Sie hatte den Mantel geöffnet, und er spürte den rauhen, weichen Stoff ihres Rocks unter seinen Fingern. Darunter erahnte er ihre Beine, schlank, durchtrainiert, warm. Sander merkte, wie ihn der Gedanke, die Hand einfach unter den Rock gleiten zu lassen, erregte. Irgendetwas war heute zwischen der kubanischen Fellabziehmaschine und den gebrannten Mandeln mit ihm geschehen. Etwas, das stärker war als der Wunsch, seine Gefühle zu unterdrücken. Etwas, das er nicht benennen konnte, das ihn vage an die goldenen Sterne erinnerte, die von den Spitzen der weißen Standdächer den Weihnachtszauber beleuchteten.

Noch immer spielte er mit dem Saum des Rocks. Dann fühlte er auf einmal Ellas Finger auf seinem Handrücken. Sie tänzelten, kitzelten und neckten, und als ihre Hand seine Finger zart und fest zugleich umschloss, schien die Temperatur im Wageninneren sprunghaft anzusteigen. Kurz darauf befand sich seine Hand an den Innenseiten ihrer Schenkel. »Hast du was mit dieser Karin?«, durchbrach Ellas Stimme plötzlich die warme Stille.

Sander zog die Hand weg, als ob er sich verbrannt hätte, und legte sie zurück aufs Lenkrad. Kurz warf er einen Blick zu Ella hinüber. Aber sie hatte die Augen immer noch geschlossen.

»Nein«, sagte er und schaute in den Rückspiegel. Ein Laster machte Anstalten, ihn zu überholen. »Sie arbeitet für mich. Und sie ist verheiratet. Glücklich, glaube ich. Sie hat eine kleine Tochter. Jeanette. Nein, Jessica«, korrigierte er sich hastig.

Sie zögerte einen Moment, als ob sie noch etwas fragen wollte. Dann sagte sie nur: »Gut.« Ihre Antwort war ruhig und entspannt.

»Ist das alles?«, wollte Sander wissen, einen Hauch Ärger in der Stimme.

Jetzt endlich öffnete Ella die Augen und schaute auf die Autobahn, die sich vor ihnen erstreckte. »Sander, sei doch nicht so. Ich will dir doch nichts unterstellen. Aber du machst aus allem ein Geheimnis. Ich weiß fast nichts von dir. Außer, dass du zu langsam fährst.« Sie lächelte ihn provokant an, dann schloss sie die Augen wieder.

Er und langsam fahren? Er, der schon bei Autorennen dabei gewesen war? Sander trat energisch aufs Gaspedal, die Tachonadel sprang hoch, und sie jagten durch die märkische Nacht.

Eine gute Stunde später bog Sander in den Weg zu Ellas Blockhütte ein. Seine Hand war nicht mehr auf Wanderschaft gegangen, aber das Schweigen zwischen ihnen war von stummer Erwartung erfüllt. Es vibrierte. Er wollte Ella, das war ihm heute klargeworden. Es war ein Fehler gewesen, so zu tun, als könne er für immer auf Nähe verzichten. Aber er wollte sie nicht … mal eben so, sondern nur mit der Auflage, ihr gegenüber ehrlich zu sein. Und dazu gehörte, dass er ihr die Wahrheit über sich erzählte. Vielleicht würde er das heute noch tun. Ja, heute würde er es schaffen. Das war das eine.
Das andere war leichter und schwerer zugleich: Er hatte beschlossen, Ella zu helfen, was diesen Fransing anging. Eine Idee begann sich in seinem Kopf zu formen.

Er hatte das Fernlicht eingeschaltet. Das kalte Licht der Halogenscheinwerfer beleuchtete den Weg. Noch eine Biegung, dann tauchte der niedrige Holzbau auf.
»Ella?«, sagte Sander laut, und sie fuhr hoch. Abwesend hatte sie während der letzten Kilometer aus dem Fenster geschaut. Sander hielt den Wagen an, so dass die Tür beleuchtet war.
»Oh«, sagte Ella erschrocken.
In riesengroßen, unregelmäßigen Buchstaben war mit blutroter Schrift darauf geschmiert worden: »Wolfslady, hau ab«.
Ella stieg aus und ging langsam auf die Veranda zu, Sander folgte ihr.
Vor der Tür blieben sie stehen. Die Farbe war so dick aufgetragen, dass sie an der Holztür heruntergelaufen war und auf der

Schwelle davor eine rote Lache bildete. »Was soll das denn?«, fragte Sander ungläubig. »Warum sollst du abhauen?«
»Ist das nicht selbsterklärend?«, erwiderte Ella böse. »Ich bin hier nicht erwünscht.«
»Aber warum denn?«
»Das kannst du dir doch selbst ausrechnen. Wegen meiner Arbeit natürlich. Weshalb denn sonst! Ich hab dir doch erklärt, dass die Lobby für Wölfe viel zu klein ist! Die wollen mich hier weghaben. Erst das mit Jacks Zwinger, dann das hier. Und ständig diese Anrufe in letzter Zeit, bei denen niemand antwortet. Telefonterror ist das. Der Nagel geht wahrscheinlich auch auf das Konto von dem hier«, meinte sie und berührte mit dem Zeigefinger vorsichtig die Farbe.
»Welcher Nagel?«
»Na, ich hatte doch schon zwei Mal einen Platten.«
»Du musst die Polizei holen«, sagte Sander und legte den Arm um ihre Schultern. »Das geht zu weit. Du bist hier nicht sicher. Du solltest hier nicht allein bleiben.«
»Blödsinn. Was soll ich denn mit der Polizei? Die lachen mich doch glatt aus«, antwortete Ella und schüttelte seinen Arm ab. »Ich sag dir, wer das war: Dr. Blatt und Konsorten. Aber damit ist jetzt Schluss! Morgen kann er was erleben. Ich lass mich doch nicht von ein paar wildgewordenen Jägern ins Bockshorn jagen! Machomäßiges Säbelgerassel ist das, sonst nichts! Diese Feiglinge! Die werden mich kennenlernen!«
»Ella, nun hör doch mal! Was, wenn diese Typen noch weitergehen? Wenn sie zurückkommen?« Er zog sie erneut an sich heran und küsste sie aufs Haar. »Willst du nicht lieber mit in die Rote Burg kommen? Oder soll ich hier schlafen?«
»Sander.« Sie lehnte sich gegen ihn. »Mach das. Schlaf hier. Aber du weißt, was passiert, stimmt's?«
»Was denn?«, fragte er vorsichtig.

Sie sah ihn an und verzog den Mund zu einem kleinen Lächeln. »Sex.« Dann schlang sie ihre Arme um seinen Hals. Und diesmal schien er für sie bereit. Er küsste sie leidenschaftlich, voller Verlangen und vorbehaltlos. Seine Zunge drang tief in ihren Mund ein, spielte und neckte. Ella spürte, wie seine Hände in ihren Mantel eintauchten, auf der Suche nach der Wärme ihres Körpers, der Taille, ihrem Busen. Er fand nackte Haut, liebkoste und streichelte sie erregt. Dann griff er sie an den Hüften und zog sie noch enger, besitzergreifend an sich. Sie fühlte, wie sehr er sie wollte, und konnte sich plötzlich nichts Schöneres vorstellen, als in seinen Armen das Desaster dieses Tages zu vergessen. Heute Nacht brauchte sie einen Mann. Brauchte diesen Mann! Wenn er sie lieben würde, wäre alles andere unwichtig …

Aber Sander wäre nicht Sander, wenn mit ihm irgendetwas leicht gegangen wäre. »Ella, ich muss dir erst was sagen«, meinte er und machte sich von ihr los. Zögernd, voller Bedauern. Ein Hauch kalter Luft wehte über ihre nackte Haut. »Etwas sehr Wichtiges. Vorher kann ich nicht mit dir da rein.«

»Ich will aber nichts hören«, sagte Ella. Verzweifelter Trotz stieg in ihr auf. »Jetzt nicht, heute nicht, Sander. Komm, sei doch nicht kompliziert.« Sie griff ihn an seiner Lederjacke und versuchte ihn wieder an sich zu ziehen. »Keine Probleme, bitte. Sonst fang ich an zu schreien, und mein Kopf explodiert. Ich schwör's! Erzähl's mir morgen früh. Beim Tee.« Sie streckte den Arm nach seinem Kopf aus, um ihn wieder zu küssen – und griff ins Leere.

»Nein, Ella. So nicht.« Er machte noch einen Schritt zurück, entfernte sich weiter von ihr. »Vorhin hast du mir vorgeworfen, dass ich aus allem ein Geheimnis mache.«

»Das war im Auto! Das ist mindestens eine Stunde her! Warum muss es unbedingt jetzt sein?«, fragte sie. Ihre Stimme zitterte. Es würde ihr den Rest geben, wenn er was von unehelichen Kindern, anstehenden Scheidungen oder Gefängnisstrafen erzählte. Sie hatte sich vorhin im Auto nicht getraut, ihn weiter zu befragen, weil sie es eigentlich nicht hören wollte. »Sander, mein Bedarf an Aufregung ist für heute reichlich gedeckt«, versuchte sie es versöhnlicher. »Mehr geht nicht! Verdirb uns nicht den Abend. Keine Enthüllungsstory! Bitte nicht. Was immer es ist, ich muss meinen Kopf erst wieder freikriegen.«

Es traf ihn hart, das sah sie sofort. Ein Temperatursturz – mitten im Winter. Das hatte sie nicht gewollt, aber es war zu spät.

»Enthüllungsstory?«, fragte er kühl. »Ich verstehe, dass Fransing dich gelinkt hat, dass diese Schmiererei hier dem Fass den Boden ausschlägt. Aber zuhören musst du mir schon, wenn ich dir was zu sagen habe.« Das Grau in seinen Haaren leuchtete kalt, und seine Augen waren unter den dunklen Augenbrauen verschwunden. Sein Mund war nur noch eine harte Linie in dem kantigen Gesicht.

Ihr Frust schlug in Ärger um. »Ich höre dir zu, wann es mir passt«, fuhr sie ihn an, und ihr Temperament kochte über. »Verstehst du nicht, dass ich heute am Anschlag bin? Wie unsensibel bist du eigentlich? Du kannst mir gern erzählen, was du willst – morgen. Stundenlang von mir aus. Für heute reicht's mir.«

»Wie du willst«, sagte Sander und wandte sich zum Gehen.

»Haust du jetzt schon wieder ab?«, fragte Ella ungläubig. »Kannst du nicht einfach mal bleiben?« Sie wusste, sie war ein Hitzkopf, weswegen es immer wieder Reibereien gab – was einer Beziehung in gewissen Momenten durchaus ihren erotischen Reiz verleihen konnte. Aber offensichtlich war diese Erkenntnis eine von vielen, die Sander Engelbrecht nicht mit ihr teilte.

»Grundsätzlich schon, aber so nicht«, antwortete er mit einer Stimme, die Ella gut kannte. So hatte sie bei ihrer ersten Begegnung geklungen.

»Herrgott Sander, ich werde nicht schlau aus dir!« Und weil er keine Anstalten machte anzuhalten, sondern die Treppen herunterstieg und in Richtung Wagen ging, rief sie ihm wütend hinterher: »Weißt du, was ich jetzt wirklich gern machen würde? Ins Bett gehen! Allein! Und mach dir nicht die Mühe, mich anzurufen, bevor du dir endlich im Klaren darüber bist, was du willst. Von mir willst!« Sie drehte sich um und knallte die Tür zu. Jack fing hinter dem Haus erschrocken zu winseln an.

Sie blieb hinter der Tür stehen und lehnte müde die Stirn dagegen. Ihr war das alles viel zu viel. Draußen wurde ein Motor angelassen. Sie hörte, wie Sander wegfuhr.

22. Kapitel

Als Ella am nächsten Morgen erwachte, wunderte sie sich, warum sie sich so niedergeschlagen fühlte. Dann fluteten die Ereignisse des Vortages in ihre Erinnerung zurück, und sie fragte sich, warum sie nicht noch viel deprimierter war. Fransing, Dr. Blatt, Sander – sie wusste nicht, was schlimmer war. Dass Fransing ihre Arbeit klaute, war schreiend ungerecht. Dafür würde sie ihn rankriegen. Sie wusste bloß noch nicht, wie. Vielleicht könnte sie sich einen Anwalt nehmen? Aber wie sollte sie beweisen, dass er hemmungslos von ihr abgekupfert hatte? Und was würde das überhaupt kosten?

Dass sie von Dr. Blatt auf psychomäßige Weise gemobbt wurde, war unverschämt. Aber das würde sie aus der Welt schaffen – heute noch.

Blieb noch Sander. Der Gedanke an ihn tat regelrecht weh.

Der Nachmittag auf dem Weihnachtsmarkt war wunderbar gewesen. Dann die Aussicht, mit Sander die Nacht zu verbringen und herauszufinden, ob er im Bett so gut war, wie seine wenigen Küsse, seine Umarmungen verhießen … Das war es, was sie gewollt hatte.

Was hatte er ihr bloß sagen wollen? Warum ausgerechnet in diesem Moment? Sicher, es war blöd von ihr gewesen, ihn nicht zu Wort kommen zu lassen. Aber wahrscheinlich war das von ihm nur eine Taktik gewesen – um dadurch wieder Distanz zwischen sie beide zu bringen. Das war ihm ja

gelungen. Darin war er echt gut: einen Schritt vor, zwei zurück.
Große Mädchen weinen nicht, dachte Ella entschlossen und warf die Bettdecke zurück. Große Mädchen wehren sich.

Nach einer großen Tasse Tee machte sie mit Jack einen langen Spaziergang, um den Kopf freizubekommen. Dabei überlegte sie, wie sie an Dr. Blatt herankam. Wenn er jetzt einfach zwischen den Bäumen auftauchen würde, dann wäre sie für ihn bereit! Aber den Gefallen tat er ihr natürlich nicht. Wieder zurück in ihrer Hütte, rief sie Werner Ossenski an. »Werner, hier ist Ella. Ella Ridder«, sagte sie.
»Ah, Ella! Schon irgendwelche Wölfe gesichtet?«, fragte der Revierförster gemütlich.
»Gesichtet nicht, aber Spuren entdeckt und ein Heulen gehört.«
»Wundert mich nicht«, sagte er. »War nur eine Frage der Zeit. Ab und an ist hier immer mal einer durchgeschnürt. Gehört zur Schorfheide, weißt du, auch wenn's jedes Mal für Aufregung gesorgt hat. Wollen mal hoffen, dass es einer war, der nicht zu übermütig wird. Das gibt sonst wieder Ärger. Weiter westlich hatten sie neulich einen, der ist glatt über einen einsvierzig hohen Elektrozaun gesprungen, um zu den Schafen zu gelangen. War nicht schön, wie es auf der Weide hinterher aussah.«
»Über die Höhe ist er gekommen? Wie hat er das denn geschafft?«, fragte Ella und hoffte inständig, dass nicht ausgerechnet dieser Wolf den Weg zu Schwarzkopps Lieblingen finden würde.
»Er hat einen Maulwurfshügel als Sprungbrett benutzt«, erklärte Ossenski.
»Ein schlauer Grauer!« Ella war beeindruckt und neidisch zu-

gleich. Auf der weichen Erde des Maulwurfhügels hatte man die Pfotenabdrücke bestimmt gut erkennen können. »Werner, ich brauche von dir eine Telefonnummer und eine Adresse. Als Förster kennst du doch die Jagdpächter hier im Umfeld, oder?«

»Klar kenn ich die«, antwortete Ossenski. »Wen willst du denn?«

»Dr. Blatt.«

»Ach, den alten Dieter. Hoffentlich hast du deine Hausaufgaben gemacht!« Er lachte. »Dann schreib mal auf.«

Und Ella notierte.

Weil Angriff die beste Verteidigung war, beschloss sie, direkt zu Dr. Blatt nach Friedrichswalde zu fahren. Es war Samstagmorgen, und die Chancen, ihn zu Hause anzutreffen, standen gut. Wenn er die Nacht auf dem Hochsitz verbracht hatte, würde er jetzt noch friedlich schlummern. Ha, aber nicht mehr lange!

»Guten Tag, Herr Dr. Blatt. Ich bin gekommen, um mit Ihnen ein für alle Mal etwas zu klären!«, sagte sie energisch, als er die Tür des Einfamilienhauses öffnete. Verschlafen sah er nicht aus. Im Gegenteil. Stramm und gebügelt stand er vor ihr, die schütteren Haare sorgfältig gescheitelt, die dunkelgrüne Strickjacke zugeknöpft. Darunter trug er, wie Ella mit einem flüchtigen Blick registrierte, sogar eine Krawatte – dieser Mann war die Korrektheit in Person. Nur kurz sah sie etwas wie Erstaunen über ihre Anwesenheit, aber sogleich sah er sie so streng durch seine goldgeränderte Brille an, als sei Ella eine Schülerin, die es gewagt hatte, ihre unregelmäßigen Vokabeln nicht zu lernen.

»Frau Ridder«, sagte er. »Was verschafft mir das Vergnügen?«

»Das will ich Ihnen sagen.« Ella hob die Stimme. »Ich weiß,

dass Sie von meinem Vorhaben nichts halten! Aber dass Sie so weit gehen würden, hätte ich nie gedacht! Das waren Sie doch, das mit Jacks Zwinger, oder? Und verraten Sie mir: Den Nagel – haben Sie den auch auf dem Gewissen? Von der Sache mit der Tür mal ganz abgesehen!« Sie atmete tief durch.

Der alte Lehrer sah sie ungerührt an. »Ich weiß nicht, wovon Sie sprechen«, sagte er und nahm die Brille ab. Das Gestell schaukelte zwischen zwei Fingern hin und her. »Möchten Sie reinkommen, um es mir zu erklären?« Ohne eine Antwort abzuwarten, drehte er sich um und ging vorneweg. Ella blieb nichts anderes übrig, als ihm zu folgen. Er führte sie in ein gediegen eingerichtetes Wohnzimmer, in dem es penetrant nach kaltem Zigarrenrauch roch. »Nehmen Sie Platz.« Er wies auf eine beigefarbene Couch. Ella hockte sich auf die Kante, er ließ sich ihr gegenüber in einem Sessel nieder. Auf dem Marmortisch zwischen ihnen lag ein Buch. Ella spähte auf den Autor: Plautus. Der Titel war in Latein.

»Nun mal schön der Reihe nach«, sagte er. »Was werfen Sie mir eigentlich vor?«

»Ich weiß, dass Sie von Wölfen in unserer Gegend nichts halten, dass Sie mein Projekt aus tiefstem Herzen verabscheuen, das haben Sie mir ja schon bei unserem ersten Treffen deutlich gesagt. Und dass Sie sich dagegen engagieren werden, wo es nur möglich ist«, begann Ella, aber sie kam nicht weit.

Dr. Blatt hob die Hand. »Stopp, junge Frau. Nicht so hastig. Lassen Sie uns überlegt an diese Problematik herangehen. Zunächst: ›Verabscheuen‹ ist in diesem thematischen Kontext die inkorrekt verwendete Semantik.«

Oh Mann, dachte Ella.

»Was will uns dieses ›Verabscheuen‹ sagen? Erlauben Sie mir, es zu interpretieren. Ich vermute, Sie meinen damit die Vorbehalte, die ich gegen die mögliche Rückkehr des Wolfes in unsere schönen deutschen Wälder habe?«

»Ja, genau das meine ich damit.«

»Nun, die durchaus reizvolle, wenn auch herausfordernde Aufgabe, denen wir Jäger uns stellen müssen, ist die Hege und Pflege des Wildbestandes.«

Ella nickte. »Aber …«

»Bitte lassen Sie mich aussprechen. Wozu also auch ein sorgfältig ausgearbeiteter Abschussplan gehört. Eines unserer Ziele ist es zudem, die Artenvielfalt zu erhalten, sowohl in Flora als auch Fauna.« Ella nickte wieder. Allmählich kam sie sich wie einer dieser Wackeldackel vor, die früher in Autos auf der Ablage standen.

»Sehen Sie, wieder nicken Sie leichtfertig. Aber wissen Sie, was in Revieren passiert, in denen der Wolf sein Unwesen treibt?«

»Ich schätze, er kümmert sich keinen Deut um Hege und Pflege, wenn er Hunger hat. Und vermutlich sind ihm auch Abschusspläne völlig egal«, antwortete Ella schnippisch.

»Mehr noch Übles führt der graue Räuber im Schilde!« Dr. Blatt hob die Stimme. »Er bevorzugt bestimmte Tierarten und trägt so maßgeblich zu deren Dezimierung bei. Lassen Sie mich ein Beispiel geben: Das Muffelwild ist in den Regionen, die vom Wolf bejagt wurden, praktisch ausgestorben.«

»Das liegt doch wohl eher daran, dass die Mufflons im Flachland angesiedelt wurden, obwohl sie eigentlich ins Gebirge gehören. Sie haben ihr Fluchtverhalten nicht an das neue Gelände angepasst. Logisch, dass der Wolf ein leichtes Spiel mit ihnen hatte! Aber das ist ja wohl die Schuld der Menschen«, gab Ella hitzig zurück und starrte auf die Trophäe, die hinter Dr. Blatt an der Wand hing: ein Mufflon mit geschwungenen Hörnern.

»Von den Angstrudeln ganz zu schweigen«, fuhr er fort, als hätte er ihren Einwand nicht gehört. »In unruhiger Erwartung schließt sich das Wild zu großen Gruppen zusammen. Ganze Striche werden so entsiedelt, was bewirkt, dass wir Jäger Stunde um Stunde vergeblich auf dem Hochsitz ausharren müssen.«

»Herr Dr. Blatt«, sagte Ella, »es gibt vielleicht fünf Wolfsrudel in ganz Deutschland. Von ganzen Strichen kann doch da gar nicht die Rede sein.«

»Aus denen leicht mehr werden können. Wehret den Anfängen, sage ich da bloß!« Mahnend schwang er die Brille in der Luft.

»Die Natur hat eine Chance verdient. Die Menschen machen es ihr sowieso viel zu schwer. Wölfe werden überfahren, verschwinden spurlos«, erwiderte Ella. »Und können Sie ehrlich sagen, was Sie tun würden, wenn Sie im Wald einen Wolf sehen?«

»Ja, das kann ich.« Er legte die Hände zusammen und sah sie nachdenklich an. »Nichts würde ich machen, denn mir ist wohl bewusst, dass der Abschuss eines Tieres, das auf der Roten Liste steht, illegal ist. Wenn Sie es genau wissen wollen: Ich würde es vorziehen, dass kein Wolf je unser Revier seine Heimat nennt. Aber jedwede kriminelle Aktion lehne ich kategorisch ab, und ich darf diesbezüglich auch im Namen meiner Jagdkameraden sprechen. Vermutlich spielen Sie auf das verurteilenswerte ›Schießen, Scharren, Schweigen‹ an?«

Ella nickte. »Klar. Den Wolf zu schießen, ihn zu verscharren und dann kein Wort darüber zu verlieren, dezimiert die Bestände deutlich. Keiner hat's gesehen, niemand ist es gewesen.«

»Das widerspricht in jeder Hinsicht den Zielen unserer Pächtergemeinschaft. Wir sehen den Wolf als räuberischen Rivalen, aber respektieren ihn als Kreatur. Wobei ich an dieser

Stelle betonen möchte, dass die Jägerschaft in diesem Punkt eine höchst uneinheitliche Position einnimmt.«

»Ich weiß«, sagte Ella. »Ich habe schon mit Kollegen von Ihnen gesprochen, die die Rückkehr des Wolfs durchaus begrüßen. Sie setzen sich sogar dafür ein. Ich arbeite gerne mit diesen *netten* Jägern zusammen.«

»Ja, diese Kollegen kenne ich.« Er machte eine abwertende Handbewegung. »Aber kommen wir nun zu Ihnen: Was war es, was Sie mir vorwerfen?«

»Das Gehege meines Wolfmischlings ist aufgeschnitten worden. Mein Reifen wurde zerstochen. Meine Tür wurde beschmiert. Ich bekomme dauernd Anrufe, und keiner meldet sich.«

»Höchst bedauerlich und rücksichtslos. Und?«, fragte er.

Ella sah ihn scharf an. Entweder er spielte gut, oder sie lag mit ihrem Verdacht falsch. »Ich fand es nicht völlig abwegig, dass Sie etwas darüber wissen.«

Er wiegte den Kopf bedächtig hin und her. »Schweigen Sie jetzt stille, und lassen Sie es mit dieser Andeutung bewenden! Auf das Moment Ihres Verdachts möchte ich nicht eingehen, weil sonst ein Rechtsstreit nicht ausgeschlossen wäre. Meine Kameraden und ich stehen fest auf dem Boden der freiheitlich demokratischen Grundordnung, was die juristische Unbedenklichkeit unseres Handelns beinhaltet. Ich gebe nur Folgendes zu bedenken und hoffe, dass Sie meine Worte in Ihrem Herzen bewegen werden: In unserem Revier, in dem sich ja bekanntlich auch Ihre Behausung befindet, scheint sich neuerdings ein Unbekannter aufzuhalten. Von nächtlichen Autogeräuschen in Seitenwegen wurde mir berichtet. Ich selbst habe Beweise gefunden, die darauf schließen lassen, dass das Phantom im Wald dem Laster des Rauchens anheimgefallen ist. Wie ich leider auch.« Er seufzte.

»Er schmeißt die Kippen in den Wald?«, spekulierte Ella drauflos.
»Jawohl. Rücksichtslos verschandelt er damit Gottes schöne Natur. Wenn ich den erwische!«
Aber Dr. Blatt war noch nicht fertig. Er beugte sich vor und sagte eindringlich: »Verdächtigen Sie nicht den Falschen, Frau Ridder. Alle Spuren befanden sich unweit Ihrer Hütte. Bevor Sie uns redliche Waidmänner ins Fadenkreuz nehmen, sollten Sie Ihr Augenmerk verstärkt auf Ihre nähere Umgebung richten. Ein Fremder ist im Forst unterwegs. Ich sage nur, und lassen Sie mich bitte den großen Meister Plautus zitieren …« Er hob dramatisch die Stimme: »Homo homini lupus est!« Und damit war Ella entlassen. Als sie wieder in ihren Wagen stieg, schwirrten zwei Gedanken durch ihren Kopf: Gott sei Dank war Dr. Blatt nie ihr Lehrer in Schwerin gewesen. Und der zweite: Wenn er die Wahrheit sagte und weder er noch seine Mitjäger hinter den Sabotageakten steckte – wer war es dann, der sie belauerte und bedrohte?
Zurück in der Blockhütte, rief Ella ihre Schwester an. Nicht um ihr von Dr. Blatt zu erzählen. Sie wollte nicht, dass Josephine ihretwegen beunruhigt war. Aber von dem zweiten Problem, das ihr auf der Seele lag, musste sie ihr erzählen. Oft halfen Josephines Vorschläge, wenn sie sich ratlos fühlte, so wie im Moment.
»Und wenn du ihn anrufst und vorschlägst, dass er Weihnachten mit an die Müritz kommt?«, fragte Josephine. »Tinke, Florian und ihre kleine Rose kommen auch, am 23., damit sich die Anreise von Langeoog lohnt. Rafael, Gabriel, Edith und du, Severin und ich – wir sind schon mal neun. Mit Leni zehn. Mit Sander wären wir elf.«
»Nein, das werde ich nicht tun! Ich kann mich doch diesem Zögerer nicht auch noch an den Hals werfen. Wie oft soll ich

mich denn noch abweisen lassen?«, protestierte sie jetzt. »Küsst wie ein Teufel, baggert mich im Auto an und dann, wenn ich mich auf ein Glas Wein mit ihm freue und auf … ach, ist ja auch egal, jedenfalls machen mich seine Rückzüge wirklich sauer.«
»Vielleicht siehst du das mit gestern falsch«, sagte Josephine. »Vielleicht wollte er dich nicht auf Abstand halten, sondern braucht ganz bestimmte Bedingungen, um dir sein Herz zu öffnen.«
»Welches Herz?«, entrüstete sich Ella, aber korrigierte sich sofort. »Nein, das ist nicht fair. Ich weiß, dass er ein Herz hat. Er ist nur so …« Sie schwieg, verlegen um ein Wort, das Sander ausreichend beschrieb.
»Reserviert? Ausweichend? Verhalten? Ablehnend? Wechselhaft?«, schlug Josephine vor.
»Ja, das auch.« Ella seufzte. »Also gut, ich weiß noch nicht genau, was ich mache. Es fühlt sich an, als ob ich diesmal einen Schritt auf ihn zugehen muss. Trotzdem ärgere ich mich über ihn. Weißt du, was ich meine?«
»Ja! Und wie!«, antwortete Josephine. Als sie und Severin sich kennengelernt hatten, hatte sie sich ihm gerade in der ersten Zeit entzogen. Das hatte daran gelegen, dass Johanns Tod noch kein Jahr her war und sie sich nicht erlauben wollte, sich erneut zu verlieben. So lange hatte sie sich nicht entscheiden können, trotz Severins beharrlicher Versuche, ihr Herz zu gewinnen. Und als sie selbst nach ihrer ersten wunderschönen Liebesnacht einen Rückzieher machte, hatte es ihm gereicht. Doch dann hatte sie sich plötzlich in Lebensgefahr befunden. Und das hatte es gebraucht, um sämtlichen emotionalen Rückzügen auf beiden Seiten ein für alle Mal ein Ende zu bereiten. So kann es einem gehen, dachte sie und tätschelte sanft Lenis Rücken, die daraufhin ein herzhaftes Bäuerchen

machte. »Überleg's dir. Es hat ja nur zur Hälfte was mit Sanders Gefühlen zu tun.«
»Und die andere Hälfte?«, wollte Ella wissen.
»Mit deinen eigenen natürlich! Feiert er denn mit irgendwem Weihnachten?«
»Keine Ahnung, was er treibt! Er macht ja aus allem ein Geheimnis! Vielleicht fährt er nach München und hat dort einen ganzen Harem, den er glücklich macht!«
»Ella, du übertreibst.« Josephine lachte. »Für mich klingt das eher so, als ob der Eiskönig auf die Sonnenprinzessin getroffen ist. Bring sein Winterherz zum Schmelzen, und gut ist.«
»Und gut ist«, murmelte Ella ungehalten, als sie das Gespräch beendet hatten. Von wegen. Nix war gut. Im Gegenteil: Nie war die Situation schlechter gewesen. Manchmal taugten Josephines Ratschläge wirklich überhaupt nichts.

23. Kapitel

Es dauerte vier Nächte und drei Tage, dann kapitulierte Sander vor seinen Gefühlen. Als er sich morgens beim Rasieren schnitt und das winzige blutige Rinnsal betrachtete, das sich durch den weißen Rasierschaum einen Weg zu seinem Kinn bahnte, fiel ihm auf, wie verletzlich er war. Es erstaunte ihn ein bisschen, aber offensichtlich war auch er ein Mensch aus Fleisch und Blut, mit Gefühlen, Hoffnungen, Sehnsüchten und Träumen. In deren Zentrum Ella stand. »Du bist kein Stein«, sagte sich Sander und wusch sich das Gesicht. Es blutete noch immer. Dicke Tropfen fielen auf das weiße Waschbecken. »Und es fühlt sich gut an, kein Stein zu sein«, erklärte er seinem Spiegelbild, als er sich abtrocknete und den Schnitt mit einem Alaunstift betupfte.

Fünf Jahre können eine lange Zeit sein – *sind* eine lange Zeit, dachte er, als er kurze Zeit später im Büro vor dem Telefon stand. So lange hatte er nicht mehr mit seinem Vater gesprochen. Er hatte immer damit gerechnet, dass die Stille zwischen ihnen irgendwann mal gebrochen werden würde. Und gehofft, dass nicht der Tod schneller sein würde.

Nun war der Moment gekommen. Es war nicht seinetwegen. Es ging um Ella. Ella, die ihn beleidigt hatte, gerade als er sich innerlich überwunden hatte. Eine Sekunde lang war alles möglich gewesen. Das Fenster in seinem Herzen stand sperrangelweit auf. Sie hatte es geöffnet: durch ihr Lachen, die

Stunden auf dem Weihnachtsmarkt, durch ihr Unglück, durch die Intimität der Autofahrt und durch ihren Kuss – und war, ebenfalls durch Ella, wieder mit einem Knall geschlossen worden. Er war noch nicht so weit, sagte er sich.
Aber immerhin war er so weit, ihr helfen zu wollen.
Die blutige Schrift an ihrer Tür hatte bedrohlich gewirkt. Unbehaglich fragte Sander sich, wie es ihr ging. Bestimmt hundert Mal hatte er daran gedacht, sie anzurufen – und hatte es gelassen. Sie braucht Zeit, hatte er sich gesagt. Und dabei doch sich selbst gemeint.
Stattdessen tippte er jetzt die Telefonnummer seiner Eltern ein. So wenig hatte er einen Grund dafür gesehen, sie in den letzten Jahren anzurufen, dass er ihre Nummer nicht gespeichert hatte. Aber es war die erste Telefonnummer gewesen, die Valentin und er gelernt hatten, und sie hatte sich in sein Gedächtnis eingebrannt.
Während es läutete, legte er sich die Worte zurecht. Und dann hörte er, zum ersten Mal seit fünf Jahren, die Stimme des Mannes, die er mit allem verband, was er mit dem Wort Jagd in Verbindung brachte, mit allem, was ihn manchmal wie eine eiserne Faust zu Boden drückte: »Engelbrecht.«

Das Feuer im Kamin war erloschen, als Sander am nächsten Morgen auf der Couch erwachte. Er hatte Valentin das Schlafzimmer überlassen. Mit seinem Bruder in einem Doppelbett zu schlafen – die Zeiten waren vorbei. Gott sei Dank. Valentin klaute grundsätzlich die Decke, riss sie mitten in der Nacht an sich und ließ einen dann im Kalten liegen.
Das Tageslicht schimmerte durch die karierten Vorhänge. Sander stand auf und zog sie zur Seite, stieß das Fenster auf und atmete die klare Luft ein. Das Panorama war atemberaubend: Weit breiteten sich die Alpen vor ihm aus.

Bis zur Baumgrenze zogen sich verschneite Tannenwälder die Hänge empor. Darüber lagen, weiß und ausgedehnt, steile Flächen, die im Sommer als Weiden für das Vieh genutzt wurden, unterbrochen von unebenen Geröllhalden. Über ihm erklang der schrille Ruf eines Raubvogels. Er beugte sich vor, sah nach oben, aber entdeckte den Vogel nicht. Wahrscheinlich schwebte er auf der anderen Seite der Hütte in den blauen Himmel empor.
Er schloss das Fenster und wandte sich ab. Vor dem Kamin kauerte er sich hin und entdeckte unter der hellgrauen, pulvrigen Ascheschicht noch Glut. Sorgfältig schichtete er altes Zeitungspapier darauf, dann feines Holz und obendrauf einen dicken Klotz Holz. Zart fing das Papier an zu lodern. Sander beobachtete, wie die Flammen allmählich auf das Holz übergriffen.
Als Valentin gähnend und sich die Haare raufend eine halbe Stunde später aus dem anderen Zimmer kam, war Sander bereits bei seiner dritten Tasse Kaffee. »Morgen«, murmelte Valentin und goss sich auch eine Tasse ein. »War spät gestern, was? Ohhhh, dieser Whiskey ist heftig.« Er rieb sich die Stirn. »Aber gut. Genau wie die Storys, die wir aufgewärmt haben.« Er grinste Sander vergnügt an. »Lass uns mal wieder öfter was zusammen machen. Macht Spaß mir dir. Ist wie früher.«
»Nach zwei war's«, sagte Sander und grinste zurück. Manchmal weiß man erst, wie sehr man etwas vermisst, wenn man es wiederbekommt, dachte er. »Ich hol Holz.«
»Nein, lass mich das mal machen. Dann werde ich gleich munter«, meinte Valentin und griff nach dem Korb. Als er die Tür aufstieß, blies ein kalter Windstoß in die Jagdhütte. »Ah, genau was ich jetzt brauche!«, sagte er und trat im kurzärmeligen T-Shirt hinaus.

Sander war gerade dabei, die verrührten Eier in die heiße Pfanne zu gießen, als Valentin mit dem vollen Holzkorb hereinkam. Seine Stiefel waren voller Schnee, und er machte sich nicht die Mühe, sie abzutreten. »Eine dicke Schicht Neuschnee«, sagte er. »Und ich hab was Seltsames gesehen.« In seiner Stimme schwang Verwunderung mit. »Ich bin bis zum Wald rüber, weil ich mal pinkeln musste, und da … «

»Was denn?«, fragte Sander.

»Spuren. Große Spuren. Wie von einem Hund. Außer, dass sie irgendwie anders aussehen. Noch größer. Aber na ja, hier gibt's auch Bernhardiner. Aber so oval im Trittsiegel. Und absolut geradlinig. Die Hinterpfoten immer in die Abdrücke der Vorderpfoten. Ich weiß, es klingt jetzt total verrückt – sag mal, Sander: Glaubst du, dass es hier Wölfe gibt?«

Sander schaute auf die Flüssigkeit, die in der Pfanne zu erstarren begann. Dann nahm er den Schaber und fuhr damit durch die Masse. »Klingt wirklich total verrückt. Nein, ich glaub nicht, dass es hier Wölfe gibt«, antwortete er schließlich.

Mit einem lauten Rumms setzte Valentin den Korb ab. »Auf jeden Fall ist das merkwürdig. Ich weiß jetzt, was ich nachher mache. Ich folge den Spuren. Wenn's ein Hund war, muss ich eben bis ins nächste Dorf. Da wird es ihn ja wohl hinziehen.«

»Und wenn es nun doch ein Wolf war?«, fragte Sander und drehte sich mit unbewegtem Gesichtsausdruck zu seinem Bruder um. Valentins Augen glänzten. Als ob er plötzlich Fieber bekommen hätte – Jagdfieber.

»Oh, ich nehme natürlich eine Waffe mit«, sagte Valentin, griff nach einem Jagdbuch, das im Regal stand, und begann darin zu blättern.

Sander wusste, wonach er suchte: nach Abbildungen von Wolfsspuren. Er lachte kurz auf. »Du machst Witze.«

»Keineswegs.«

»Aber Wölfe dürfen nicht geschossen werden.«

Valentin zog die Mundwinkel abschätzend nach unten. »Na und, wer soll das schon herausfinden? Stell dir mal vor, ich sage Vater, dass ich einen Wolf erlegt habe! Was meinst du, was er sagt? ›Du, du, das durftest du aber nicht‹? Träum weiter! Vater tickt da genau wie ich. Würde sich doch großartig hier machen!« Er wies mit dem Daumen hinter sich an die Wand über dem Kamin.

»Valentin, das geht nicht. Du riskierst zu viel, wenn du das tust. Deinen Jagdschein sowieso, aber auch unseren guten Namen. Vom Ruf der Firma mal ganz abgesehen.« Sander setzte die Pfanne auf dem gedeckten Tisch ab.

»Ach, sei doch kein solcher Streber!«, entgegnete Valentin und begann sich Rührei auf den Teller zu schaufeln. »Du hast nur was gegen die Jagd, weil Vater und ich darauf stehen.« Er grinste ihn wieder an, aber diesmal ohne eine Spur Humor.
»Ich jage nicht gern, das stimmt«, gab Sander ärgerlich zurück. »Es hat mich schon immer abgestoßen. Aber nicht, weil du und Vater es mögen. Ich kapier einfach nicht, warum es euch Spaß macht. Und ich finde es unmöglich, dass du überhaupt daran denken kannst, ein Tier abzuknallen, das streng geschützt ist.« Er warf die Gabel hin. Der Appetit war ihm vergangen.
Valentin schien das nicht zu stören. »Sei doch mal ehrlich, Bruder«, sagte er und schluckte ungerührt den nächsten Bissen hinunter. »Wir wissen doch beide genau, warum du nicht willst, dass ich mit einer fetten Trophäe ankomme, oder?« Seine Augen glitzerten gefährlich.
»Und warum?«, fragte Sander, ohne dem Blick auszuweichen.
»Weil der Bessere von uns beiden die Firma bekommt.«

»Vater?«
Einen Moment lang herrschte Stille am Ende der Leitung. Dann hörte Sander die erstaunte Stimme seines Vaters: »Sander. Wie geht es dir?«
Sander dachte gar nicht daran, ehrlich darauf zu antworten. Stattdessen sagte er: »Gut, danke. Und dir und Mutter?«
Aber Georg Engelbrecht wich ihm ebenfalls aus: »Deine Mutter sitzt mir gegenüber und schmiert sich gerade ihre Morgensemmel.«
»Störe ich euch beim Frühstücken?«
»Wir frühstücken, aber du störst nicht, Junge. Soll ich dir Mutter geben?«
»Nein«, sagte Sander. »Ich habe angerufen, weil ich was mit dir bereden will.«

»Ach was«, antwortete Georg, und nur wer ihn gut genug kannte, erriet den resignierten Unterton. »Und ich dachte, du willst nur mal hören, was bei deinen alten Herrschaften so los ist. Ist es was Geschäftliches?«
»Indirekt.«
»Dann gehe ich lieber ins Büro. Bleib dran.« Er stand auf und legte die Hand auf den Hörer. »Es ist Sander. Er will was mit mir besprechen«, sagte er zu seiner Frau, was unnötig war. Sie hatte das Gespräch schließlich verfolgt. Ihr Gesichtsausdruck, eine alarmierende Mischung zwischen fasziniert, hypnotisiert und ängstlich, spiegelte seine eigenen Gefühle wider darüber, dass ihr Sohn sich bei ihnen meldete.
Nur dass Georgs Gesichtszüge unbeweglich blieben. Er war der bessere Schauspieler von ihnen beiden. Schon von Geschäfts wegen hatte er gelernt, seine Emotionen zu verbergen.

»Also, was gibt's?«, fragte er und schloss die Bürotür hinter sich.
»Least du immer noch den gesamten Fuhrpark fürs Geschäft und auch privat?«, fragte Sander.
»Natürlich. Genau wie früher. Seit über dreißig Jahren bei derselben Firma«, antwortete Georg. »Sie geben uns nun mal den besten Deal, die Fahrzeuge sind solide, nein, erstklassig. Rufst du deshalb an – weil ich *woanders* hingehen soll? Vergiss es.«
Fünf Jahre, dachte Sander bitter, und immer noch bist du nicht bereit, mit mir so zu reden, wie du es mit Valentin getan hättest. Erst mal ablehnen, bevor du meinen Vorschlag gehört hast. Der ewige zweite Sohn. Vielleicht ist es doch noch zu früh. Er schluckte den Ärger hinunter. »Nein, deshalb rufe ich nicht an. Ich wollte dich um etwas bitten. Eben gerade wegen

deiner fabelhaften Kontakte nach Wolfsburg.« Er begann zu erklären, und Georg hörte zu. Gelegentlich machte er sich eine Notiz. Nur einmal murmelte er etwas, das wie »Kruzi!« klang. Als Sander endlich geendet hatte, schwiegen beide. Dann fragte Sander: »Und? Hilfst du mir?«
Georgs Gegenfrage kam prompt: »Diese Frau – sie bedeutet dir was?«
Sanders Antwort kam zögernd. »Ja.«
»Dachte ich mir. Sonst hättest du dich wohl nicht gemeldet. Nein, du musst nichts sagen, Sander. Jedenfalls freue ich mich für dich«, antwortete Georg resolut. Einem verblassten Bild gleich stieg die Erinnerung an ein kleines isländisches Hotel in ihm auf. An eine Nacht, in der er die Frau gefunden hatte, die ihm alles bedeutete. Es war schon so lange her, aber er hatte es nie vergessen. »Natürlich helfe ich dir.«
In diesem Moment betrat Christiane das Büro. Sie legte ihm einen Zettel hin, dann schüttelte sie abwehrend den Kopf, als Georg gestikulierte, ob sie mit Sander sprechen wollte, und ging wieder hinaus. Georg griff nach dem Zettel und las: ›Frag, ob er nicht doch Weihnachten kommt. Und was mit diesen Bichler-Briefen geschehen soll.‹

»Und«, fragte Christiane, »was meint er zu den Briefen?«
»Er sagt, der Name kommt ihm bekannt vor, aber er kann ihn nicht einordnen und du sollst ihm den Packen schicken.« Inzwischen waren immerhin schon zwölf Briefe an Sander bei ihnen angekommen.
»Und wegen Weihnachten? Was hat er da gesagt?«, wollte Christiane weiter wissen. Sie tat belanglos, aber ihn konnte sie nicht täuschen: In ihrer Stimme schwang ein ängstlich gespannter Unterton mit. »Vielleicht hat er gesagt«, antwortete Georg.

»*Vielleicht?*«, wiederholte Christiane, und ein Lächeln glitt über ihr Gesicht, das alle Anspannung wegwischte, die seit dem Anruf darin gestanden hatte. »Er kommt *vielleicht* zu Weihnachten?«
»Ja, vielleicht«, bestätigte Georg. Dann räusperte er sich. Ihr Lächeln rührte ihn, aber mein Gott, warum eigentlich? Wer weiß, wann Sander sich wirklich wieder in München sehen lassen würde. Und ob er überhaupt käme. Aber immerhin hatte er angerufen, und das war schon mal ein Anfang.
»Ob das auch was mit dieser Frau zu tun hat, dass er vielleicht zu Weihnachten kommt? Wie heißt sie eigentlich, weißt du das? Ist er schon lange mit ihr zusammen? Was, wenn sie schon verheiratet sind und er es uns gar nicht gesagt hat?«
»Christiane. Lass das. Ich habe ihn nicht ausgefragt. Aber so, wie ich Sander kenne, muss es schon was Ernstes sein. Sonst würde er sich nicht so weit aus dem Fenster lehnen. Von der Mark Brandenburg bis nach München, immerhin.« Georg griff nach einem der Honiggläser. Gedankenverloren ließ er den dunklen Tannenhonig auf sein Butterbrötchen tropfen. Er spürte Christianes Blicke und schaute wieder auf. »Ich fahre heute mal wieder zur Hütte hoch«, sagte er. »Nur mal so, nach dem Rechten sehen. Nicht jagen. Hast du Lust mitzukommen? Wir könnten am Starnberger See halten und dort essen gehen. Bei Poldi.« Der Landgasthof war für seine exzellente Küche bekannt.
Christiane schüttelte den Kopf. »Nein, Georg, fahr mal allein. Ich werd noch ein bisschen im Garten arbeiten. Die neuen Pflanzen brauchen Schutz. Kiefernreisig, denk ich. Dieser Frost ist verheerend. Überall hat's schon geschneit. Nur bei uns noch nicht.«
Er nickte und verstand. Es war unmöglich, so zu tun, als sei nichts gewesen. Unmöglich, übergangslos zu dem zurückzu-

gehen, was inzwischen länger als fünf Jahre zurücklag. Was vorgefallen war, hatte nicht nur mit den Jungen zu tun, sondern genauso viel mit ihm und Christiane. Mit ihrer Ehe. Es war manchmal für ihn nicht leicht gewesen, die Distanz auszuhalten. Und wie sie sich fühlte, verrieten ihm die dunklen Schatten unter den Augen, wenn sie morgens aus dem Schlafzimmer kam. Aus *ihrem* Schlafzimmer.

Als er die Treppe herunterkam, um draußen die Hunde aus dem Zwinger zu holen, blieb er verwundert auf dem Treppenabsatz stehen. Töne, vertraut und fremd zugleich, drangen zu ihm hoch. Vorsichtig ging er weiter, als ob ein unbedachtes Geräusch den weichen Fluss unterbrechen würde. Unten angekommen, dämpften dicke Teppiche seine Schritte. Vor dem Musikzimmer blieb er stehen und lauschte. Christiane saß am Flügel, immer noch im Morgenmantel. Mehr als fünf Jahre waren vergangen, seit sie zuletzt gespielt hatte. Es schien sie einiges an Konzentration zu kosten, denn sie hatte nicht, wie früher häufig, die Augen geschlossen, während die Hände scheinbar mühelos über die Tasten glitten. Sie trug ihre Lesebrille, blickte konzentriert auf die Noten vor sich und bewegte den Kopf leicht hin und her. Das, was sie spielte, klang in seinen unmusikalischen Ohren verdächtig nach Mozart. Aber genauso gut konnte es auch Beethoven sein. Oder Haydn.

Georg ging leise weiter, öffnete die Haustür, schloss sie hinter sich und trat in die kalte Winterluft hinaus. Er atmete tief durch. Hier draußen war die Musik kaum noch zu hören. Dafür schlugen die Hunde an, die seine Witterung aufgenommen hatten. Er pfiff leise, und ihr Bellen wurde lauter, aufgeregter, hektischer.

Es ist völlig egal, was Christiane spielt, dachte er, während er zum Zwinger ging. Hauptsache, sie spielt überhaupt wieder.

24. Kapitel

»Komm mit«, hörte sie seine Stimme in ihrem Kopf widerhallen, tonlos, aber eindringlich. Noch bevor Ella die Augen öffnete, wusste sie, wer es war. »Wohin?«, fragte sie zurück. »Wohin soll ich mit dir gehen?« Sie sah den dreieckigen Kopf, die kleinen Ohren, die hellen Augen, den breiten Brustkorb, die langen Beine, die breiten Pfoten. Der Mond schien ins Zimmer. Einzelne Strahlen schienen sich in dem hellgrauen Fell verfangen zu haben, das silbern schimmerte.

»Komm«, sagte das Tier erneut und lief zur Tür. Dort blieb es abwartend stehen, drehte sich um und sah zu ihr. Im Bann der unhörbaren Stimme stand Ella auf und ging in seine Richtung. Bei dem Tier angelangt, berührte sie es kurz, fühlte das dichte Haarkleid. Dann standen sie beide plötzlich im Freien, im Schnee. Weit vor ihnen begann ein hoher Tannenwald. Die hohen Bäume waren so dick verschneit, dass sie eine weiße Fläche bildeten. Aber Ella fühlte keine Kälte. »Es ist an der Zeit. Ich gehe fort«, sagte die Stimme in ihrem Kopf, und der Wolf setzte sich trabend in Bewegung. Ella wusste, dass sie ihm nicht folgen konnte. Nur damit sie ihm hinterherschauen konnte, hatte er sie gerufen. Es sollte so sein. Trotzdem ergriff sie so etwas wie Wehmut über die Trennung, als sie ihn über die weiße Fläche schnüren sah, die seine Pfoten nicht zu berühren schienen. Immer weiter, immer schneller lief er auf ein Ziel zu, das nur er kannte. Bis er sich wie ein heller Blitz gegen die nächtliche Schneelandschaft abhob, ein fremdes Tier

auf einem einsamen Weg, den es niemandem verriet. Ihr Totemtier. Jetzt war es nur noch als ein Strahl erkennbar, wie der Schweif eines Kometen, der in den Himmel hinausschoss. Vielleicht, um im Sternbild Wolf zu verweilen, vielleicht, weil auf dieser Welt kein Platz für ihn war. Weg war er.
Murmelnd drehte Ella sich in ihrem Bett um und erwachte am nächsten Morgen erfrischt wie schon lange nicht mehr. Heute musste sie sich entscheiden, wie es weitergehen sollte. Woher nahm man eigentlich einen Rechtsanwalt, der sich mit Ideenklau auskannte? Schaute man unter Ideenklau im Internet, oder was? Und was war mit diesem Münchner Dickkopf, auf dessen Anruf sie wartete und der sich einfach nicht meldete? Dieses Warten darauf, dass irgendetwas passierte, machte sie verrückt. Außerdem musste sie auch dringend einkaufen. Ihre Vorräte waren weitestgehend aufgebraucht. Da ihr Essen nicht besonders wichtig war, konnte es schon mal passieren, dass ihr etwas ausging. Oder auch schon mal alles. Häufig schob sie es auf, zu einem der seelenlosen Discounter zu fahren, die sich oft am Rand der Hauptverkehrsstraßen hinter großen Parkplätzen befanden. Aber entweder das, oder sie würde in allernächster Zeit auf Tütensuppen zurückgreifen müssen. Und das morgens, mittags und abends. Auf Buchstabensuppen, so dass sie das Wort »Wolf« auf dem Tellerrand legen konnte. Oder »Sander«. Oder »Kuss«. Oder »Sex«. Oder »Idiot«.
Sie schaute auf die Uhr: Viertel vor acht. Draußen war die Welt in dichtem Nebel verschwunden. »Seltsam, im Nebel zu wandern«, murmelte Ella, machte das Radio an und suchte nach einem Zettel. Am besten war es, gleich aufzuschreiben, was sie einkaufen musste. Milch und Müsli, Brot und Butter, Gemüse und Obst, Käse und Thunfisch. Eine Druckerpatrone brauchte sie auch. Was noch? Sie kaute nachdenklich auf dem

Stift herum, als sie zwischen den Bäumen des Wäldchens eine plötzliche Bewegung wahrzunehmen glaubte. Was war das gewesen?

War es überhaupt was gewesen?

War etwa Sander zurück?

Oder wer sonst?

»Rotkäppchen«, sagte sie laut und erschrak vom Klang ihrer eigenen Stimme, wusste nicht mal, warum sie gerade dieses Wort aussprach.

Was immer sie bemerkt hatte: Es war im Nebel verschwunden. Ella starrte nach draußen, bis ihre Augen zu tränen begannen. Aber sie sah nichts als eine graue Wand, die sich wie dichter Rauch auf die Bäume legte und sich zwischen ihnen ausdehnte. Und je länger sie hinausschaute, desto weniger sah sie – und desto größer wurde ihre Gewissheit, dass sie sich nichts eingebildet hatte. Da war etwas.

Sie ließ den Zettel liegen, schlüpfte rasch in ihre Kleidung, griff nach ihrer Jacke und ging hinaus. Jack heulte in seinem Zwinger. »Sander?«, rief sie vorsichtig. Aber sie hatte kein Auto gehört, und warum sollte er auch zwischen den Bäumen hin und her huschen?

Sie trat in das Wäldchen und ging zu der Stelle, wo sie die Bewegung ungefähr zu sehen geglaubt hatte. Suchend schaute sie sich um, aber da war nur feuchte, kalte, undurchdringliche Lautlosigkeit. Bewegungslos stand Ella da und lauschte. Als über ihr zwei Krähen laut krächzend aufflogen, fuhr sie erschrocken zusammen. Von irgendwo meinte sie ein leises Knacken zu hören. Ein fliehendes Tier, ein Reh, das sie gewittert hatte? Vielleicht bildete sie es sich auch nur ein. Aber dann wurde, nicht weit von ihr, der Motor eines Autos angelassen. Mit dem höchst unbehaglichen Gefühl, jemand sei ihr durch die Lappen gegangen, drehte sich Ella um und wollte zum Haus zurücklaufen, als ihr Blick auf einige Zigarettenkippen fiel, die genau vor ihr auf dem Waldboden lagen. Sie bückte sich. Vorsichtig fühlte sie daran. Eine war noch warm.

Hätte ich wohl besser die Buchstaben auf der Tür nicht weggewischt, sagte sich Ella, als sie verärgert von der Polizei zurückkam. Nun bräuchten sie nicht mehr zu kommen, denn die Spuren hätte sie ja selbst beseitigt. Die Zigaretten hätten nichts zu bedeuten, wurde ihr gesagt. Schließlich gäbe es im Wald kein Rauchverbot, jedenfalls nicht, wenn es keine Waldbrandgefahr gäbe. Echte Gefahr hätte nach dem Ermessen der Polizei wahrscheinlich zu keinem Zeitpunkt für sie bestanden, hieß es. Und als der Wolf, der Hund oder was auch immer sie da hatte, ausgebüxt war – war sie sicher, dass es da nicht ihre eigene Schuld gewesen war? Hatte sie nicht zufällig doch die Zwingertür auf gelassen?
Der Trottel, der ihre Anzeige aufgenommen hatte, war ein überheblicher Kerl gewesen. Momentan schien die gesamte Weltbevölkerung aus dieser Sorte Mensch zu bestehen. Von mörderischen Kriegen und wohlkalkulierter Umweltzerstörung angefangen bis hin zu Bankpleiten, die ganze Länder in den Ruin trieben, von Industrieskandalen bis hin zu Bestechungsaffären – Männer, Männer, Männer. Zum Einkaufen hatte sie nun überhaupt keine Lust mehr. Es war wirklich höchste Zeit, sich eine schöne, heiße Buchstabensuppe zum Thema Männer zu machen!

Einen Tag später war sie noch immer nicht weitergekommen. Kein Wort von Sander. Aber bitte, wenn er schmollte – sie rief ihn bestimmt nicht an. Immerhin hatte sie mit einer Rechtsanwältin in Templin gesprochen und für die Woche nach Weihnachten einen Termin mit ihr ausgemacht. Sehr hoffnungsvoll hatte die Juristin zwar nicht geklungen. Aber der Gedanke, Fransing so ganz glatt damit durchkommen zu lassen, war Ella einfach unerträglich. Bis zu dem Termin würde sie alle Dokumente, die sie ihm gemailt und gefaxt hatte, auflisten müssen, unter Angabe von Datum und Uhrzeit … Auch das war ungerecht: Fransing zog sie skrupellos ab, und sie musste die pingelige Strafarbeit erledigen.

Nachdem der Nebel abgezogen war, war es bitterkalt geworden. Am Fenster zeigten sich zarte, wunderschöne Eisblumen, filigrane Kristallbilder in vollendeter Harmonie. Es ging auf Weihnachten zu, das Fest der Liebe … Der exakte Gegensatz zu dem, wie es in Ella aussah.

Ungehalten machte sie mit Jack einen langen Spaziergang, und immer noch übellaunig fand sie bei ihrer Rückkehr eine E-Mail vor, dass im südlichen Brandenburg ein Wolf in eine Fotofalle gegangen war. Daraufhin verschlechterte sich ihre Laune noch mehr. Warum hatten immer nur andere Glück? Sie hatte sich so auf diese Arbeit gefreut. Nun artete für sie das Ganze in einen frustrierenden Wettlauf um Spuren, Hinweise und Fotos aus, den sie regelmäßig verlor. Als ob die Suche nach etwas, das eigentlich hierher gehört, aber nicht da ist, in uns Rivalitäten heraufbeschwört, dachte Ella finster. Eigentlich müsste es das Normalste auf der Welt sein, dass bei uns in Deutschland gelegentlich der eine oder andere Wolf unterwegs ist. Wenn man sie nicht ausgerottet hätte, wären die Naturschützer der verschiedenen Gruppierungen gar nicht nötig. Dann müsste ich mir auch keine Sorgen machen, ob andere besser oder schneller sind als ich. Hätten wir Menschen besser die Finger von der Natur gelassen!

Und jetzt drohte auch noch das Klopapier auszugehen. Die Fahrt zum Supermarkt ließ sich nicht länger aufschieben.

Missmutig schaltete Ella den Computer aus und machte sich

auf den Weg. Sie musste langsam fahren, denn die Landstraße war glatt und ungeräumt. Die Reifen des Busses gehörten schon lange mal erneuert. Sie parkte gerade auf dem fast leeren Parkplatz vor dem schmucklosen Flachbau, als ihr Handy klingelte. Stirnrunzelnd schaute sie auf das Display. Ein Anruf aus dem Institut, aber nicht Fransings Nummer. »Hallo?«, sagte sie unfreundlich.

»Frau Ridder, sind Sie das?« Es hallte und knisterte in der Leitung. »Ja, und wer ist denn da?«

»Dr. Wohlfarth, Präsidium des IWB. Wir hatten noch nicht das Vergnügen.«

Ella griff das Handy fester. Dr. Wohlfarth war der Chef aller Chefs im Institut für Wildbiologie. Es stimmte, sie hatten noch nicht das Vergnügen gehabt, weil Fransing immer sorgfältig darauf geachtet hatte, sie bei sämtlichen Gesprächen außen vor zu halten. Mit Wohlfarth hatte Fransing alle Bedingungen für ihre wölfische Splittergruppe ausgehandelt. Sein Anruf konnte nur eins bedeuteten: das Aus. Andere waren schneller gewesen, hatten mehr herausgefunden, hatten Fotos von Wölfen geschossen, hatten mehr GPS-Daten gesammelt, in einschlägigeren Zeitschriften publiziert, waren in Talkshows aufgetreten, hatten Naturfilme gedreht … entsetzlich. Ella spürte, wie Übelkeit in ihr aufstieg.

»Oh. Herr Dr. Wohlfarth. Nein, wir hatten noch nicht das Vergnügen. Das hatte immer Herr Fransing.«

»Da sagen Sie ein wahres Wort«, antwortete Dr. Wohlfarth. »Ich muss Sie etwas fragen, Frau Ridder, und ich will nicht verhehlen, dass die Beantwortung allein bei Ihnen liegt und für unser Institut von gewissem finanziellem Interesse ist. Auch nachhaltig gesprochen.«

»Jaaaa?«, meinte Ella. Sie drehte das Radio leiser, um die Stimme am anderen Ende besser hören zu können.

Dr. Wohlfarth räusperte sich. »Gestern hat mich der Automobilkonzern angerufen, der Ihr Projekt sponsert.«

Also doch. Ella überlegte, ob sie Wohlfarth einfach wegdrücken und so tun sollte, als hätte es diesen Anruf nie gegeben. Nein, entschied sie, sie würde mit hoch erhobenem Kopf untergehen und, wenn irgend möglich, Fransing mit in den Abgrund ziehen. Dr. Wohlfarth würde gleich erfahren, was für eine Zecke in seinem Institut saß!

»Und nun hat sich ein weiterer Unternehmer, der nicht genannt werden will, an unseren Sponsor gewendet. Offensichtlich besteht von verschiedenen Seiten größtes Interesse, dass Ihre Studie fortgesetzt wird.«

Der Knoten in ihrem Magen lockerte sich.

»Allerdings wurde uns eine Bedingung gestellt.«

»Welche?«, fragte Ella vorsichtig.

Das Joviale verschwand in Dr. Wohlfarths Stimme, jetzt klang er ernst. »Ich weiß, Sie sind eher die Biologin, die in der freien Natur arbeitet. Herr Fransing hat immer wieder betont, dass Sie – nun, wie drückte er es aus? Sie sammeln wohl die Daten, während es seine Aufgabe ist, Ihnen bei der wissenschaftlichen Umsetzung behilflich zu sein. Bitte missverstehen Sie mich nicht, Frau Ridder. Dagegen ist nichts einzuwenden. Hauptsache, als Team haben Sie gut funktioniert.«

»Das stimmt doch überhaupt nicht!«, sagte Ella erbost. »Fransing verdreht die Tatsachen völlig. Ich sitze seit über einem Jahr an meiner wissenschaftlichen Arbeit. Und was macht er? Tut so, als sei alles auf seinem eigenen Mist gewachsen!« Zu spät wurde ihr klar, dass sie es Dr. Wohlfarth ein bisschen gewählter hätte sagen können. Sie biss sich auf die Zunge.

»Ach, ist das so? Das werfen Sie ihm vor? Warum haben Sie sich nicht schon längst damit an mich gewandt?«, fragte Wohlfarth erstaunt.

Ella schwieg. Die Wahrheit war, dass ihr gar nicht der Gedanke gekommen war, an Fransing vorbei zu agieren. Fair zum Unfairen. »Ich dachte an rechtliche Schritte«, murmelte sie schließlich.
»Nun, darüber sollten wir beide mal in aller Ruhe reden«, antwortete Wohlfarth. »Sie werden sehen, dass die Situation jetzt eine ganz andere ist. Aber ich bin froh, dass Sie mir das über Fransing gesagt haben. In jedem Fall erleichtert das mein Anliegen.«
»Inwiefern?« Langsam wurde Ella ungeduldig. Wohlfarth sprach in Rätseln.
»Der Sponsor besteht darauf, dass Sie das Projekt ab sofort alleine leiten und durchführen. Das heißt, Sie haben neben der Sammlung der Daten auch die Aufgabe, selbst Ihre Ergebnisse auszuformulieren und sie weiterzuleiten, sich mit der PR-Abteilung des Konzerns kurzzuschließen, sich zusammenzusetzen, sich weiterführende Aktionen zu überlegen. Von einer Ausstellung zum Thema Wildlife im Osten Deutschlands ist die Rede. Trauen Sie sich das zu?«
Ella war fassungslos. »Ganz allein?«
»Ja, ohne jemanden, der Ihnen vorgesetzt ist. Ich kann gut verstehen, Frau Ridder, wenn Sie da Bedenken haben. Es kommt doch einiges an Mehrarbeit, an Verantwortung auf Sie zu. Neben der Feldarbeit das Wirtschaftliche, das Theoretische, das Verwaltungstechnische. Vielleicht können wir uns ja ein Konstrukt ausdenken, bei dem Sie mit jemandem arbeiten, der nach außen nicht in Erscheinung tritt … Allerdings haben wir dann wieder ein Problem mit den Geldern. Denn sehen Sie, dadurch, dass eine Arbeitsstelle eingespart wird, kann Ihr Projekt länger laufen, und das ist doch wahrscheinlich auch in Ihrem Sinne …«
»Nein!« Ella schrie es fast in den Hörer. »Ich finde es großar-

tig! Ich will gern alles allein machen, und natürlich traue ich mir das zu! Hauptsache, ich bin Fransing los!«
Sie hörte, wie Dr. Wohlfarth am anderen Ende der Leitung lachte. »Ja, das sind Sie dann wohl.«
»Fransing war ja nur auf Zeit für dieses Projekt abgestellt«, sagte Dr. Wohlfarth. »Er wird als wissenschaftlicher Mitarbeiter an ein anderes Institut versetzt. Sollte sich allerdings Ihr Vorwurf bestätigen, dann sehe ich nicht, wie wir ihn weiter beschäftigen sollten. Aber verraten Sie mir eins, Frau Ridder: Wer ist denn dieser Unternehmer, der nicht genannt werden will? Sie scheinen ja sehr einflussreiche Freunde zu haben.«
»Ich habe nicht die geringste Ahnung«, sagte Ella und griff den Hörer noch fester. Sie freute sich so sehr über diesen Anruf, dass ihre Hand zitterte.
»Na, wenn Sie meinen.« Ella hörte, dass Dr. Wohlfarth ihr kein Wort glaubte. »Ihre Ansprechpartnerin wird eine gewisse Frau Vangot sein. Ich habe kurz mit ihr gesprochen. Nach dem ersten Eindruck zu urteilen, kann ich mir vorstellen, dass Sie gut zusammenarbeiten werden. Notieren Sie sich bitte ihre Nummer? Sie erwartet Ihren Anruf.«
Ella kramte hastig in dem Sammelsurium von Bonbonpapier, Schnüren, Kartenausschnitten und Zeitungsartikeln herum, das sich in der Ablage befand, bis sie endlich einen Stift fand.
»Ich höre«, sagte sie, und Wohlfarth gab ihr die Nummer und die E-Mail-Adresse durch.
»Gut, das haben wir dann auch geklärt. Und bitte machen Sie doch demnächst mit meiner Sekretärin einen Termin aus, bei dem wir alles weitere besprechen werden.«
Sie beendeten das Gespräch. Einen Moment lang saß Ella einfach nur da, schaute durch die schmutzige Scheibe auf den grauen Platz, die Betonabsperrungen zwischen den Parkreihen, auf einen Einkaufswagen, der achtlos am Zaun stand.

Vielleicht hatte er sich bei dem Glatteis selbständig gemacht und war gerollt, gerollt, gerollt, bis es nicht mehr weiterging. Aber für sie ging es weiter. Und wie!
Tausend Gedanken wirbelten ihr durch den Kopf. Sie musste Josephine anrufen und ihr von dieser unglaublichen Wendung erzählen! Oder sollte sie alles für sich behalten und die Bombe zu Weihnachten platzen lassen? Und wer war nur dieser geheimnisvolle Unternehmer, der ihren Hals aus der Schlinge zog und gleichzeitig Fransing ein Bein stellte?
Sie stieg aus und ging zu den Einkaufswagen, die unter der Überdachung standen. Automatisch steckte sie einen Euro in den Schlitz, zog den Wagen heraus und betrat den Laden. Langsam ging sie den ersten Gang entlang, lächelte einen pickligen Verkäufer so strahlend an, dass ihm prompt eine große Kiste mit Eistee entglitt, und fasste einen Entschluss: Sie würde diese Wendung von Problem Nummer eins für die Lösung von Problem Nummer zwei nutzen. Rasch griff sie nach ihrem Handy und wählte Josephines Nummer. Als ihre Schwester antwortete, sagte sie: »Josie, sag mir doch mal schnell, was ich für ein Festessen einkaufen muss. Nicht zu kompliziert, bitte. Du weißt, dass ich da schnell an meine Grenzen stoße.«
»Was gibt's denn zu feiern?«, fragte Josephine neugierig.
»Wölfe! Was sonst! Ich darf mein Projekt weitermachen. Alles andere erklär ich dir später. Aber jetzt sag. Was soll ich einkaufen?«
»Ein Festessen für wie viele Personen?«, wollte Josephine wissen.
»Für zwei.«

Schwer beladen zu Hause angekommen – Feldsalat mit Ziegenkäse, Pasta mit Shrimpsahne, zum Nachtisch Eis mit heißen Himbeeren hatten perfekt geklungen, fand Ella –, packte sie die Einkäufe weg und machte Musik an, setzte Teewasser auf und griff dann entschlossen zum Hörer. Ihr Herz klopfte schneller. Vor Freude, weil etwas so Wunderbares geschehen war, versuchte sie sich einzureden, während sie ungeduldig wartete. »Sander«, rief sie, als er endlich den Hörer abnahm. »Du glaubst nicht, was geschehen ist!«

»Hallo Ella«, sagte er am anderen Ende, in einem Tonfall, der unerklärlicherweise warm und abweisend zugleich klang.

»Mein Job ist gerettet! Fransing wird geschasst! Ich soll alles allein machen! Und die Gelder reichen doch noch länger als gedacht!«

»Na, das ist ja super«, sagte er, aber es klang nicht so, als ob er es meinte. Oder als ob ihn die Entwicklung sehr überraschte. Plötzlich überfiel Ella ein Gedanke. Wahrscheinlich abwegig, aber fragen musste sie dennoch. »Sag mal, hast du vielleicht etwas damit zu tun? Ein Unternehmer soll dahinterstecken, hat mir der IFW-Chef erzählt!«

Jetzt endlich lachte Sander. »Natürlich nicht, Ella«, sagte er, und seine Stimme klang vergnügt. »Ich bin doch kein Unternehmer. Ich bin Museumsbetreiber mit einem starken Hang zu roten Zahlen. Du überschätzt meine Verbindungen zur Großindustrie.«

»Ich habe keine Ahnung von deinen Verbindungen«, gab Ella zurück. »Ich fand's nur seltsam, die Sache mit dem Unternehmer, der nicht genannt werden will.«

»Freu dich doch einfach«, antwortete Sander. »Nimm es so hin, ohne zu hinterfragen. Vielleicht haben ja doch mehr Menschen Interesse an Wölfen, als du gedacht hast.«

»Und das von dem Mann, der es sich so schwermacht, etwas einfach mal so hinzunehmen und das Offensichtliche zu erkennen? Aber warum ich dich anrufe …«

»Und das wäre?«, fragte Sander.

»Ich will mit dir feiern! Hast du Lust? Heute? Oder morgen Abend? Dann können wir reden. Über alles, was neulich nicht gesagt wurde«, fügte Ella nach einer winzigen Pause zu. »Im Schwedenpott, wenn du willst!« Ihr Lachen nahm ihren Worten das Bedeutungsschwangere.

Sander schwieg. »Also gut«, sagte er schließlich. »Morgen passt es gut. Wann soll ich da sein?«

Ein bisschen begeisterter hätte er ruhig klingen dürfen, dachte Ella und spürte, wie ihre eigene Freude sank. »Komm um fünf. Wir können ja zusammen dieses verrückte Teil anheizen. Oh, und noch was. Du warst nicht zufällig neulich hier? Als es so neblig war?«

»Nein«, erwiderte Sander. »Wieso?«

»Ach, es ist egal. Ich dachte, ich habe irgendwen ums Haus schleichen sehen.«

»Dr. Blatt?«, fragte Sander.

»Ich weiß nicht. Nein, eher nicht. Ich war ja bei ihm, und er schwört, dass er nichts mit dem Vandalismus zu tun hat. Ich glaub ihm irgendwie. Der ist so kleinkariert, dass ich ihm und seiner Truppe einfach nichts Verbotenes zutraue. Und bei der Polizei war ich auch.« Wieder eine Minipause, dann sagte sie: »Du kommst doch wirklich morgen, Sander?«

»Ja, das tue ich. Wenn nichts Unvorhergesehenes dazwischenkommt.«

»Wie was denn zum Beispiel?«, fragte Ella unruhig. Wäre ja nett, wenn er ihr das sagen würde, bevor sie anfing, die Shrimps zu puhlen!

»Da fällt mir nichts ein«, sagte er leichthin, aber Ella hatte deutlich das Gefühl, dass er log. »Bis morgen dann.«

25. Kapitel

Er lief, um den Kopf freizubekommen. Wenn ab Kilometer drei der Schweiß begann, langsam seinen Rücken hinunterzuperlen, fühlte er sich besser. Im Sommer war er jeden Tag im Wald gelaufen, aber bei dieser Witterung wählte er lieber die Teerstraße, die am Museum vorbeiführte. Die Waldwege waren uneben, unter dem Rauhreif lauerten halbgefrorene Pfützen. Die glatte Eisschicht machte die Baumwurzeln zu gefährlichen Stolperfallen. Er hatte keine Lust, sich hinzulegen. Er musste sich darüber klarwerden, was er Ella heute sagen wollte, oder vielmehr, ob er ihr überhaupt etwas sagen wollte. Neulich Abend wäre alles so einfach gewesen, als seine Hormone auf Hochtouren gelaufen waren. Regelrecht pubertär war seine Lust auf sie gewesen. Du hast zu lange keine Frau gehabt, versuchte er sich einzureden. Wie ein Mönch zu leben ist Schwachsinn. Ein warmes Frauenbein unter den Händen, eine dunkle Locke auf weißer Haut, süßer Duft und ein Busen, der sich an dich drückt, und du wirst verrückt. Willst losplappern. Wozu überhaupt die Enthaltsamkeit? Das wäre Valentin nicht passiert.

Keuchend hielt er an und stützte seine Hände auf den Oberschenkeln ab, um besser durchatmen zu können. Ich muss lernen, dieses Gefühlschaos besser zu sortieren, sagte er sich. Nicht alles durcheinanderzubringen. Ella zu helfen war gut und richtig gewesen. Dazu stand er. Seinen Vater anzurufen war richtig, auch wenn er sich hinterher nicht wirklich gut gefühlt hatte. Ella zu begehren war wahrscheinlich nicht sehr klug, auch wenn es sich sehr gut und sehr richtig anfühlte. Was sollte er heute nun tun? Sich Ella gegenüber öffnen? In Kauf nehmen, dass sie ihn entsetzt anstarrte? Dass in ihren Augen die Ungläubigkeit über sein Verhalten geschrieben stand, die er immer noch über sich selbst empfand? Er richtete sich auf und joggte in wütendem Tempo weiter, die Gedanken in der Vergangenheit.

Sie schwiegen sich an, während Valentin scheinbar ungerührt sein Frühstück mit gutem Appetit zu Ende verzehrte. Sander stützte den Kopf in die gefalteten Hände und vermied es, seinen Bruder anzuschauen. Als Valentin fertig war, verzichtete er darauf, seinen Teller wegzuräumen, und stand auf. Sander dachte gar nicht daran, für ihn den Diener zu spielen. Stattdessen blieb er sitzen und beobachtete, wie Valentin aus dem Schrank mit Georgs Jägerkleidung einige Teile heraussuchte. Die Länge haute hin, aber schlank, wie sie beide waren, waren Valentin die Hosen etwas zu groß. Doch mit den albernen Hosenträgern, die er fand, passten sie gut genug. Als er fertig angezogen war, ging er zu dem schweren Waffenschrank aus Metall. Die Tür schwang auf und gab den Blick auf die Gewehrsammlung frei. Valentin schnalzte leise mit der Zunge, während er die Hand fast zärtlich, über die Waffen gleiten ließ. Er murmelte etwas, bis er entschlossen zu einem Gewehr griff. Er schloss eine Schublade auf, in der sich, wie Sander genau wusste, Munition befand.

»Mach es nicht«, sagte er vom Tisch aus zu Valentin. »Lass es, Bruder.«

»Komisch, dass du mich immer Bruder nennst, wenn du willst, dass ich etwas Bestimmtes tue«, sagte Valentin. Er stand mit dem Rücken zu Sander. Es klickte leise, und Sander wusste, dass er gerade die Waffe lud.

»Ich habe kein Problem damit, dich Bruder zu nennen. Du bist es ja schließlich. Egal, ob ich was von dir will oder nicht. Aber ich warne dich, Valentin. Lass es. Lass den Wolf in Ruhe.«

»Ich denke nicht daran.« Valentin drehte sich endlich um und schlenderte zur Tür. Eine Ausbuchtung in seiner Jacke verriet, dass er noch mehr Munition dabeihatte. »Die Zeiten, in denen ich auf dich gehört habe, sind schon lange vorbei.«

Mit einem Satz sprang Sander auf. »Herrgott nochmal, du bist so ein unsäglich bescheuerter Dickkopf. Dann komme ich eben mit.«

»Warum?«, fragte Valentin ungehalten.

»Um dich daran zu hindern, etwas Hirnrissiges zu tun.«

»Das hast du ja schon immer so gern getan, was? Den Guten gespielt. Tu, was du nicht lassen kannst«, sagte Valentin und riss die Tür auf. Sander konnte hören, dass er wütend war. Das war es, was alles so schwermachte: das Bewusstsein, dass sich der Mensch von ihm entfernte, der ihm jahrzehntelang der Nächste auf der Welt gewesen war. Sein Alter Ego. Seine zweite Hälfte. Einmal, als Teenager, hatten sie aus Spaß überlegt, eine Bank zu überfallen. Bis ins kleinste Detail hatten sie sich das ausgemalt, angetrieben von einer reizvollen Überlegung: Bei ihren fast identischen Fingerabdrücken am Tatort wäre eine Verurteilung praktisch nicht möglich. Und jetzt kam er mit Valentin nicht mehr zurecht. Er entglitt ihm. Mit ihm ging es nicht mehr. Aber ohne ihn auch nicht.

Rasch griff er nach seiner Winterjacke, zog die Stiefel an und warf die Tür hinter sich zu. Valentin war schon vorausgegangen. Er sah ihn in einiger Entfernung vor sich durch den Schnee stapfen, den Spuren nach. Bin ich denn der Hüter meines Bruders?, fragte er sich ungehalten. Offensichtlich, beantwortete er sich selbst die Frage. »Warte wenigstens!«, rief er ihm hinterher. Valentin blieb stehen und drehte sich um. Als Sander bis auf wenige Meter herangekommen war, sagte er: »Ich hab dich nicht gebeten hinterherzukommen. Aber wenn es schon sein muss, dann halt wenigstens die Klappe.«

»Ich lass mir von dir nicht den Mund verbieten«, erwiderte Sander böse, aber er schwieg tatsächlich. Weil es nichts zu sagen gab, weil er seinen Atem sparen wollte und weil Valentin sich schon wieder umgedreht und weitergelaufen war.

Sie liefen und liefen. Einmal kamen sie an der Losung des Tieres vorbei, unübersehbar auf dem hellen Schnee. Obwohl Sander gut trainiert war, wurde ihm allmählich heiß. Es lag nicht nur an dem mühseligen Querfeldein-Laufen, sondern vor allem an der Sonne, die erstaunlich warm schien. Die obere Neuschneeschicht, die sich auf die vereiste Altschicht gelegt hatte, taute zusehends an. Er öffnete die Jacke und ärgerte sich, dass er nicht daran gedacht hatte, seine Sonnenbrille mitzunehmen.

Valentin, der weniger Sport trieb als er und zudem das Gewehr trug, musste inzwischen in Schweiß gebadet sein. Aber er ließ sich nichts anmerken, sondern ging verbissen und mit so großen Schritten voraus, als säße ihm der Teufel im Nacken. »Valentin, hör auf. Lass das. Das führt doch zu nichts. Komm, wir kehren um«, rief Sander und wusste zugleich, dass er sich die Mühe sparen konnte. Erschöpft blieb er mitten auf dem steilen Hang stehen. Die weite Fläche vor ihnen war nur von einem einzigen Waldstück unterbrochen, das in einiger Entfernung begann – die Richtung, in die die Spur führte. Sander ahnte, was Valentin hoffte. Wenn der Wolf nachts unterwegs gewesen war, würde er sich tagsüber im schützenden Dickicht ausruhen. Die Chancen standen nicht schlecht, ihn dort zu überraschen … Noch immer war das Panorama genauso überwältigend wie am Morgen, aber Sander war die Lust an der Naturschönheit längst vergangen.

Vor ihm sagte Valentin etwas, das Sander nicht verstand. »Was?«, fragte er laut.

Valentin wirbelte herum, so schnell es seine schneeverkrusteten Stiefel erlaubten. »Ich denke nicht daran umzukehren!«, rief er. »Hau doch ab! Ich ziehe das hier durch, und wenn es das Letzte ist, was ich tue! Was dir wahrscheinlich in den Kram passen würde!«

»Bist du verrückt geworden?«, fuhr Sander ihn an. »Was unterstellst du mir hier eigentlich?«

»Ich durchschaue dich«, schleuderte Valentin ihm entgegen. »Ich weiß genau, wie scharf du auf die Firma bist. Aber vergiss es. Es ist mir scheißegal, warum du mitgekommen bist. Das Einzige, was ich weiß, ist, dass das hier meine Sache ist. Ich habe keine Lust, mit dir zu teilen, dem ewigen guten Jungen, der nicht halb so gut ist, wie er immer vorspielt. Der so tut, als müsste er für mich die Verantwortung übernehmen, aber in Wirklichkeit nur sein eigenes Ding machen will. Lass mich endlich allein. Ich will dieses verdammte Biest finden. Und wenn ich es habe, dann bist du außen vor. Und eins ist klar: Für dich ist dann kein Platz mehr in der Firma!« Schwer atmend und mit einem Blick, aus dem tiefste Ablehnung sprach, stand Valentin vor Sander. Dieser spürte, wie ihn ein Zittern erfasste. »Oh ja? Das ist dein Plan? Deshalb führst du hier die Schmierenkomödie des wilden Bergjägers auf? Was für ein Arsch du bist, Valentin! Ich bin genauso gut oder schlecht, wie ich bin. Ich hab's nicht nötig, dir etwas vorzumachen. Ich sag dir mal was: Du tickst nicht sauber. Dir geht es nur um Macht und Geld.«

»Und wenn schon! Vater versteht mich.«

»Nein«, widersprach Sander heftig. »Wenn Vater dich so sehen würde, würde er es nicht verstehen. Es geht ihm darum, dass einer von uns beiden die Firma weiterführt. Ich weiß, dass er manchmal rücksichtslos sein kann. Aber nie ist er so unbeherrscht wie du jetzt. Weißt du was? Mir reicht's. Ich geh zurück, packe, und wie du nach München kommst, ist mir egal. Von mir aus kannst du auf dem Wolf reiten.« Er wandte sich zum Gehen.

»Ja, fahr du nach München. Und am besten wäre es, wenn du mir nicht mehr unter die Augen kommst!«, brüllte Valentin. »Ich werde Vater erzählen, wie du hier gegen mich angehst! Und dann brauchen wir nicht mehr zu warten, um zu wissen, wer mal das Sagen hat.« Er riss das Gewehr von der Schulter und richtete es auf Sander.

Er hat es nicht entsichert, das war alles, was Sander denken konnte. Trotzdem starrte er in die dunkle Mündung, und sein Körper straffte sich in der vergeblichen Hoffnung, die Wucht der Kugel abzufangen. Doch dann ging der Augenblick vorbei, und Valentin zischte, völlig außer sich: »Schiss, was? Ich wünschte, es gäbe dich nicht. Mein Leben wäre unendlich viel besser, wenn du tot wärst.« Er schwang das Gewehr wieder über die Schulter.

Und jetzt war es auch mit Sanders letzter Beherrschung geschehen. Der Schnee wurde rosa, weil er ihn plötzlich durch eine rote Welle der Wut sah. »Du bist völlig durchgeknallt, Valentin. In irgendeiner Ecke wusste ich es schon immer. Aber schön, dass wir endlich mal einer Meinung sind!«, brüllte er zurück. Dann drehte er sich um und begann, trotz des tiefen Schnees, allein in die Richtung zu joggen, aus der sie zu zweit gekommen waren. Er musste seine Wut abarbeiten. Entweder das, oder er würde Valentin hinterherlaufen und eine gnadenlose Prügelei mit ihm anfangen.
Als er die weiße Fläche hinter sich gelassen hatte, kam er zu einem hohen Felsen. Er drehte sich ein letztes Mal um und sah ganz weit hinten eine dunkle Gestalt, die auf das Waldstück zustapfte. Nur noch wenige Augenblicke, und Valentin würde sein Ziel erreicht haben.

Ich bin noch nicht so weit, dachte Sander müde und verschwitzt, als er eine Dreiviertelstunde später langsam auf die Rote Burg zuging. Solange er immer wieder an jenen Tag denken musste, war es für ihn zu früh für das, was man Liebe nannte. Liebe bedeutete Verantwortung, bedeutete, zuversichtlich zu zweit nach vorn zu schauen und die Gespenster der Vergangenheit zu vergessen. Und dass er darin nicht gut war, hatte ihm gerade wieder seine Erinnerung bewiesen. Alle Freiheit, die er in Ellas Gegenwart empfand, war eine Illusion, jede Leichtigkeit ein Irrtum, jeder Kuss ein Trugschluss. Es konnte einfach nicht funktionieren. Er verdiente es nicht. Das Glück floh vor ihm, und recht hatte es.

Eine halbe Stunde später ging er frisch geduscht in sein Zimmer. Er fühlte sich gut in seinem Körper, wie immer nach dem Laufen. Aber ansonsten … Er griff nach der Gitarre, ließ sich in seinen alten Ledersessel fallen. Einen Moment starrte er vor sich hin, dann begann er gedankenverloren einige Akkorde zu zupfen, die allmählich die Gestalt eines Songs annahmen. *»Layla, you got me on my knees«*, murmelte er, ohne die Stimme zu erheben. Er runzelte die Stirn. Er kannte das Lied in- und auswendig, hatte es schon viele Male gesungen, aber irgendetwas stimmte heute nicht mit dem Text. Er klang nicht richtig in seinen Ohren. Noch mal und noch mal murmelte er ihn, bis er endlich verstand. Es war der falsche Name.

»Genug!«, sagte er, verärgert über sich selbst, und stellte die Gitarre neben den Sessel. Er stand auf und lief zu dem flachen Regal, das neben der Tür stand.

Dort lag die zarte Kugel aus weißem Porzellan, die er auf dem Weihnachtsmarkt gekauft hatte, um sie Ella zu schenken. Sander legte sie auf seine Handfläche, las die Inschrift und dachte: anrufen oder nicht anrufen? Das ist hier die Frage. Dann legte er die Kugel entschlossen zurück.

Es ist noch nicht zu spät, versuchte er sich zu beruhigen, als er zum Telefon griff. Wenn ich jetzt absage, ist noch kein Schaden angerichtet. Sie wird ja wohl kaum jetzt schon bei den Vorbereitungen fürs Essen sein. Geschweige denn, den Schwedenpott angeheizt haben! Wahrscheinlich denkt sie noch nicht mal an unsere Verabredung heute Abend.

Und wenn ich sage, dass ich heute nicht komme, wird sie das sicher verstehen.

26. Kapitel

»Mir ist gerade noch was eingefallen«, sagte Josephine statt einer Begrüßung, als Ella ans Telefon ging. »Wenn du die Shrimps brätst, muss du aufpassen, dass sie nicht …«

»Vergiss es«, sagte Ella wütend. Mit dem Hörer in der Hand ging sie zum Kühlschrank und nahm beide Flaschen Rotkäppchen-Sekt heraus, die sie gekauft hatte. »Er hat angerufen und abgesagt.«

»Das hat er nicht!«, rief Josephine ungläubig aus.

»Wenn ich's dir doch sage«, antwortete Ella und griff nach dem Flaschenhals. Sie klemmte sich den Hörer zwischen Schulter und Ohr, um beide Hände frei zu haben.

»Aber wie hat er das denn erklärt?«, wollte Josephine wissen. »Ich meine, so wie du das gestern erzählt hast, klang's doch eher so, als ob ihr heute endlich …. Was plätschert denn da?«

»Ich gieß gerade den Sekt in den Ausguss«, erklärte Ella.

»Ach, Ella.« Josephine seufzte. »Sei doch nicht immer so impulsiv. Der Sekt kann nichts dafür. Morgen ärgerst du dich. Lass wenigstens die Shrimps am Leben. Oder im Tiefkühlfach.«

»Ich will nichts essen und nichts trinken, was mich an Sander Engelbrecht erinnert«, gab Ella böse zurück. »Im Hals stecken bleiben würde es mir. Ich bin mit ihm fertig. Das war's, der letzte Versuch. Der hat mich nicht verdient. Das ist kein Mann, das ist eine wandelnde Unentschlossenheit. Schade, dass Jack ihm am ersten Tag nicht gleich an die Gurgel gesprungen ist! Oh, ich ärgere mich so über mich selbst! Und ich lad ihn auch noch in dieses Holzmonstrum ein! Wie entwürdigend! Zerhacken werd ich es! Verbrennen!«

»Vielleicht war ihm das zu viel Nähe«, spekulierte Josephine bedächtig. »Was hat er denn eigentlich gesagt, warum er heute nicht kommt?«, fragte sie dann weiter in dem Versuch, Ella zurück auf den Boden nüchterner Tatsachen zu bringen.

»Er hat nicht viel gesagt und erst recht nichts, woraus ich schlau werden könnte. Das Gespräch hat ungefähr vier Sekunden gedauert. Das war ihm hundertprozentig zu viel Nähe! Er meinte nur, er sei noch nicht so weit.«

»So weit womit denn?«, fragte Josephine.

»Siehst du, das hat er eben nicht gesagt. Das sagt er ja nie! Er geht einen Schritt vor, zwei zurück. Da muss man keine Meisterin in Mathematik sein, um zu kapieren, wo die Reise hingeht, oder? Es ist mir auch egal, was er hat. Schluss, aus, vorbei. Ich habe überhaupt keine Lust, Energie auf jemanden zu verschwenden, der mich nicht will. Auf mich wartet ein Haufen Arbeit, und da kann ich sowieso keinen Mann gebrauchen«, erklärte Ella, aber ihr unglücklicher Tonfall sprach eine andere Sprache, fand Josephine.

»Hör mal, Ella«, sagte sie mitfühlend. »Willst du vielleicht früher zu uns kommen? Damit wir noch ein paar Tage zusammen haben, bis die anderen zum Fest eintrudeln?«

»Ich weiß noch nicht. Ich weiß gar nichts mehr.« Nun weinte Ella. »Ich ruf dich morgen wieder an.« Und damit legte sie auf.

Ein ganzes Stück weiter nördlich, an einem vereisten Seerosenteich nahe der Müritz, stand Josephine neben dem Telefon. Bedrückt spielte sie kurz mit dem Gedanken, alles stehen- und liegenzulassen, sich ins Auto zu setzen und zu Ella zu fahren. In diesem Moment kam Severin ins Zimmer ge-

schlendert. »Na, Prinzessin«, sagte er, »so allein?« Er trat an sie heran und umarmte sie.
»Gabriel ist bei Michel, und Leni schläft«, antwortete sie und lehnte ihren Kopf gegen seine Schulter, atmete den warmen, vertrauten Duft ein. »Ella hat mit diesem Sander Engelbrecht Probleme.«
»Das wird schon«, antwortete Severin zuversichtlich und küsste sie auf den Scheitel ihres glatten schwarzen Haares. »Sie ist deine Schwester. Kein Mann kann da auf Dauer nein sagen. Unmöglich.«
»Ach, du spinnst ja«, sagte Josephine, fuhr aber mit ihren Händen unter seinen Pullover, bis sie seine warme Haut spürte.
»Tu ich nicht«, widersprach Severin und zog sie noch dichter an sich heran. »Du wirst schon sehen. Wollen wir nicht auch ein bisschen nach oben gehen, solange Leni schläft?«

Arbeit half – manchmal. Aber heute nicht. Seit über einer Stunde saß Ella wie versteinert vor dem Monitor. Sie war total blockiert. Sanders Absage hatte sie tief gekränkt.
Aber natürlich hatte Josephine mal wieder recht gehabt. Es tat Ella jetzt schon leid, dass sie den Sekt vernichtet hatte. Ein, zwei Gläser hätten vielleicht geholfen … Sie hörte etwas, schaute auf und lauschte. Ein Auto. Da kam ein Auto. Ihr Herz klopfte schneller. Das musste Sander sein. Musste einfach. Was sollte sie tun? Sich anhören, was er zu sagen hatte? Eigentlich war sie so sauer, dass sie ihn nie, nie wiedersehen wollte.
Sie hörte, wie der Wagen direkt vor dem Haus hielt. Sie hörte eine Autotür ins Schloss fallen. Es klopfte an der Tür.
Ella stand auf. Das ist er, sagte sie sich. Der Moment der Wahrheit. Jetzt werde ich endlich erfahren, welches Spiel er spielt. Und dann kann er von mir aus abhauen. Genauso werde ich ihm das sagen!

Sie riss die Tür auf. Vor ihr stand nicht Sander, sondern eine Frau. Eine aparte Frau in einem schwarzen Lammfellmantel und schwarzen Lederhandschuhen. Sie trug schwarze Stiefel, die eng an ihren schlanken Beinen anlagen. Sie war sehr blass. Doch das Auffallendste an ihr war zweifellos ihr Haar. Es hatte die Farbe von loderndem Feuer – rot mit einem Stich orange, das sich dramatisch vom Weißgrau des Hintergrunds und dem Schwarz ihres Mantels abhob. Sie trug es zu einem exakten kurzen Pagenkopf geschnitten, der ihren Schädel wie eine enge Kappe einhüllte. Rotkäppchen, dachte Ella sofort.
Während Ella sie noch anstarrte, stieß die Frau die Tür weiter auf und ging wortlos an ihr vorbei in die Blockhütte. »Entschuldigung«, sagte Ella erstaunt und schaute ihr nach. »Wer sind Sie? Und was machen Sie hier?«
Abrupt blieb die Frau stehen, mit dem Rücken zu Ella. Dann drehte sie sich wie in Zeitlupe um und begann langsam, ihren Mantel aufzuknöpfen, während sie den Blick durch die Hütte schweifen ließ. Unter dem schwarzen Mantel trug sie ein schwarzes, kurzes Wollkleid. Sie hob die blassen Augenbrauen und sah Ella abschätzend an. Dann sagte sie: »Ich wollte mal sehen, wie die Schlampe aussieht, die meint, sie hätte ein Anrecht auf meinen Mann.«

Im ersten Moment war Ella überzeugt, dass sie sich verhört hatte. Aber der Gesichtsausdruck der Frau war so feindlich, dass ein Irrtum ausgeschlossen war. Sie hatte diese ungeheuerlichen Worte tatsächlich gesagt. »Wovon reden Sie?«, fragte Ella, um diese Frechheit wenigstens zu begreifen, bevor sie die Frau aus der Hütte warf.
»Die Rolle der Unschuld steht dir nicht, Wolfslady«, sagte die Fremde. »Ihm hinterherlaufen wie eine läufige Hündin und sich ihm an den Hals werfen, das trifft es wohl eher.«

Plötzlich beschlich Ella ein ungutes Gefühl. »Reden Sie von Sander?«, fragte sie unsicher.
»Nenn ihn nicht so!«, fuhr die Frau sie an. »Und spiel hier nicht die Nichtsahnende, ja? Das geht jetzt schon seit Wochen! Kapierst du nicht, dass er nichts für dich ist? War ich nicht deutlich genug? Hast du immer noch nicht verstanden, dass du besser die Finger von ihm lassen sollst?« Sie griff in ihre Manteltasche, holte Zigaretten und ein Feuerzeug heraus und steckte sich mit fahrigen Bewegungen eine Zigarette an. »Wir könnten so glücklich sein, wenn du dich nicht dazwischengedrängt hättest.«
»Sander ist verheiratet? Mit Ihnen?«, fragte Ella ungläubig.
Die Frau stieß Rauch aus. »Er braucht mich doch«, sagte sie nachdenklich, ohne Ellas Frage zu beantworten. »Er weiß bloß noch nicht, wie sehr. Ohne mich macht sein Leben keinen Sinn.«
»Wohnen Sie zusammen auf der Roten Burg? Oder in München?« Ella verstand es immer noch nicht, aber sie wollte es verstehen. Hatte Josephine auch darin recht gehabt, dass Sander in festen Händen war? Es wollte ihr nicht in den Kopf. Auf der anderen Seite: Hatte sie nicht selbst auch daran gedacht? War das nicht die plausibelste Erklärung gewesen, warum er sich immer und immer wieder zurückzog?
Aber er war sichtlich erbost gewesen, wie sie ihn mit einer anderen Frau in Verbindung bringen konnte. Das ließ nur einen Schluss zu: Sander hatte ihr etwas vorgespielt. Hinter der Maske des schweigsamen Teilzeit-Verführers musste er ein genauso fieser, durchtriebener Lügner wie Martin Fransing sein. Plötzlich versteinerte sich ihr Herz und wurde zu einem Eisklumpen, aus einem tiefgefrorenen märkischen See herausgehauen und direkt in ihren Körper verpflanzt.
»Ja, in München. Vor fünf Jahren. Da fing alles an. Da gehört er

hin. Nicht hierher, in diese unzivilisierte Ost-Wildnis«, sagte die Rothaarige und schaute an Ella vorbei aus dem Fenster. Es wurde allmählich dunkel. »Dort war es das erste Mal. Wir wussten beide sofort, dass es für immer war.« Achtlos schnipste sie die Asche auf den Boden. »Dann so lange nichts. Weg war er, wie vom Erdboden verschluckt. Und endlich habe ich ihn wiedergefunden. Das lass ich mir nicht nehmen. Von niemandem!« Die letzten Worte schrie sie fast, laut und wütend.

Unzivilisierte Ost-Wildnis, also wirklich, dachte Ella empört, sagte aber nichts. Etwas an dieser Frau war unheimlich. Was sie sagte, ergab keinen rechten Sinn. Wenn sie mit Sander verheiratet war, warum war er dann wie vom Erdboden verschluckt? Er war doch schon etliche Monate in der Schorfheide. »Aber Sander und ich sind doch gar nicht zusammen«, versuchte sich Ella zu rechtfertigen. »Ich mach Ihnen keine Konkurrenz, bestimmt nicht. Er hat noch nie über seine Gefühle gesprochen. Und kein Wort darüber, dass er verheiratet ist! Und distanziert ist er auch.« Meistens jedenfalls, dachte Ella und spürte einen dicken Kloß im Hals. Jetzt bloß nicht auch noch heulen.

»Du sollst ihn nicht so nennen«, zischte die Frau. »Und von wegen nicht zusammen! Die Knutscherei vor der Tür sah aber gar nicht danach aus. Na, er wollte ja nicht mit in diese Bruchbude. Hätte mich auch gewundert. Er ist weiß Gott Besseres gewöhnt.« Verächtlich sah sie sich um, bis ihr Blick an einem Punkt hinter Ella hängenblieb.

»Sie haben uns hinterherspioniert?«, fragte Ella ungläubig. Plötzlich machte alles einen Sinn. »Sie waren das! Sie haben Jacks Gehege aufgeschnitten. Sie haben meine Tür beschmiert. Meinen Reifen zerstochen. Angerufen! Und Sie haben da draußen im Nebel gehockt und mich beobachtet!« Ihr Blick flog zu der Zigarette.

»Wenn du nicht mehr da bist, wird er verstehen, wie gut ich für ihn bin«, sagte die Frau.

»Ich bin aber da. Und ich bleib auch hier, bei meinem Job. Da können Sie reden, so viel Sie wollen«, antwortete Ella fest, machte aber gleichzeitig einen ersten Schritt rückwärts. Sie wollte weg.

»Besser ein Messer als ein Wort«, sagte die Frau traumverloren. Dann stürzte sie sich auf das Gewehr, das hinter Ella an der Wand lehnte. Verdammt, dachte Ella, während die Frau die Waffe triumphierend an sich riss. Darauf hatte das böse Rotkäppchen also gestarrt. Aber jetzt war es zu spät. Das Gewehr war geladen, aber nicht entsichert. Ob die Frau das wusste?

»Und jetzt los«, befahl die Frau, hob die Waffe und legte auf sie an. Alles Verträumte war von ihr abgefallen.

»Wohin?«, fragte Ella.

»Raus. Nein, du brauchst keine Jacke«, fügte sie hinzu, als Ella danach griff. »Geh vor.«

Ella öffnete die Tür und spielte kurz mit dem Gedanken, sie blitzschnell hinter sich zuzuwerfen und ins Gebüsch zu sprinten. Aber da war die Frau schon hinter ihr und drückte ihr den Gewehrlauf in den Rücken. »Schön langsam«, befahl sie.

»Und wohin jetzt?«, fragte Ella. Nie war ihr die harzige Winterluft weniger tröstlich vorgekommen und der Wald einsamer als in diesem Moment. Und kalt war ihr auch.

»Zum Wolf.«

Gehorsam lief Ella die Treppen hinunter, dicht gefolgt von der Frau. Lief sie langsamer, war da sofort der harte Lauf, direkt zwischen ihren Schulterblättern. »Mach auf«, sagte die Frau laut, als sie bei Jacks Gehege angekommen waren. Jack schoss aus seiner Hütte und wollte auf Ella zurennen, stoppte aber abrupt, als er die Fremde witterte. Ella, die mit zittrigen

Händen die Zahlensicherung des Schlosses eingab, beobachtete aus den Augenwinkeln, wie er sich abwartend hinkauerte. »Rein mit dir«, sagte die Frau, schubste Ella in den Zwinger, schob die Tür hinter ihr rasch zu und verdrehte das Nummernschloss.

Beim Klang der unbekannten Stimme knurrte Jack leise grollend. »Ruhig, Jack«, sagte Ella besänftigend, aber Jack beachtete sie gar nicht. Er ließ die Frau nicht aus den Augen. Mit hochgezogenen Lefzen und gekräuseltem Nasenrücken, die Zähne entblößt, starrte er die Frau an. Seine Ohren waren aufgerichtet, die Rute war leicht gehoben. Er sah aggressiv aus. Er *war* aggressiv.

Die Frau hatte sich mit dem Gewehr hinter dem Gitter aufgebaut. Die Art, wie sie es hielt, und ihre Haltung verrieten Ella, dass sie Waffenerfahrung hatte. Plötzlich steckte sie den Lauf durch den Maschendraht und traf Jack hart in die Flanke, der laut aufjaulte und zur Seite sprang.

»Lassen Sie das«, rief Ella zornig.

»Fall doch lieber sie an, deine Lady«, sagte die Frau zu Jack, der sie weiter anknurrte. »Das wäre das Beste. Aber ich sehe schon, keine Chance. Noch so ein Dummkopf.« Sie zielte auf Jack. Mit gesträubten Nackenhaaren und dumpf grollend knurrte er sie furchteinflößend an, und die Frau entsicherte das Gewehr. Sie lachte, laut und triumphierend.

Das schrille Geräusch war für Jack zu viel. Mit einem großen Satz flog er durch die Luft und begann wie rasend gegen das Gitter zu springen. Die Frau wich einen Schritt zurück, hielt das Gewehr aber immer noch konzentriert auf ihn gerichtet. Ella ignorierte das Gewehr und rannte zum Zaun, um Jack aus der Schusslinie zu ziehen. Sie packte ihn am Nackenfell und versuchte, das aufgebrachte Tier wegzuzerren. Aber vergebens. Schlagartig wurde ihr klar, dass alle Spaziergänge mit

Jack an der Leine nur möglich gewesen waren, weil er es so wollte. Reine Vertrautheit, weil er sie als Anführerin seines Rudels akzeptiert hatte. Denn hier zeigte er seine geballte Kraft: ein Körper aus Muskeln und Sehnen, Zähnen und tierischem Adrenalin, aus Wildheit und einem untrügerischen Instinkt für Gefahr.

Tief aus seiner Kehle drangen jetzt Geräusche, die Ella noch nie gehört hatte. Erschrocken ließ sie sein Nackenfell los.

Während sie in einem Bruchteil einer Sekunde entscheiden musste, ob sie vor ihrem tobenden Halbwolf Angst haben musste, sah sie aus den Augenwinkeln, wie die Frau, höchstens zwei Meter von ihr entfernt, inzwischen das Gewehr auf sie gerichtet hatte. Sie zielte und krümmte langsam den Zeigefinger.

»Nein, nicht!«, rief sie. Da krachte schon der Schuss.

27. Kapitel

Seit dem Anruf bei Ella ging es Sander so schlecht wie schon lange nicht mehr: Erst die Enttäuschung in ihrer Stimme zu hören, die in Kälte umschlug, und dann noch ihre wütende Aufforderung, er möge sie doch bitte ein für alle Mal in Ruhe lassen, lagen wie ein Stein auf seiner Seele.
Natürlich hatte er gewusst, dass er sich selbst belog, als er sich vormachte, sie würde Verständnis für seine Entscheidung haben. Natürlich hatte er gewusst, dass sie sauer auf ihn sein würde. Auch wenn es im Moment schmerzte, schien es ein verhältnismäßig niedriger Preis dafür, ihr nicht die Wahrheit sagen zu müssen, versuchte er sich zu beschwichtigen. Weil die Zeit dafür eben noch nicht reif war – und es vielleicht niemals sein würde.
Nichts half gegen das hohle Gefühl, das sich mit jeder Minute mehr in ihm ausbreitete. Lustlos klimperte er auf der Gitarre herum, sang leise *Don't know, why I didn't come* und fand, dass er einfach schrecklich klang, wie ein liebeskranker Kater. Ungehalten stellte er das Instrument weg, warf den Fernseher an und zappte sich durch ein unerträgliches Nachmittagsprogramm. Nachdem er den Fernseher wieder ausgeschaltet hatte, starrte er eine Weile in die Dämmerung, bis er sich schließlich mit einem Ruck aus seinem Sessel stemmte. Statt herumzusitzen, könnte er genauso gut arbeiten.
Er war schon im Büro, als ihm einfiel, dass er die Post noch nicht geholt hatte. Also ging er noch mal hinaus, zum Brief-

kasten, der an einer versteckten Stelle an der Außenmauer angebracht war. Normalerweise brachte Karin die Post mit rein, aber da sie am Samstag nicht arbeitete, musste er an diesem Tag selbst daran denken. Oder sie blieb eben bis Montag darin liegen und somit ungelesen.

Er öffnete den Kasten. Mehrere Briefe und ein dicker Umschlag glitten ihm entgegen. Er fing alles auf, bevor es in den Matsch fallen konnte, und ging zurück in die Rote Burg.

Im Büro machte er Licht an, warf die Briefe auf den Schreibtisch und begann einen nach dem anderen zu öffnen. Im ersten war eine Rechnung von Max, die würde er sofort per Online-Banking bezahlen. Gute, schnelle Arbeit, gute, schnelle Bezahlung, das war nur fair. Dann nahm er den dicken Umschlag in die Hand. Stirnrunzelnd sah er auf den Absender, links oben auf der Vorderseite geschrieben: Christiane Engelbrecht. Was schickte seine Mutter ihm nur?

Als aus dem Kuvert ein Bündel Briefe herausfiel, erinnerte er sich wieder. Er nahm den ersten Brief in die Hand, drehte ihn um. Richtig, Bichler stand dort als Absender. Bichler. Es stimmte, was er seinem Vater gesagt hatte, der Name kam ihm bekannt vor. Aber er konnte ihm kein Gesicht zuordnen. Es war niemand, mit dem er während der Zeit in Vaters Firma etwas zu tun gehabt hatte, da war er ziemlich sicher. Dafür weckte der Name eine vage Assoziation von etwas anderem … Nein, er kam nicht drauf.

Willkürlich wählte er einen der vielen Briefe und öffnete ihn. Ein einziges, mehrfach gefaltetes Blatt befand sich darin. Als er es herausnahm und auseinanderfaltete, fiel ihm ein zartes Büschel stark gekräuselter roter Haare entgegen. Er starrte überrascht darauf, bevor er es mit einer angeekelten Bewegung vom Schreibtisch fegte. Das Blatt war über und über mit einer winzigen Schrift bedeckt, ohne Rand und mit dem starken Hang, nach rechts unten hin abzudriften. Er musste die Augen zusammenkneifen, um die Worte entziffern zu können. Meine Güte, wer schrieb denn so? Er begann zu lesen:

Mein Lieber,

ich verstehe einfach nicht, dass du dich nicht meldest! Schon der vierte Brief, und keine Antwort von dir. Ehrlich, ich bin enttäuscht. Spürst du denn nicht, wie sehr ich mich nach dir sehne? Ich will dort weitermachen, wo wir vor fünf Jahren aufgehört haben. Ich kann an nichts anderes mehr denken. Dein Foto hat alles zurückgebracht, von dem ich glaubte, ich hätte es überwunden. Es war ein Irrtum. Dich kann ich nie vergessen, egal was sie mir gesagt haben. Und sie haben mir viel geraten, das darfst du mir glauben. In endlosen Gesprächssitzungen haben sie von der Hoffnungslosigkeit gesprochen, wollten, dass ich endlich einsehe, dass alle Hoffnung vergebens ist, dass ich dich aufgeben soll!!!! Dass ich aufhöre zu weinen. Pillen haben sie mir auch gegeben. Die ich natürlich nicht genommen habe. Was glauben sie denn? Dass Pillen gegen das Weinen helfen? Blödsinn. Doch dieses Foto, plötzlich macht alles wieder Sinn. Diese schlimme Leere ist vorbei, denn jetzt bist du wieder da! Aber ich brauche ein Zeichen von dir. Ich muss von dir hören, warum schreibst du denn nicht! Wenn du dich meldest, komme ich, das wirst du sehen. Schon am nächsten Tag werde ich bei dir sein! Wie viel länger noch? Ich vergehe vor Ungeduld, warte hier in München auf ein Zeichen und würde viel lieber bei dir sein. Aber du scheinst noch Zeit zu brauchen. Ich weiß, dass auch du mich nicht vergessen hast. Ich weiß es einfach. Diese Wolfslady kann nicht der Grund für dein Schweigen sein. Erinnerst du dich noch, wie es war, wenn du mich nachts abgeholt hast? Wie du immer Champagner dabeihattest? Es war so ein kalter Herbst. Aber das musste so sein, glaube ich. Damit unsere Nächte noch heißer brennen konnten. Und wie wir uns geliebt haben! Weißt du nicht mehr, als wir in der Badewanne saßen und du mich …

Hier erging sich der Brief in sehr deutlichen Beschreibungen, und in diesem Tenor ging es danach auch weiter. Was zwar die Schamhaare erklärte, aber sonst leider nichts.

Allmählich begannen Sanders Augen zu tränen. Ein Irrtum, entschied er. Diese Briefe mussten ein Irrtum sein. Er hatte nie jemanden mit Champagner abgeholt und dann »brennende Nächte« in Badewannen verbracht. Das wüsste er doch! Er sah auf die Unterschrift. Er kannte diese Frau nicht. Von ihr hatte er noch nie gehört.

Nein. Das stimmte nicht. Er kannte den Namen, aber wusste nicht, woher.

Schnell überprüfte er die Poststempel der anderen Briefe und fand schließlich den ersten. Hastig riss er ihn auf. Heraus fielen wieder ein Blatt in dieser unsäglichen Handschrift – und ein Computerausdruck des Fotos, das er sehr gut kannte: Es zeigte ihn und Ella in einer sinnlichen Ganzkörper-Umarmung, die zu diesem Zeitpunkt keinen Augenblick so gemeint war. Er lächelte kurz, als er Ellas helle, weit aufgerissene Augen sah, die in die Kamera blickten. Er begann den Brief zu lesen, aber sein Blick blieb bereits an der Anrede haften. Und während er noch auf den Namen starrte, mit dem die Schreiberin ihn anredete, setzten sich in seinem Hinterkopf verschiedene Szenarien zusammen. Hastig überflog er die Zeilen: intime Beschreibungen, von denen er nichts wissen wollte, gemeinsame Erinnerungen, die ihm nichts sagten, eine

Vergangenheit, die er nie gelebt hatte. Und dazu noch die ständige Wiederholung, ihn sehen zu wollen, Vorschläge für Treffpunkte in München, die flehende Bitte um eine Nachricht von ihm. Und immer wieder die klagenden Vorwürfe, was er denn mit dieser Wolfslady wolle. Dass sie doch nicht gut genug für ihn sei. Ihn, den Erben, den Lover, den Mann, mit dem sie das Leben verbringen wollte, der zu ihr gehörte.
Er sah den Stapel durch, bis er zu dem letzten Brief kam: Sie denke nicht daran, sich mit seinem Schweigen abzufinden, sie sei bereit, um ihn zu kämpfen …
Sander ließ Brief Nummer eins sinken. Jetzt wusste er, wer die Briefe geschrieben hatte. Auch wenn er noch nicht ganz verstand, wie es zu diesem Irrtum hatte kommen können.
Aber eines wusste er genau: Diejenige, die ihn mit seinem toten Zwillingsbruder verwechselte und diese Briefe geschrieben hatte, musste Ella bis auf den Tod hassen.

Sein erster Impuls war, Ella anzurufen. Er wollte ihr von diesen Briefen erzählen. Musste sie irgendwie warnen. Gut, die Schreiberin hockte wahrscheinlich in München. Jedenfalls waren die Briefe dort aufgegeben. Aber das Foto von ihnen beiden, das nicht nur im Schorfheider Anzeiger, sondern auch im Internet erschienen war, hatte offensichtlich etwas in ihr ausgelöst. Etwas ziemlich Krankes, Besessenes. Er griff nach dem Hörer, ließ ihn aber wieder sinken. Besser war es, direkt zu Ella zu fahren. Und zum Teufel damit, wenn er sich dazu überwinden musste, ihr alles zu erklären. Ella musste ihn einfach anhören. Schließlich war es ihr Name, der in den Briefen immer wieder fiel. Und das Allerletzte, was er wollte, war, dass ihr etwas passierte.
Danach konnte sie ihn immer noch rausschmeißen.

Plötzlich hatte er es sehr eilig. Er griff sich ein paar Briefe, damit er sie ihr, sollte es nötig sein, zum Beweis zeigen konnte, schnappte sich seine Jacke, polterte die Treppe hinunter, joggte aus der Roten Burg und stieg in seinen Wagen. Mit quietschenden Reifen startete er und fuhr mit deutlich höherer Geschwindigkeit, als es an diesem eisigen späten Dezembernachmittag vernünftig war.

Als Sander keine Viertelstunde später bei Ellas Blockhütte vorfuhr, dachte er zunächst, sie sei unterwegs. Alles war dunkel, kein Licht zu sehen. Gut, dann würde er hier eben auf sie warten. Doch als er die Einfahrt weiterfuhr, sah er, dass Ellas Bus an seinem üblichen Platz stand. Direkt dahinter parkte ein zweiter Wagen: ein schwerer Geländewagen mit dem Kennzeichen einer Autovermietung.

Er parkte, stieg aus und ging zur Haustür. Wahrscheinlich machte Ella mit Jack und ihrem Besucher einen Spaziergang. Oder saßen sie da drinnen im Dunkeln? Vielleicht war sie ja mit einem Mann zusammen und tat irgendwas, wozu kein Licht nötig war? Oh, bitte nicht, flehte er still. Er konnte es sich so gut vorstellen: Ellas leidenschaftlicher Kuss, die dunklen Locken auf der weißen Haut, die Wangen rosig vor Leidenschaft, die Arme hinter dem Hals ihres Partners verschränkt, Ella nackt, die Haut weich und zart oder, schlimmer noch, feucht und verschwitzt. Ella, die sich auf dem Bett räkelte, flach hingestreckt und frech lachend. Er konnte Ellas Stöhnen schon fast hören, am Rande des Höhepunkts … Ungehalten stand er vor der Tür, wollte gerade klopfen, als er sah, dass sie nur angelehnt war. Er stieß die Tür auf. Sofort schlug ihm eine Welle von Wärme entgegen. Sander sah sich in der Hütte um. Der Computer lief. Ellas Jacke hing am Haken. Im Haus herrschte Stille. »Hallo?«, rief er. Er erhielt keine Antwort. Das wurde ja immer merkwürdiger. Er trat gerade aus der Hütte heraus – als der Wind Wortfetzen und ein dumpfes Grollen zu ihm wehte. Es kam aus der Richtung von Jacks Zwinger. Und es klang seltsam.

Wie damals, wenn sein Vater ihn und Valentin mit auf die Pirsch genommen hatte, versuchte sich Sander möglichst geräuschlos in Richtung der Stimmen vorzutasten. Je näher er kam, desto lauter wurden die Geräusche. Jetzt konnte er eine aufgeregte Stimme hören, dazu das dumpfe Knurren. Nun hörte er auch Ellas Stimme. Sie sagte etwas, das er nicht verstand. Sie sprach hastig, atemlos. Ängstlich. Sander ging schneller. Und dann war da noch die zweite Stimme.

Er brauchte eine Sekunde, um das Bild zu erfassen. Inzwischen war es fast dunkel. Ella stand im Zwinger, dicht am Zaun, über Jack gebeugt, der sich gegen ihre beruhigende Hand sträubte und ganz offensichtlich außer sich war. Sein Nackenfell war gesträubt, und seine kräftigen Fänge mit den weißen, entblößten Zähnen leuchteten hell. Er kauerte, sprungbereit. Auf der anderen Seite des Zauns stand eine rothaarige Frau, ein Gewehr im Anschlag. »Nein!«, stieß Sander aus und rannte los.

In genau diesem Moment drückte die Frau ab. Der Schuss knallte hart und wurde gleich darauf als schwaches Echo vom nahen Wald zurückgegeben. Am Zaun des Zwingers brachen die zwei ineinander verschlungenen Gestalten zusammen und stürzten auf die gefrorene Erde.

»Nein«, brüllte Sander erneut, erreichte schließlich die Frau, die sich zu ihm herumdrehte und ihn überrascht anschaute. Er holte aus und schlug ihr mit einer einzigen Bewegung seines Arms das Gewehr aus der Hand, das zu Boden fiel. Verzweifelt, viel zu spät und mit dem Gefühl, in einem schrecklichen Déjà-vu gefangen zu sein …

Und dann verschwand Valentin in dem Waldstück. Sander wandte sich von der weißen, nun menschenleeren Fläche ab und wusste mit absoluter Gewissheit, dass er seinen Bruder verloren hatte. Und damit einen Teil von sich selbst. Sie hatten sich schon oft gestritten, aber noch nie waren so unverzeihliche Dinge wie heute gesagt worden. Weder von Valentin noch von ihm. Das Schlimmste war, dass er sich auch keinen Weg zurück wünschte. Mit so einem Menschen wollte er nichts zu tun haben. Und zugleich war es so, als ob er sagen würde: Meine rechte Hand interessiert mich nicht mehr. Ich habe ja noch die linke. Wütend stapfte Sander weiter, als plötzlich hinter ihm, aus der Richtung des Waldes, ein einzelner peitschender Schuss erklang. Das Echo stieg hoch und höher, verfing sich irgendwo zwischen Bergspitze und Himmel und verklang nur allmählich.
Sander blieb stehen. Hatte Valentin den Wolf erwischt? Er hörte nichts. Wie auch. Der Wolf war wahrscheinlich zusammengebrochen und lag tot im Schnee. Valentin war ein exzellenter Schütze, hatte eine ruhige Hand. Vorausgesetzt, er hatte nicht gerade vor Wut gezittert. Und einen Jubelschrei würde er wohl auch nicht gerade ausstoßen, eher eine satte, böse Genugtuung verspüren, dass er das Blatt endgültig gewendet hatte, die Frage der Firmenleitung ein für alle Mal für sich entschieden hatte. Vorausgesetzt, er würde diese Trophäe irgendwie zurück zur Hütte schaffen können. Und Vater wäre tatsächlich so begeistert davon, wie Valentin vermutete.
Nicht daran denken, befahl sich Sander. Lass ihn machen. Das ist sein Ding. Damit hast du nichts mehr zu tun, so oder so nicht.

Er wollte schon weitergehen, als er ein Knacken hörte, so als sei die Luft plötzlich elektrisch aufladen. Dann ein dumpfes Grollen, das von oben kam. Er lauschte. Was war das? Es klang wie ein Gewitter, das aufzog. Aber das konnte nicht sein: Die Sonne schien immer noch hell und warm vom blauen Himmel auf den Neuschnee. Sander schaute den Hang hoch. Gegen das gleißende Weiß musste er die Augen zusammenkneifen, während er die steile Fläche mit Blicken maß. Dort, ganz oben, flog eine pudrige Schicht dem blauen Himmel entgegen. Dann sah er sie: eine gigantische Schneeplatte, die langsam ins Rutschen geriet. Noch während Sander gebannt nach oben starrte, wurde sie schneller, deckte loses Geröll ab, riss es mit, nahm gewaltige Schneemassen auf, die nur lose auf dem vereisten Untergrund gelegen hatten und von der milden Wintersonne erwärmt worden waren. Unwillkürlich duckte Sander sich. Dabei stürzte die verhängnisvolle Lawine nicht in seine Richtung, sondern glitt, monströs und unaufhaltsam, auf der Seite des Hangs hinab, auf dem das Wäldchen lag, in dem Valentin sich gerade befinden musste. Und noch weiter nach Osten dehnte sie sich aus. Weg von dem felsigen Areal, in dem er gerade stand.

»Nein«, murmelte Sander und sah der gigantischen Masse entgegen, die unaufhaltsam dem Tal zustürzte. »Nein!«, rief er laut. Dann schrie er gegen das immer lauter werdende Grollen an. »Valentin!« Aber noch während sein Ruf in dem Donnern unterging, wusste er, dass es hoffnungslos war.

Und in diesem Moment sah Sander ihn. Er kam aus dem Waldstück heraus und rannte leichtfüßig durch den tiefen Schnee in Sanders Richtung. Wenn er dieses Tempo beibehielt, würde er es schaffen, würde den herabdonnernden Massen entkommen. Auch wenn er den Hang schräg überquerte und sich erst weiter unten in Sicherheit bringen würde, zwischen den hohen Felsen jenseits der breiten Schneise, die sich die Lawine bahnte: der Wolf.

Es kam Sander vor wie Sterben. Er war noch nie gestorben, natürlich nicht, aber so stellte er es sich vor. So musste das Gefühl sein, wenn das Herz stehenblieb und sich weigerte, weiterhin Blut durch den Körper zu pumpen. Es tat entsetzlich weh, es zerriss ihn. Er war zu spät gekommen. Wieder einmal. Da lag ein Mensch, der sich nicht rührte. Ella. Er hatte sie verloren, die Frau, die er liebte. Was er ihr nie gesagt hatte, aus Feigheit, aus Angst vor seinen eigenen Gefühlen. Er hasste sich.

»Valentin!«, rief die Rothaarige jetzt fragend und freudig zugleich, als Sander an ihr vorbeistürmte. Er beachtete sie überhaupt nicht. Trat nur in einer einzigen fließenden Bewegung die Waffe, die am Boden lag, noch ein Stück weiter von ihr weg, um Zeit gewinnen. Aber vielleicht war das Gewehr sowieso durch den Fall unschädlich geworden.

Dann war er am Zaun, dort, wo auf der anderen Seite zwei Gestalten auf der gefrorenen Erde lagen. »Ella«, rief er und rüttelte an der Tür, die verschlossen war. »O Gott, Ella, hörst du mich? Sag was! Hörst du mich? Bist du verletzt?« Aber das Drahtgeflecht gab nicht nach. Wie ein Wahnsinniger lief er an dem Zaun entlang, eine grausame Parodie wilder Tiere in Käfigen, die vergeblich versuchten, aus ihrem engen Gefängnis zu entkommen. Da schlangen sich Arme von hinten um seinen Körper, hielten ihn fest und hinderten ihn so daran, weiter nach einer Möglichkeit zu suchen, zu Ella zu gelangen.

»Valentin«, flüsterte die Frau und versuchte, ihren Kopf gegen seine Jacke zu legen. »Valentin, wie schön. Endlich. Ich hab dich wieder. Ich wusste es.« Sie fing an zu weinen.

Wutentbrannt wirbelte Sander herum und stieß die Frau so heftig von sich, dass sie strauchelte und auf den harten Boden fiel.

»Lass mich los, Alice!«, brüllte er sie an. »Du bist verrückt. Ich bin nicht Valentin! Versteh das doch! Valentin ist tot. Er kommt nicht zurück zu dir! Zu uns allen nicht, verdammt noch mal! Ich bin Sander, nicht Valentin. Sein Zwillingsbruder!«

Einen Moment lang sah Alice ihn verunsichert an, aber dann lächelte sie wieder, und in ihren grünen Augen stand der nackte Wahn. »Was redest du denn? Natürlich bist du Valentin. Das sehe ich doch. Ich hab dich sofort erkannt.«

Sie war völlig durchgeknallt. Und Sander hatte keine Sekunde zu verschenken. Er musste in diesen Zwinger, zu Ella, die verletzt war oder sogar noch schlimmer! Er brauchte ein Werkzeug, aber er wagte es nicht, Ella mit dieser Verrückten allein zu lassen, um nach einer Drahtschere zu suchen.

Da hörte er es im Unterholz knacken. »Hallo!«, rief Sander verzweifelt. »Wer immer das ist, ich brauche Hilfe! Schnell! Rufen Sie die Polizei! Schnell, bitte!«

Alice sah ihn erschrocken an, und er sah ein letztes Quentchen von Verstand in ihren Augen aufleuchten. Vielleicht war es auch nur das Wort Polizei, das sie zur Besinnung brachte. Sie wandte sich um und begann zu laufen, rannte auf den Waldrand zu. Schon nach wenigen Metern verschluckten sie die dunklen Schatten der Nacht.

Aus der anderen Richtung trat ein Mann hervor, in dunkelgrüne Knickerbocker gekleidet, die seine strammen Waden umspannten. Er trug eine schwere grüne Lodenjacke. Über seiner Schulter hing ein Gewehr, an der Leine zerrte ein Rauhhaardackel, der einmal kurz Laut gab, als er Sander sah.

»Still, Aischylos«, befahl der Waidmann. »Dr. Blatt mein Name. Blatt wie Schuss. Und einen Schuss habe ich auch gehört. Brauchen Sie Hilfe, guter Mann?«

»Ja. Rufen Sie die Polizei und einen Notarztwagen. Schnell, bitte«, rief Sander völlig außer sich.

28. Kapitel

»Fünfzwölf.«

Sander wirbelte herum und sah, wie Ella sich langsam aufrichtete und sich die Haare aus dem Gesicht strich. Eine Erleichterung, wie er sie in seinem ganzen Leben noch nie empfunden hatte, überkam ihn, und er schloss die Augen. »Fünfzwölf«, sagte sie erneut, ein bisschen ungeduldig: »Nun mach doch mal das Zahlenschloss auf, Sander. Und sag Blatt, dass ein Notarztwagen nicht nötig ist. Mir fehlt nichts.«

Er hörte, wie Dr. Blatt telefonierte. »Sie ist unverletzt!«, sagte Sander, und Blatt hob die Hand zum Zeichen, dass er verstanden hatte. »Flüchtig, die Frau«, hörte Sander. »Wahrscheinlich keine Waffe. Trotzdem, seid vorsichtig. Nein, in Richtung Niederfeld und Fuchskuhl. Rufst du Joachim an? Der wollte heute Nacht drüben ansitzen. Sie kann nicht weit sein. Höchstens bis zur Wiese von Brandes, schätze ich. Ja, melde dich bei mir, wenn ihr sie habt. Der Mann hier sagt, wir müssen die Polizei rufen. Adresse?«

»Ausbau Bebersee, Pimpinellenluch 4«, rief Ella, nun schon kräftiger, durch den Zaun. Sanders Hände zitterten so stark, dass er erst nach dem dritten Versuch die richtige Zahlenkombination erwischte. Die Tür flog auf. »Ella«, sagte er sanft, fiel neben ihr auf die Knie und fasste sie vorsichtig an der Hand. »Bist du wirklich okay?«

»Ja. Absolut. Mir geht's gut. Nix passiert.« Sie sah ihn wachsam an. Blass war sie, aber unverletzt. Wie abwesend streichelte sie Jack, der regungslos zwischen ihnen lag, die Augen geöffnet, wie zwei Glasmurmeln, die blicklos in den Himmel starrten.

»O Gott, danke«, flüsterte Sander, küsste ihre Hand und hielt sie an seine Wange. Er zog Ella quer über den Halbwolf hinweg in seine Arme und hielt sie fest. »Du lebst«, murmelte er und küsste sie aufs Haar. »Ich dachte, ich wäre zu spät. Das hätte ich nicht ausgehalten.« Seinen Augen füllten sich mit Tränen. Dagegen konnte er nichts tun, wollte nichts tun. »Bitte verzeih mir, Ella. Sag, dass es noch nicht zu spät ist. Sag, dass du mir eine Chance gibst. Es tut mir so leid. Ich bin so ein Idiot. Verzeih mir dieses Schweigen. Mein Schweigen.«

Vorsichtig entzog Ella sich ihm. Sie legte ihm die Hand auf die Brust, an die Stelle, wo sein Herz war. Sie spürte es nicht unter seiner dicken Jacke, aber sie wusste, dass es dort schlug. Für sie schlug. Dann sah sie ihn prüfend und ruhig an, musterte seinen Gesichtsausdruck, wischte ihm behutsam eine Träne von der Wange und fragte endlich: »Sander, wer war diese Frau? Und wer ist eigentlich dieser Valentin? Ich denke, das muss ich unbedingt wissen.«

Sander begann. Die Dämme, die er so lange sorgsam um seine Seele hochgezogen hatte, brachen zusammen und wurden fortgespült. Er erzählte von Valentin, von ihrer gemeinsamen Kindheit und Jugend, davon, wie schrecklich für ihn die Kluft gewesen war, die sich zwischen ihnen aufgetan und mit jedem Tag mehr vertieft hatte, wie er es hingenommen hatte, genauso wie er den Wettkampf, in dem sie sich plötzlich durch den Führungsanspruch um die Firma befunden hatten, toleriert hatte. Und dann erzählte er, was damals, an jenem schrecklichen Tag in den Bergen passiert war. Er sprach hastig und viel zu laut, so als wolle er sich selbst zuhören. »Der Wolf schaffte es, kurz bevor die Lawine an mir vorbeidonnerte. Es war ein schönes, großes, hellgraues Tier. Aber Valentin …«, er schluckte, »Valentin schaffte es nicht. Er hat gar nicht erst versucht, den Hang zu überqueren. Wahrscheinlich hat er gewusst, dass er keine Chance hatte. Es hat lange gedauert, bis die Bergwacht ihn gefunden und ausgegraben hat. Mehrere Tage. Die Lawine kam mit solcher Wucht den Hang herunter, dass sie die Bäume wie Strohhalme geknickt hat. Valentins Leiche lag dazwischen, eingekeilt. Meine Eltern und ich haben während der Suche in der Jagdhütte gewartet. Wir konnten ja sonst nichts mehr tun.

Die folgenden Tage waren entsetzlich. Mein Vater war so bitter. Ich habe ihm regelrecht angesehen, wie sehr er es bedauert hat, dass es Valentin und nicht mich erwischt hat. Meine Mutter hat versucht, mich zu trösten, liebevoll zu mir zu sein. Aber ihr Schmerz war einfach zu groß. Und ich konnte an nichts anderes denken als daran, dass ich Valentin allein gelassen habe.«

»Dein Bruder war doch ein erwachsener Mann«, sagte Ella mitfühlend, aber auch verwundert. »Du warst doch nicht für ihn verantwortlich, Sander. Als er allein losgezogen ist, um den Wolf zu schießen, hat er sich von dir losgesagt. So war es doch. Niemand hat ihn gezwungen, das zu tun.«

»Aber mein ganzes Leben lang habe ich geglaubt, für ihn verantwortlich zu sein«, sagte Sander. Seine Stimme klang brüchig. »Und meine Eltern auch. Ich habe immer auf ihn aufgepasst, damit er nicht zu viel Blödsinn macht. Es war wie in der Bibel. Ich war der Hüter meines Bruders. Dann wollte ich es nicht länger sein. Das hat ihn umgebracht.«

»Glaubst du das wirklich, dass du diese Schuld tragen musst?«, fragte Ella langsam. Ihre Finger hatten sich während seiner Erklärung mit seinen verschlungen, und jetzt legte sie ihre zweite Hand auf ihrer beider Hände. »Immer noch, nach all den Jahren? Nach all der Zeit, die du um ihn getrauert hast? Fühlst du das wirklich?«

Sander zog Ella an sich heran, musste sie einfach spüren. Sie lehnte sich an ihn, löste ihre Hände und schlang ihre Arme um seinen Hals. »Ja«, flüsterte er in ihre Locken. »Das ist der Grund. Genau das. So schwer ist das für mich.«

»Und deshalb glaubst du auch, dass du niemanden lieben darfst. Deshalb hast du bei mir immer einen Rückzieher gemacht?«, fuhr Ella mit gedämpfter Stimme fort – so eng hielt Sander sie an sich gepresst, dass sie kaum sprechen konnte.

»Ja«, sagte er in wilder Verzweiflung, die sich zugleich wunderbar befreiend anfühlte. »Du hast keine Vorstellung davon, wie es ist, jemanden zu lieben und sich selbst zu sagen, dass man es nicht darf. Es ist, als ob die Seele in zwei Hälften gerissen wird.«

Sie löste sich von ihm und nahm sein Gesicht in beide Hände. »Aber Sander, jeder Mensch hat doch das Recht, glücklich zu werden. Zu lieben, wen man will. Im Ganzen, total, nicht nur zur Hälfte. So wie du Valentin beschreibst, hatte er doch Spaß am Leben! Meinst du, er würde wollen, dass du für immer leidest und dir alles versagst?«, fragte sie eindringlich.

Sander antwortete nicht, sondern schüttelte nur den Kopf.

»Und glaubst du nicht auch«, fragte sie weiter, »dass du ein Stück von ihm immer in deinem Herzen trägst, gerade deshalb, weil ihr euch so nah gewesen seid?«

»Ja«, sagte er zögernd. »Doch. Vielleicht. Wahrscheinlich …«

»Du musst dir selbst verzeihen, Sander«, fuhr sie fort. »Sonst kann das niemand. Schau mal, du konntest doch nichts dafür, dass dein Bruder geschossen und damit die Lawine ausgelöst hat. Ich sehe diese Schuld nicht. Selbst wenn ich damals dabei gewesen wäre und du wärst allein in die Jagdhütte gekommen,

ich hätte keine Sekunde daran gedacht, dich für verantwortlich zu halten. Ich hätte dich getröstet, wir hätten zusammen geweint, sicher. Aber Schuld? Nein.« Sie streichelte seine Hand.
Sander sah sie an, als könne er ihren Worten nicht glauben. Doch sein Blick sprach Bände. »Du findest also nicht, dass ich für Valentins Tod verantwortlich bin? Nicht mal indirekt?«, fragte er leise. »Du lehnst mich deshalb nicht ab?«
»Nein«, sagte Ella entschieden. »Und ich finde, du solltest das auch nicht tun. Sein Tod war ein schrecklicher Unfall, an dem er selbst nicht ganz unschuldig war.«

Es dauerte etwas, bis Sander wieder sprechen konnte. »Er ist nie weg gewesen, weißt du. Ich habe ein Foto von ihm in meinem Zimmer. Und manchmal habe ich mit ihm geredet. Wenn ich mich zu allein gefühlt habe«, sagte er schließlich.
»Du musst nicht mehr allein sein, wenn du nicht allein sein willst«, erwiderte Ella und streichelte seine Wange. Unter ihren Fingern konnte sie seine Bartstoppeln fühlen. »Das Foto habe ich gesehen. Ich dachte natürlich, das bist du! Bloß mit dunklen Haaren. Ich fand …« Sie unterbrach sich. Das war nicht der richtige Moment, Sander zu sagen, wie borniert sie es gefunden hatte, dass er ein Bild von sich selbst aufgehängt hatte. Schließlich hatte sie fälschlicherweise angenommen, das auf dem Foto sei er selbst gewesen.
»Siehst du, so ähnlich sahen Valentin und ich uns immer schon.« Er hätte sie gemocht, dachte Sander plötzlich. Doch, Valentin wäre mit meiner Wahl zufrieden. Er hätte verstanden, dass sie die Richtige für mich ist.
»Und auf deine Ähnlichkeit mit deinem Bruder ist auch diese Rothaarige hereingefallen. Sie hat nichts mit dir zu tun, sondern mit Valentin.« Wieder sagte Ella es – mit dem gewissen Nachdruck von jemandem, der endlich begriff.

»Ja, genau. Valentin hatte mit Alice eine Affäre. Ich kenne sie eigentlich gar nicht. Er hat mir mal davon erzählt, als wir zusammen in die Jagdhütte gefahren sind. Damals, das letzte Mal. Er fand sie reizvoll. Es zog ihn immer zu diesem Typ Frau, die so ein bisschen grenzwertig war. Auch beim Sex, vermute ich. Ihre Briefe klangen so. Sie war ihm nicht so wichtig, glaube ich. Ich selbst habe sie damals nur einmal gesehen, und das war bei Valentins Beerdigung.«
»Und wie kam sie jetzt auf dich?«, fragte Ella, »nach fünf Jahren? Das ist doch eine lange Zeit.«
»Sie hat das Bild von uns beiden im Internet entdeckt.«
»*Das* Bild?«
»Genau. Sie war nach Valentins Tod lange in psychologischer Behandlung. Ist völlig ausgetickt. Und plötzlich hat sie geglaubt, ich bin er. Und du warst ihre Feindin. Sie ist schon eine ganze Weile hinter uns her. In den Briefen hat sie gesagt, dass sie jetzt weiß, wo ich bin, und dass sie nicht länger warten will. Was genau in ihr ablief, werden wir wohl nie genau verstehen. Vielleicht die Ärzte in ihrer Klinik; wenn sie sie erwischen und zurück nach München bringen. Aber ehrlich, je weniger ich mit dieser Frau zu tun habe, desto besser.«
Ella schauderte. »Sie war entsetzlich. Wie ein irrer, rothaariger Todesengel.« Sie streichelte Jack, der immer noch auf der Erde lag. »Vielleicht wollte sie nur mit mir reden, bis sie die Waffe sah?«
»Ich weiß es nicht. Aber Jack, er hat dir das Leben gerettet«, sagte Sander. Er legte seine Hand auf das Fell, und es kostete ihn kaum noch Überwindung. »Ich habe ihn nie gemocht, weil er mich an Valentins Tod erinnert hat. Aber dafür werde ich ihm ewig dankbar sein. Wenn er nicht gewesen wäre …«
»Wieso das Leben gerettet?«, fragte Ella erstaunt.
»Er hat die Kugel abgefangen, die für dich bestimmt war.«

Ella legte den Kopf schief. »Sag mal, kennst du mich so schlecht?«
Er sah sie irritiert an. »Was meinst du?«
»Glaubst du im Ernst, ich hätte ein geladenes Gewehr mit echter Munition in meiner Hütte? Unverschlossen? Um damit Tiere zu verletzen? Um auf sie zu *schießen?*«
Sander starrte Ella an. »Hast du nicht?«
»Niemals würde ich das tun«, sagte sie sanft. »In dem Gewehr war nur Betäubungsmunition. Für den Notfall. Falls Jack irgendwie ausrastet. Ich schätze mal noch eine Viertelstunde, dann ist er wieder ganz der Alte.« Sie beugte sich über Jack. »Ah nein, ich denke, wir haben ihn schon ein bisschen früher zurück. Schau mal.«
Sander beobachtete, wie der Halbwolf ganz leicht seinen großen Kopf bewegte, als versuche er, einen Schlaf abzuschütteln, der ihn gegen seinen Willen gefangen hielt. »Er lebt noch«, sagte Sander erstaunt.
»Natürlich«, antwortete Ella liebevoll, und einen winzigen Moment lang verspürte Sander so etwas wie Bedauern. Dass in diesem Moment in der Ferne eine Polizeisirene erklang, war ein guter Grund, sich von Jack zu entfernen.
»Wenn du willst, mach ich das mit der Polizei«, sagte er zu Ella.
Sie nickte. An der Tür drehte er sich noch einmal um und lief mit großen Schritten zu Ella zurück. »Ich weiß nicht, was ich ohne dich gemacht hätte«, sagte er. »Sagte ich das schon?«
Er küsste sie leidenschaftlich, und plötzlich war nichts mehr wichtig außer diesem einen Kuss. »Kann ich heute bei dir bleiben? Bitte?«
»Wage es ja nicht wegzugehen«, antwortete Ella leise und noch atemlos von dem Kuss. »Und jetzt kümmer dich um die Polizei. Los, mach schon. Je eher wir damit fertig sind, desto eher sind die wieder weg. Und wir endlich allein.«

»Ich wusste ja gar nicht, dass du am 5. Dezember Geburtstag hast«, sagte Sander. Er hatte ein Glas Rotwein in der Hand, drehte es wieder und wieder in seiner Hand und konnte sich nicht daran erinnern, dass ihm ein Cabernet Sauvignon jemals so gut geschmeckt hatte. Was natürlich nicht an der Qualität des Weines lag, sondern daran, dass er sich so frei fühlte wie seit langem nicht mehr. Seit fünf Jahren.

»Hab ich ja gar nicht«, widersprach Ella. »Wie kommst du darauf? Ich habe im Juli Geburtstag.« Sie saß ihm gegenüber, ebenfalls ein Glas vor sich. Sie trug nur ein schlichtes, altrosafarbenes T-Shirt zu ihren Jeans, aber nie war sie Sander hübscher vorgekommen mit ihren dunklen Locken, in die er seine Hände vergraben wollte, den hellen Augen und den von der Zimmerwärme rosigen Wangen. »Wann dein Geburtstag ist, weiß ich.« Sie grinste bei dem Gedanken daran, wie sie das Telefonat belauscht hatte, dass er mit seiner Mutter geführt hatte.

»Was bedeutet 512 dann?«, fragte Sander und griff über den Tisch hinweg nach ihrem Handgelenk. Er drehte die Innenseite nach oben und führte die Stelle, an der die Adern bläulich schimmerten, zum Mund. Er ließ sich Zeit, berührte die zarte Haut ganz leicht, bevor er mit den Lippen darüberfuhr. Dann erst konnte er sich dem Bann des unschuldigen Handgelenks entziehen und sah zu Ella hoch, während sein Daumen weiter streichelte und liebkoste. Einmal glaubte er, Ella wolle ihm die Hand entziehen. Aber er hielt sie fest. Viel zu oft hatte er Ella losgelassen.

»Am 5. Dezember haben wir im Wald die erste Spur gefunden«, sagte Ella. Ihre Stimme klang belegt. Sie nahm einen Schluck Wein. »Das war der Tag, an dem für mich alles Sinn machte.«

»Am 5. Dezember haben wir uns zum ersten Mal geküsst«, sagte Sander. »Aber damit würde so ein Datum natürlich nichts zu tun haben.«

»Natürlich nicht. Hältst du mich für sentimental? Ich bin eine Frau der Fakten! Der Wissenschaft!« Ella schüttelte den Kopf. Sie klang entschieden, aber Sander wurde das Gefühl nicht los, dass sie etwas höchst Untypisches tat: Sie log. Unmerklich änderte sich die Atmosphäre um sie herum. Warm war es ja sowieso. Denn als sie vorhin zusammen mit der Polizei die Hütte betreten hatten, hatte Ella, durchgefroren wie sie war, noch mal gut eingeheizt. Aber das Knistern, das in der Luft lag, hatte nichts mit dieser Wärme zu tun.

Und auch mit dieser Warterei ist jetzt Schluss, sagte sich Sander. Mit einem entschlossenen Ruck stand er auf und ging um den Tisch herum – zu Ella. Sie hatte das Kinn in die Hand gestützt und beobachtete jede seiner Bewegungen. »Sander«, sagte sie lächelnd, als er ihre Hand ergriff und sie hochzog. »Ich bin so glücklich. Für dich. Und dass wir das alles zusammen heil überstanden haben. Dass das endlich vorbei ist. Dass ich dich endlich verstehe.«

»Ja, ich auch. Du hast mich von mir selbst befreit, Ella«, antwortete er bewegt. »Wie kann ich dir nur danken?«

»Ach, da wüsste ich was«, antwortete sie und erwiderte seinen Kuss, erst zart, dann immer leidenschaftlicher. Seine Hand fuhr unter ihr T-Shirt, fand ihre warme Haut und die sanfte Wölbung ihres Busens, bedeckt von irgendetwas Seidigem. Er streichelte sanft darüber und spürte, wie die Brustspitzen hart wurden. Ella drängte sich gegen ihn, bis es ihn fast schmerzte. Er seufzte auf, und sie löste sich von ihm.

»Komm mit, Cowboy«, sagte sie, »es ist höchste Zeit. Das ist ja nicht mehr auszuhalten mit uns.« Sie nahm seine Hand und zog ihn in ihr kleines Schlafzimmer. Nur der Wintermond schien sanft durch das Fenster, als sie aufs Bett fielen. Sie kosteten und reizten sich, bis sie beide atemlos vor Verlangen waren. Einmal löste Ella sich aus Sanders Umarmung.

Mit der Zungenspitze fuhr sie über seine Brust. Immer tiefer glitt die feuchte Spur, die sie zog, bis Sander scharf die Luft einzog. »Oh, Ella«, sagte er. »Immer so ungeduldig …« Sie lachte leise, rutschte nach oben, schmiegte sich an ihn und legte ihr Bein über ihn. »Weiß du, dass Romulus und Remus vielleicht doch von einer Frau und nicht von einer Wölfin aufgezogen wurden?«, flüsterte sie ihm ins Ohr. Er schloss ergeben die Augen und schüttelte leicht den Kopf. »Lupa heißt nämlich nicht nur Wölfin, sondern auch Hure.«

»Du bist unmöglich. Ich will jetzt kein Wort über Wölfe hören«, sagte Sander entschlossen. Er umarmte sie und rollte mit ihr herum, bis sie unter ihm lag. Er küsste sie, und seine Hand wanderte langsam an ihren Hüften hinunter, bevor er die Innenseite ihrer Schenkel emporstrich. Als er sein Ziel erreicht hatte, spürte er ihre Erregung und wusste, dass sie für ihn ebenso bereit war wie er für sie. Eine Bereitschaft, die sich schon seit Wochen hinzog … Es würde ein halbes Leben brauchen, die verlorene Zeit wieder wettzumachen. Aber bei Gott, er würde es versuchen.

Noch ein letztes Mal schaute er hoch. »… und auch nur bedingt über Huren.« Dann versank er in ihr, und sie liebten sich mit einer Leidenschaft, die in all diesen Winterwochen nicht kälter geworden war, sondern heißer.

Das Telefon schrillte viel zu laut und riss Sander aus dem Tiefschlaf. Hier zu liegen, mit Ella friedlich neben sich, nach ihrer ersten Liebesnacht, in der Intimität des gemeinsamen Schlafes – besser konnte es eigentlich nicht kommen. Er musste an Valentin denken. Und es tat nicht mehr so sehr weh.

Bloß dass Ella längst nicht mehr friedlich neben ihm lag. Stattdessen hing sie quer über ihm und tastete auf dem Fußboden nach dem Mobilteil ihres Telefons, das diesen unheiligen Ton von sich gab. »Wo ist das blöde Teil?«, murmelte sie, lachte dann kurz auf und sagte »Lass das mal, das lenkt mich ab«, denn er hatte angefangen, zärtlich ihren nackten Hintern zu streicheln, der einladend auf seiner Brust lag. »Ah, endlich! Da ist es ja! Ridder?«

Draußen war es stockdunkel. Sander sah auf die Uhr. Es war noch nicht einmal sieben. Wer rief denn um diese Zeit an? Er gähnte und streckte sich wohlig. Mit Ella zu schlafen war so, wie er es sich vorgestellt hatte. Nur noch besser. Je mehr er darüber nachdachte, desto bereiter wurde er, da weiterzumachen, wo sie in den frühen Morgenstunden aufgehört hatten. Ungeduldig wartete er darauf, dass sie das Gespräch endlich beendete.

»Was?«, sagte sie gerade. »Sicher?« Ihre Stimme klang aufgeregt. Sie machte sich von ihm los und setzte sich auf die Bettkante. Sander richtete sich auf, setzte sich neben sie und legte die Bettdecke um ihre Schultern. Ella schien es gar nicht zu bemerken. »Zwei!«, rief sie aus. »Auf welcher Höhe? Bei der alten Schleuse? Das gehört ja noch zum Biosphärenreservat! Und die genaue Uhrzeit? Das ist ja fantastisch. Ja, ich werde es gleich im Computer überprüfen. Danke, dass Sie mich angerufen haben.« Sie warf den Hörer achtlos auf das Kissen und sagte zu Sander: »Das war ein Typ von der Bundespolizei. Er war neulich bei einem Vortrag von mir. Weißt du, warum er angerufen hat?«

»Na?«

»Er hat heute in den frühen Morgenstunden zwei Wölfe über die Oder schwimmen sehen. In unsere Richtung. Gleich zwei, stell dir das mal vor! Ungewöhnlich.« Sie lachte glücklich. »Ich muss sofort nachsehen, ob ich ein Signal bekomme!« Temperamentvoll sprang sie auf und riss die Decke mit sich.

Sanders Hand griff ins Leere, seine Hoffnungen auf morgendlichen Sex vergingen schneller, als er »Ella« sagen konnte. Frierend blieb er einen Moment lang nackt und allein auf der Bettkante sitzen. Typisch, dachte er. Aber so ist sie eben. Ihre Dynamik. Ihre Leidenschaft für das, was sie macht. Das Kompromisslose. Das Wilde in ihr. So muss das wohl sein. Wundervoll. Da sollte ich mich mal besser dran gewöhnen.
»Sander, ich hab was! Nicht weit von hier!«, hörte er Ella in diesem Moment triumphierend rufen.
Er stand auf. Was er jetzt dringend brauchte, war eine heiße Dusche. Und dann einen starken Kaffee. Das neue Leben fühlte sich gut an.

29. Kapitel

»Wo ist Sander?«, fragte Rafael enttäuscht. Kaum hatte Ella vor dem Haus geparkt, kam er herausgestürzt. Er hatte nur ein T-Shirt an und zitterte vor Kälte.

»Der kommt morgen, keine Sorge«, antwortete sie und öffnete den Kofferraum. »Los, hilf mir mal reintragen. Gute Güte, ist das kalt bei euch!«

Rafael griff nach einer großen Tüte mit bunt verpackten Päckchen und schaute neugierig hinein. »Es ist bestimmt nicht kälter als bei dir in der Schorfheide«, sagte er. »Höchstens feuchter und vielleicht windiger. Der windshield factor ist deshalb …«

»Ach, hör auf«, lachte Ella und stieß die Eingangstür zu Josephines altem Herrenhaus auf, wo sie mit ihrer Familie wohnte und ihr Restaurant hatte. Wärme schlug ihr entgegen, und sie schnupperte genießerisch. Ein köstlicher Duft von Weihnachtsgebäck wehte durchs Haus. In diesem Moment kam ein schwarz-weißer Hund angerannt, dicht gefolgt von seinem Herrchen Gabriel, Rafaels siebenjährigem Bruder. Ungestüm warf er sich gegen Ella. »Hallo, Tante Ella, wir schmücken gerade den Baum! Machst du mit?« Dann sagte er streng: »Sitz, Firlefanz«, woraufhin sich der Hund gehorsam setzte. Gabriel gab ihm einen Hundekuchen, dann grinste er Ella an, seine Schneidezähne leuchteten groß in dem kleinen Gesicht unter dem blonden Haarschopf. »Ich erzieh ihn gerade. Severin hat mir gesagt, wie ich es machen muss.«

»Auch wenn er noch nicht sehr viel mehr kann als Sitz. Aber immerhin«, erklang eine Männerstimme. »Hallo, Schwägerin.« Severin Wiesgrund kam in den Flur und umarmte sie. Einen Moment lang verschwand Ella zwischen seinen langen, sehnigen Armen. Er trug einen herrlich weichen dunkelblauen Pullover. »Schön, dass du da bist. Und so pünktlich! Tinke und Florian haben gerade angerufen. Wegen des Schnees brauchen sie von Langeoog ein bisschen länger als sonst.« Er sah an ihr vorbei aus dem Fenster und pfiff leise durch die Zähne. »Bist ja heute vornehm unterwegs.« Er ließ sie los und zeigte aus dem Fenster. »Nicht schlecht, die silberne Rennmaschine.«
»Sander hat drauf bestanden. Ich hab damit nur anderthalb Stunden zu euch gebraucht. Das hätte ich mit dem Bulli nie geschafft«, erklärte Ella schulterzuckend. »Er fand es sicherer. Und er sagt, er hat keine Lust, morgen auf mich zu warten, nur weil der Bus liegen geblieben ist.«
»Recht hat der Mann«, meinte Josephine, die inzwischen hinter Severin getreten war. Auf ihrem dicken dunkelroten Pulli prangte ein weihnachtlicher Stern. Ihr langes glattes Haar hatte sie zu einem Pferdeschwanz gebunden. Sie hatte die kleine Leni auf dem Arm. »Auch wenn ich ihn noch nicht kenne. Aber natürlich schon wahnsinnig gespannt auf ihn bin.« Den letzten Satz sagte sie leise, während sie Ella auf die Wange küsste. Ella umarmte sie, dann strich sie ihrer kleinen Nichte rasch über die runde Wange und wurde mit einem reizenden Lächeln belohnt.
»Wir sind noch mitten in den Vorbereitungen«, erklärte Josephine. »Rafael, bringst du Ellas Sachen bitte in Gabriels Zimmer? Das ist dir doch recht, Ella? Tinke und Florian schlafen mit Rose im Gästezimmer.« Ella nickte. Gabriels Zimmer, im Dachgeschoss gelegen, war vielleicht nicht das komfortabels-

te, aber dafür das romantischste. Perfekt, wenn sie morgen mit Sander die Nacht verbringen würde …

Sie betraten den Gastraum, der jetzt, wo die »Seerose« geschlossen hatte, auch als Familien-Esszimmer diente. Ella war schon oft bei Josephine in Valtzow gewesen, und jedes Mal fand sie, dass ihrer Schwester die Sanierung des Hauses großartig gelungen war: Der honigfarbene Holzboden und die hellgelben Wände strahlten warme Gemütlichkeit aus, und der Blick in den Garten zum See war fantastisch. Die Terrasse war von einer dicken Schneeschicht bedeckt. Die Holztische aus Ahorn waren zu einer langen Tafel zusammengeschoben, gepolsterte Rattanstühle standen drumherum. Ella nahm sich eines von Ediths legendären Vanillekipferln von dem bunten Teller, der auf der Tafel stand. »Hübsch«, sagte sie kauend und zeigte auf den Weihnachtsbaum, der vor einem der Fenster stand – geschmückt mit einer Lichterkette und roten Kugeln. Auf dem Boden davor stand eine Kiste, aus der Strohsterne und viele bunte Anhänger quollen. Aus dem Radio auf dem Tresen erklang gedämpfte Musik.

»Also gut, Jungs, dann machen wir das hier mal fertig«, sagte Josephine energisch, als Rafael von oben zurückkam. »Severin, kannst du sie mal nehmen? Ich muss die Hände frei haben.« Sie hielt ihm Leni hin. Er nahm sie ihr routiniert ab, küsste seine Tochter sanft auf ihr flaumiges blondes Haar und setzte sich an den Tisch.

Ella beobachtete ihn. Sie mochte ihren Schwager, mochte die ruhige Gelassenheit, mit der er seine kleinen und großen Boots- und Bauprojekte anging, mochte sehr, wie er sich um seine Familie kümmerte. Man sollte meinen, das sei unmännlich, dachte sie. So ein Kerl und so ein winziges Baby. Und trotzdem konnte sie sich nichts Männlicheres vorstellen.

»Und Sander ist heute in München?«, fragte Josephine und

hängte einen Strohstern an einen Zweig. Rafael hatte inzwischen den goldenen Weihnachtsstern aus der Kiste genommen und machte sich daran, ihn an der Baumspitze zu befestigen, während Gabriel sich hinkniete, um am untersten Ast des Baums einen Mini-Elch aus Kupferblech zu befestigen.
»Ja, ich habe ihn heute früh nach Tegel gebracht. Es ist das erste Mal seit fünf Jahren, dass er zu seinen Eltern fliegt. Und dann habe ich gleich Dina aus Berlin abgeholt und bin mit ihr hochgefahren.«
»Wer ist Dina?«, fragte Josephine und griff nach einem Strohengelchen.
»Sie studiert Tiermedizin und hat mich übers Institut kontaktiert. Ist an Wölfen interessiert. Über Weihnachten checkt sie die Daten des Wolfs, der gerade bei uns durchzieht. Und um Jack kümmert sie sich auch. Hoffentlich kommt er gut mit ihr aus. Dina ist ziemlich resolut. So eine Energische, die weiß, was sie will.«
»Das kennt Jack ja von dir«, meinte Josephine trocken.
»Für den Moment ist das eine ganz gute Lösung«, sagte Ella. Sie verschwieg, worüber sie auf dem Weg nach Valtzow gegrübelt hatte. Dass es für manche Tiere wahrscheinlich keine perfekte Lösung gab. Ein Halbwolf war eines dieser Tiere. Wenn sie mit ihm allein unterwegs war, war alles in Ordnung. Sein Wolfsherz gehörte ihr. Aber die Anwesenheit von anderen machte Jack zunehmend ängstlich und aggressiv. Und manchmal fragte Ella sich bedrückt, was wohl geschehen wäre, wenn sich in ihrem Gewehr doch echte Munition befunden hätte. Ob es nicht auf Dauer die bessere Lösung gewesen wäre …
Sie trat einen Schritt zurück und sah den Baum kritisch an. »Sind wir nicht langsam fertig?«
»Das muss aber auch noch an den Baum! Das ist so hübsch! Häng das mal ganz nach oben«, meinte Gabriel und reichte

Rafael ein Herz. Es war weich und aus rotem Filz gesteppt, mit großen Stichen am Rand und einem roten Bändchen als Aufhänger.
»Wo genau soll das Herz hin?«, fragte Rafael.
»Da, neben Mamas Engel«, ordnete Gabriel an.
Und dann sagte Josephine: »Ich glaube, das reicht. Was meinst du, Severin?« Sie wandte sich zu ihrem Mann.
»Perfekt«, antwortete er leise, die Beine lang ausgestreckt. Leni lag schlafend auf seinem Bauch. »Einfach perfekt. Das hätte ich nicht besser machen können.«

Ella freute sich, als am Abend Severins Schwester Tinke und ihr Mann Florian mit Rose, ihrer knapp einjährigen Tochter, endlich ankamen. Sie sahen sich nicht oft, aber jedes Mal fand Ella es interessant, was Tinke von ihrer Gärtnerei erzählte. Wenn ihr Herz für Wölfe schlug, dann schlug Tinkes Herz für Blumen.
Zum Abendessen hatten Josephine und Edith ein Gulasch mit Waldpilzen und Semmelknödeln vorbereitet, das umwerfend war. Alle fragten sich, ob die beiden das am nächsten Tag mit ihrem Gänsebraten noch übertreffen würden können. »Wir werden es versuchen«, hatte Edith versprochen. Nachdem die Kleinen im Bett waren, saßen sie noch lange zusammen. Auch Ediths beste Freundin vor Ort, die Bürgermeisterin Angelika Zechlin, schaute vorbei. Und Ella musste allen genau erzählen, was ihr in den letzten Tagen und Wochen passiert war. Als sie ihre Geschichte beendet hatte, herrschte erschrockenes Schweigen, bis sie allmählich zu anderen Themen übergingen.
Und dann lag Ella müde im Bett. Morgen würde sie wieder hier liegen, unter einem Dach mit all den Menschen, die sie liebte, ihrer Familie. Aber am nächsten Tag war sie nicht mehr allein. Mit diesen Gedanken schlief sie ein.

»Es war ein guter Besuch. Wahrscheinlich fliege ich bald wieder runter«, sagte Sander abwesend, während sie Hand in Hand das Flughafengebäude verließen und zum Parkplatz gingen. Er hatte einiges an Gepäck dabei und war extra nach Rostock geflogen, damit Ella es nicht so weit von Valtzow hatte, um ihn abzuholen. Sie wartete, dass er mehr über seinen Aufenthalt in München erzählte: wie das Wiedersehen genau gewesen war, was nun mit der Firma passieren würde, ob sie über Valentin gesprochen hatten. Aber sie wartete vergeblich. Sander schwieg. Ella öffnete schon den Mund, um ungeduldig nachzufragen, aber dann schloss sie ihn wieder. Wer so lange alles mit sich selbst abgemacht hat, muss erst wieder das Reden lernen, dachte sie. Sie hatte Zeit. Sie hatten beide Zeit.

»Na, rückst du den Schlüssel wieder raus?«, wollte er wissen, als sie am Wagen angekommen waren. Wortlos warf Ella ihm die Schlüsseltasche zu, die er geschickt auffing. »Mal sehen, wie schnell wir in Valtzow sind.« Er zwinkerte ihr zu. Und da war er wieder, der neue Sander, den sie in den letzten Tagen erlebt hatte. Den sie liebte.

»Wir haben es nicht eilig«, sagte sie. »Die anderen gehen in die Nachmittagsmesse. Vor fünf sind sie nicht zurück. Danach ist Bescherung, und dann essen wir. So läuft es jedes Jahr bei uns ab«, fügte sie hinzu.

»Dann können wir uns ja ein bisschen Zeit lassen«, meinte er, als sie im Auto saßen und die Sitzheizung unter ihnen langsam auf Touren kam. Er zog Ella an sich heran.

»Ich dachte, das wird heute nichts mehr«, murmelte sie zufrieden, als er sie küsste.

»Eigentlich lehnen wir Konsum ja völlig ab. Wir sagen jedes Jahr, dass wir uns nichts schenken, sondern höchstens den Kindern. Und nun schau dir das mal an!«, lachte Ella, die Seite an Seite mit Sander den Raum betrat. Severin hatte mit der Weihnachtsglocke geläutet, und die Lichter brannten am Baum. Darunter lagen Geschenke. Viele Geschenke. Gabriel hatte rote Wangen vor Spannung, und auch Rafael sah aufgeregt aus.

»Oh, ich muss noch was holen«, meinte Sander und verließ hastig den Raum. Sie hörten, wie er mit großen Schritten die Stufen nach oben nahm. »Er gefällt mir«, sagte Josephine anerkennend, die neben Ella getreten war. »Zuerst wirkt er ein bisschen streng. Ein bisschen kantig. Aber alles in allem ist er sehr viel offener, als ich dachte.«

»Wir arbeiten dran«, sagte Ella vergnügt. »Ich finde übrigens, dass sich alle drei Männer heute vorbildlich benehmen. Und nur ein klitzekleines bisschen wie Alphawölfe.«

In diesem Moment kam Sander zurück in den Raum. Er ging zu Rafael und überreichte ihm einen Gitarrenkoffer. »Fröhliche Weihnachten, Rafael! Ich hoffe, sie gefällt dir. Es war meine Erste, aber nicht meine Schlechteste.«

Rafael sah aus wie vom Donner gerührt. »Für mich? Echt?«, fragte er. »Krass.«

»Ja, für dich. Vielleicht können wir ja bald mal ein bisschen zusammen spielen. Fänd ich schön.« Sander gab ihm einen freundschaftlichen Klaps auf den Rücken, dann schlenderte er zu Ella, die ihn liebevoll ansah. »Das ist echt nett, Sander«, sagte sie.

»Ja, so bin ich.« Er grinste. »Das hier ist für dich.« Er drückte ihr eine Schachtel in die Hand.

Ella begann das Päckchen auszuwickeln. Sie nahm den Deckel ab – und sah eine zarte weiße Porzellankugel. »Oh, ist die hübsch«, meinte sie und hob sie hoch. Winzig kleine Löcher ließen das Licht durchscheinen, und sie las: *»Ein Stern ist auf meinen Wimpern, es ist so hell, ich kann nicht schlafen.«*

»Das hat mich an unseren ersten Kuss erinnert«, sagte er und

streichelte ihre Wange. »Ich hab sie auf dem Weihnachtsmarkt entdeckt.« Ella spürte, wie ihr Tränen in die Augen stiegen – aber da fühlte sie auch schon Sanders Lippen auf ihrem Mund. Genau wie damals im Wald. »Ich hab noch was. Das bekommst du aber erst nachher«, sagte er, als sie sich voneinander lösten und die anderen anstandshalber so taten, als hätten sie nichts bemerkt. Bis auf Gabriel, der sie beide erstaunt anstarrte.
»Ich habe auch was für dich«, meinte Ella. Sie bückte sich und griff nach einem in Goldpapier eingewickelten Paket, das unter dem Baum lag. Als sie es Sander gab, wog er es in der Hand. Es war schwer und sah aus wie –
»Kopierpapier? 500 Blatt? Super, das kann ich immer gebrauchen.«
Während er die Umhüllung abriss, sagte Ella: »Genau. 3,99 Euro – vom Discounter.« Vergnügt beobachtete sie Sander, dem langsam dämmerte, was er da in der Hand hielt: ein Manuskript. Vorsichtig blätterte er die erste Seite um und las den Titel.

Die Rückkehr der Wölfe
Zwischen der Biologie des Verborgenen
und den Grenzen des Mythos
von Ella Ridder

»Du musst die Widmung lesen!«, sagte Ella lächelnd. Gehorsam blätterte er um und las:

Für Sander, der der Spur folgte

»Es ist gestern fertig geworden«, erklärte sie. »Du hast das allererste Exemplar auf Papier. Falls du mal was nachlesen willst. Damit ich dir nicht immer alles erklären muss.«

»Das werde ich wohl bald tun«, sagte Sander und sah sie unergründlich an. »Danke, Ella. Das bedeutet mir viel.«
»Oh, und das ist auch für dich.« Sie gab ihm ein sehr viel kleineres Päckchen. Es war eine CD von den Dire Straits. Sie hatte ihm Musik schenken wollen und als sie die CD gesehen hatte, sofort gewusst, dass sie richtig war: *Brothers in Arms* – Waffenbrüder. Sie liebte diesen Song und konnte es kaum erwarten, dass er ihn für sie spielte.

So leise wie möglich schloss Ella die Haustür hinter ihnen. Die anderen waren bereits ins Bett gegangen, erschöpft vom Feiern und Essen, vom Reden und Trinken, von den kleinen Kindern.
»Zur Kirche ist es knapp einen Kilometer«, sagte sie und zog sich die Mütze tiefer über die Locken. Es war eiskalt.
Der Halbmond fiel glitzernd auf die verharschte Schneedecke und leuchtete ihnen den Weg. Schweigend stapften sie die stille Straße entlang, bis Ella fragte: »Und, wie gefällt dir meine Familie?«
Sander sah sie von der Seite an. »Ich mag sie. Der ganze Abend hat mich an früher erinnert, als wir zu viert Weihnachten gefeiert haben. So unbeschwert. Vielleicht liegt es auch an den Kindern.«
»Och, wir waren eigentlich immer so«, sagte Ella, »auch ohne die Kleinen. Aber natürlich, Kinder sind immer ein Zeichen dafür, dass es weitergeht. Dass man nicht aufhören darf, auf eine bessere Welt zu hoffen. Und dafür steht Weihnachten ja.« Statt einer Antwort drückte Sander ihre Hand. Was Antwort genug war, fand Ella.
Allmählich tauchte vor ihnen die Dorfkirche auf. Der Mond verblasste im Schein des Weihnachtsbaums, der davor aufgestellt worden war. Die Glocken begannen zu läuten, riefen die Menschen herbei. Ella und Sander stiegen die Stufen empor,

und dankbar für die Wärme, die im Kirchenschiff herrschte, setzten sie sich in die hinterste Bank. Nur einmal, zum Vaterunser, lösten sie ihre Hände voneinander.

Als sie aus der Kirche traten, war der Mond hinter den Wolken verschwunden. Dafür hatte es angefangen zu schneien.
»Das war ein wundervoller Abend«, sagte Ella seufzend, während sie zurückgingen. Nur ihre Fußspuren waren auf der dünnen Neuschneedecke zu sehen.
Sander gähnte. »Wenn ich mir noch etwas wünschen dürfte, dann wäre das ein Bett.«
»So gut wie erfüllt.« Ella schloss die Haustür auf.
In dem Dachzimmer zogen sie sich rasch aus und schlüpften unter die Decke. Ella kuschelte sich an Sander, als er unvermittelt sagte: »Zuerst habe ich einen Schreck bekommen, als ich sie gesehen habe. Sie kamen mir plötzlich beide so alt vor. Meine Mutter hat geweint. Aus Freude, glaube ich, aber auch aus Erleichterung, weil ich doch nicht ganz verlorengegangen bin. Ich weiß nicht, ob ich nicht zu hart zu ihnen war.« Er räusperte sich. »Und mein Vater – erst stand er distanziert daneben. Dann hat mir auf den Rücken geklopft und mich umarmt. Und weißt du, was er dann gesagt hat?«
»Na?«, fragte Ella und kuschelte sich noch enger an ihn.
»Er hat gesagt, ich soll dich beim nächsten Mal auf jeden Fall mitbringen. Sie wollen dich beide unbedingt kennenlernen.«
Ella lächelte in die Dunkelheit. »Das lässt sich machen.« Dann suchte sie in der Dunkelheit seinen Mund, küsste ihn zart und flüsterte. »Fröhliche Weihnachten, Sander.«
»Fröhliche Weihnachten dir auch, meine Ella«, antwortete er.
Sie schloss die Augen, spürte, wie der Schlaf näher kam – da fuhr Sander plötzlich hoch. Ella schrak zusammen.
»Was ist denn?«

»Mann, das hätte ich fast vergessen!« Er stand auf, knipste die Nachttischlampe an, ging zu seiner Tasche und kramte darin herum. Als er wieder zum Bett kam, hatte er einen braunen Umschlag in der Hand. »Dein Geschenk, Ella.«

Plötzlich war sie wieder munter. Sie nahm das Kuvert und drehte es neugierig um. Nichts stand darauf. »Was ist es?«

Er lächelte nur.

Sie riss es auf und drehte es um. Heraus fielen eine Broschüre und zwei Flugtickets. Ihre Augen wurden groß. Sie las ihre Namen auf den Tickets. Und schließlich den Ort, wo sie hinfliegen würden.

Sie sah fassungslos zu Sander hoch. »Für mich? Da kommst du mit? Das machst du?«

Er sah geradezu unverschämt selbstzufrieden aus, wie er da so nackt vor dem Bett stand und auf sie heruntersah. »Ja, das mache ich für dich.« Sie streichelte sein nacktes Bein, und endlich setzte er sich neben sie. Er legte den Arm um ihre Schulter. »Es hat was mit Liebe zu tun, weißt du.«

Sie legte die Tickets behutsam auf den Boden. Dann knipste sie die Lampe wieder aus. »Das ist immer schon ein Riesenwunsch von mir gewesen. Woher wusstest du das?«, fragte sie ins Dunkle hinein.

»Das war nicht so schwer«, sagte er.

»Wie kann ich dir danken?«, fragte sie weiter und fuhr angelegentlich über seine Hüften.

»Ach, da fällt dir bestimmt was ein«, antwortete Sander und streckte sich genüsslich aus.

30. Kapitel

»Sag mal, was ich dich die ganze Zeit schon fragen wollte: Was heißt eigentlich V Punkt? Ich meine, was ist denn dein zweiter Name? Das interessiert mich wirklich mal, sogar auf dem Flugticket war das so angegeben!« Ella schlug das Buch, in dem sie geblättert hatte, so energisch zu, dass es wie ein kleiner Schuss klang. Sie legte den Reiseführer in den Schoß und sah Sander erwartungsvoll an. Im Moment befanden sie sich im Landeanflug auf Frankfurt. Aber damit war ihre Reise nicht vorbei, sondern begann erst.

Sander antwortete nicht darauf. Stattdessen fragte er: »Sind wir eigentlich komplett verrückt, Ella? Alle Welt freut sich auf den Frühling. Und wo fliegen wir hin? Nach Alaska.« Er summte leise etwas, das verdächtig wie *The Things We Do for Love* klang, der alte Titel von 10cc. Die Finger seiner linken Hand tanzten über einen unsichtbaren Gitarrenhals. Den Rückweg hatte er anders gebucht. Über Los Angeles, mit drei Tagen Zwischenstopp. Schon immer hatte er zu McCabe's Guitar Shop gewollt. Vielleicht würden sie sich auch einen Mietwagen nehmen und ein bisschen rumfahren. Nach Las Vegas zum Beispiel. Wo es neben den Spielcasinos die vielen Kapellen zum Heiraten für die Schnellentschlossenen gab. Mal sehen, wie spontan sie sein konnten.

»Ich hab gerade gelesen, dass die Durchschnittstemperatur in Anchorage im März 4,8 Grad ist«, sagte Ella.

»Das geht ja noch«, erwiderte Sander erleichtert.

»Minus«, meinte Ella, und er stöhnte auf. »Aber du hast selber Schuld«, fuhr sie erbarmungslos fort. »Du hättest mir ja auch was anderes zu Weihnachten schenken können. Eine Espressomaschine zum Beispiel.«

»Wünschst du dir denn eine Espressomaschine?«, fragte er interessiert. »Soll ich dir eine kaufen? Zu Ostern?«

»Natürlich nicht. Ich will keine. Und du hättest mir kein besseres Geschenk machen können. Das weißt du doch genau.« Sie lachte leise. Sander war wirklich ein großzügiger Mann. Und dass der Frühling Einzug hielt, stimmte: von Schafen, Rindern und dem Wild angefangen, die sich alle auf die ersten zarten Grashalme stürzten, über Wildvögel, die allerorten zwitscherten und balzten, dass es nur so in der Schorfheide schallte, bis hin zu Karin, die voller Pläne für das Museum steckte und sich für die kommende Saison mit Touristenbüros und pädagogischen Institutionen vernetzte. Niemand wollte mehr Schnee und Eis, keiner konnte den Frost ertragen, den sie immer noch gelegentlich nachts hatten.

Aber sie und Sander flogen mitten in den Winter. Zu einer Wolfsexkursion. Das war sein Geschenk für sie. Das beste Geschenk ihres Lebens, fand Ella. Lichtjahre besser als der Schwedenpott. Auch wenn Sander und sie ein paar hübsche Momente darin verbracht hatten, so richtig konnte sie sich mit diesem Monstrum neben der Hütte immer noch nicht anfreunden.

»Aber einen Espresso könnte ich jetzt gut gebrauchen. Das ist isländisch«, sagte er müde, schloss die Augen und lehnte den Kopf gegen den Sitz. »Die letzte Nacht war zu kurz.«

»Alle Nächte sind zu kurz«, murmelte Ella. »Auch deine Schuld. Was ist isländisch?«

»Gar nicht wahr«, antwortete Sander. »Dazu gehören schließlich zwei.« Womit er natürlich völlig recht hatte. Fast jeden

Abend gingen sie mit dem Vorsatz ins Bett, sofort einzuschlafen. Aber dann streckte sie ihre kalten Füße zu ihm hinüber, er wärmte, zog Ella an sich, und dann – war die Nacht eben zu kurz.
Unbemerkt war Sanders Hand zu ihr hinübergewandert. Seine schlanken Finger zupften an dem unteren Rand ihres dunkelgrünen Pullis, schlüpften darunter und trafen wieder mal auf nackte, weiche Haut.
»Wieso isländisch? Wir fliegen doch nach Alaska«, wiederholte sie fragend und griff nach seiner Hand in dem sehr halbherzigen Versuch, sie festzuhalten.
Er wandte den Kopf in ihre Richtung und sah sie an. Konzentriert. Auf der Lauer. Bereit für alles. Oder nein, eher wie jemand, der seine Beute sicher hatte. »Der Name. Er kommt aus dem Isländischen. Meine Mutter hat dieses schreckliche Faible für ausgefallene Namen. Es hat was mit ihren Reisen als Stewardess zu tun. Irgendwann war sie mal in Island. Vater hat glücklicherweise durchgesetzt, dass wir sie wenigstens nur als Mittelnamen bekommen. Obwohl Lysander als Vorname eigentlich auch schon reicht, finde ich. Hab ich dir übrigens erzählt, wer Lysander war? Ein griechischer Feldherr. Siegreich und am Ende doch geschlagen. Na ja. So ist es ja auch.« Er lächelte sie an. »V steht jedenfalls für Vargur.«
»Vargur?«, sagte Ella und grinste. »Das habe ich ja noch nie gehört. Was soll denn das heißen? Bedeutet das was? ›Der im Tölt reitet‹ oder halt, nein, ›Der über den Geysir‹ springt? Oder ›Der den Vulkan löscht‹?«
»Ja, klar, der Name heißt etwas.«
»Und was?«, fragte sie atemlos. Sanders Hand war weiter nach oben gewandert.
Er schaute sie liebevoll an. Keine Spur von Einsamkeit oder Distanz konnte sie in seinen hellbraunen Augen entdecken.

Er sah aus wie jemand, der seinen Platz im Leben gefunden, den Menschen gefunden hatte, mit dem er für immer zusammenbleiben wollte. Ein bisschen müde, zugegeben, aber sonst sehr glücklich. So sehr war Ella von seinem Blick gefesselt, dass sie erst gar nicht bemerkte, was er sagte. Als sie es dann realisierte, riss sie erstaunt die Augen auf, bevor sie in ein so ausgelassenes Lachen ausbrach, dass sich die anderen Fluggäste erstaunt in ihre Richtung drehten.

Denn Sander sagte: »Vargur heißt Wolf.«